毕飞宇文集

哺乳期的女人

BREAST FEEDING WOMAN

毕飞宇 著

人民文学出版社

图书在版编目(CIP)数据

哺乳期的女人/毕飞宇著.—北京：人民文学出版社，2022
(毕飞宇文集)
ISBN 978-7-02-016424-0

Ⅰ.①哺… Ⅱ.①毕… Ⅲ.①短篇小说—小说集—中国—当代 Ⅳ.①I247.7

中国版本图书馆 CIP 数据核字(2020)第 106027 号

责任编辑	赵　萍
装帧设计	陶　雷
责任印制	王重艺

出版发行	人民文学出版社
社　　址	北京市朝内大街 166 号
邮政编码	100705
印　　刷	北京盛通印刷股份有限公司
经　　销	全国新华书店等
字　　数	159 千字
开　　本	880 毫米×1230 毫米　1/32
印　　张	7.875　插页 1
版　　次	2015 年 1 月北京第 1 版
印　　次	2022 年 1 月第 1 次印刷
书　　号	978-7-02-016424-0
定　　价	55.00 元

如有印装质量问题，请与本社图书销售中心调换。电话：010-65233595

新 版 序

人民文学出版社版的《毕飞宇文集》初版于2015年。感谢人民文学出版社对我的厚爱，2020年，他们打算做一些订正和增补，给读者朋友们送去一个更好的新版。但2020年是特殊的，许多事情都在2020年改变了它的轨迹，一套文集实在也算不了什么。

现在是2021年的秋天，感谢人民文学出版社；感谢读者朋友。除了感谢，我特别想在这里留下这样的一句话：2020年，2021年，它们是那样深刻地留在了我的记忆里。

毕飞宇
2021年9月17号于南京龙江

序

　　这套文集收录了我从1991年至2013年之间的小说,是绝大部分,不是全部。事实上,早在2003年和2009年,江苏文艺出版社和上海文艺出版社就分别出版过我的文集。江苏文艺的是四卷本;上海文艺的是七卷本;此次人民文学出版社出版的这套文集则有九卷。递进的数据附带着也说明了一件事,我还是努力的。

　　我曾经说过这样的话:小说不是逻辑,但是,小说与小说的关系里头有逻辑,它可以清晰地呈现出一个作家精神上的走向。现在我想再补充一句,在我看来,这个走向有时候比所谓的"成名作"和"代表作"更能体现一个作家的意义。

　　感谢人民文学出版社,他们愿意为我再做一次阶段性的小结。老实说,和前两次稍有不同,这一次我有些惶恐。写作的时间越长,我所说的那个走向就越发地清晰,——我的写作是有意义的么?——它到底又有多大的意义呢?

　　我写小说已经近三十年了,别误会,我不想喟叹。我只是清楚了一件事,以我现在的年纪,我不可能再去做别的什么事情了,也做不来了。我只能写一辈子。说白了,我只能虚构一辈子。可再怎么虚构,我还是有一个基本的愿望,我精神上的走向不是虚构的,我渴望它能成为有意义的存在。

毕飞宇
2014年6月7日于南京龙江

目 录

那个男孩是我   1

驾纸飞机飞行   13

没有再见   21

祖宗   32

五月九日和十日   45

充满瓷器的时代   58

九层电梯   72

卖胡琴的乡下人   84

枸杞子   93

雪白的芭蕾   102

是谁在深夜说话   112

因与果在风中   119

8床   133

武松打虎   143

受伤的猫头鹰   152

婶娘的弥留之际   159

美好如常	*169*
臭镇的 1977	*179*
写字	*187*
哺乳期的女人	*196*
哭泣生涯	*206*
马家父子	*214*
遥控	*224*
火车里的天堂	*234*

那个男孩是我

那一场肾病差点要了我的命。我的腹部至今保留了许多肤斑,类似于怀孕过的女人最常有的标记。那是持续多月的浮肿消退后的痕迹。肾病的病兆之一是浮肿,一劳累或一吃盐我的身体便如同馒头遇上了雨淋,一层皮就白胖胖的仿佛要胀裂开来。我并不知道肾病是什么,"肾"这个字在我的眼里太高级太科学了,要是有人对我说"腰子"我就明白了。猪腰子我见过很多,几乎两三天我就要吃一只臊气烘烘的那东西。我不想把我生病的年纪交代得太清楚,这完全是下面的故事决定的。我只能这样。但我可以说,那时正值我青春期之前极神圣的准备阶段——那时候无限美好,我今天能够写小说与那个时期有因果关系。美好的岁月里我得了一场要命的肾病。

母亲说,把他送到城里去吧,否则总不是个事。父亲说也好,青霉素和链霉素实在也太难买,——就怕他婶子管不住他,闯下什么祸来。母亲说,他病成这个样,能闯下什么祸。我生病时父母都没有"解放",在乡下的一间破瓦房里教孩子们乘法除法和收租院的故事。有一年的腊月我就生在这个破瓦房里,那一天飘满大雪,我从我母亲追忆的眼神里看到过那场大雪,母亲目光的那一头一直有我深信不疑的童话,蜗居在干净的雪景和干净的冬青树画框里。

一天的轮船过后,我晕沉沉地来到了县城。婶婶比我预想的要胖,脸上有很多慈善。只是我父亲很喜爱的表姐我一见面便不喜欢。她高我一个头,表姐俯下头和我亲热时她的嘴里散发出很不好的气味,这使我们俩的关系一直笼罩着肾病一样的无精打采。这个细节对以后的故事至关重要。

我可以每天注射青霉素和链霉素了,也可以每一个星期化验一回黄色的小便了。这对我是否有效我不知道。我整天躺在表姐的那张带有腥味的木床上。表姐的床头桌上有她喜爱的瓷质白毛女芭蕾舞造型,白毛女的整个身体全落在她的一只脚尖上,后腿摆得很高,这让人看上去相当累。有几次我想把白毛女的脚放平了,但是一直没有成功。表姐下班后有时也照着塑像踮着脚走两步,表姐走得不好。有一次表姐把一条腿跷得老高地问我,"像不像?你看我像什么?"我说,"像狗拉尿。"过了很久表姐才说,"明天不许你睡在我的床上。"

和表姐的不和非常隐蔽地游动在我们之间,我的孤寂感好像因此被拉长了。最要命的还是白天。每一个白天对我来说都相当困难。婶子她们上班后我总是被反锁在家里。阁楼上老鼠们磨牙飞蹿,弄得我十分地想念过去和母亲。我胡乱地想着心事,尽是些驴唇不对马嘴。到后来我甚至把婶子家的家具都拿来一件一件想了一遍,先把它拆开来,然后又装上去,我甚至把这些家具被谁用过又要被谁继承过去也替他们家想了一回,这些都是很累的事。但我一直以为青春期之前过于健康的体魄对想象力的发展是有害无益的。海明威那头公牛应该只是个例外。

天井里开着一株栀子花,许多花朵白白地开在我的病中。隔着方格子木棂那些栀子花的乔木叶片仿佛相当悠远。我知道这都是那些方格子引起的错觉。花香委实很近,花的香气哀伤地飘拂,和我的心思一样近在咫尺。

孤寂中另一种和栀子花一样让我无法测定距离的事出现在我的身边。我听见了极好听的钢琴声。起初我以为邻居在开收音机,接下来的连续几天我终于知道真的是有人在附近抚弄琴键。曲子是我很熟知的,是《白毛女》极悲伤极反抗的调子。唱出来的词应该是这样——

　　乡亲们哪乡亲们
　　黄家逼债
　　打死我爹娘

但是没有人唱。好像周围还有许多人。有一个女人每隔一些时候就喊:"停!"于是琴声和周围的响声就没有了。过一刻又响起来,又被喊"停"。琴声在"打死我爹娘"的那句调子上弹弹停停地反复了几十回,我的整个下午被那种凄凉弄得十分的忧伤。

晚饭后我对婶婶说,明天不要再锁我了吧,我想起床了,我躺得太累了。婶婶说,不能的,你这个病就是要躺。我说我可以躺,但不要锁我。婶子说,钥匙我给你,你可不能胡乱走动。

快睡觉时表姐对我说,今夜不许尿床了,都这么大了,真烦死人了。我没有料到表姐会用这么大的声音把这事说出来,顿然间我万分地惶恐。我一直都是不尿床的,我怎么也弄不懂生病之后我怎么反过来尿床了。第一次尿床时我是被惊醒的,我用手摸到了热热的一块心中就咯噔了一下。我认认真真地用身体焐干后还是被表姐从床单上发现了一块黄斑。一大早表姐惊奇地笑着说,你尿床?我羞愧万分地说我没有。我只希望表姐说话时声音能小一点,表姐却像广播一样对全家说,还赖,你自己看看。后来的日子里每一次入夜我都不敢入睡,我真想就那样能熬到天亮。我总要熬到快天亮时才困得不行地睡去。要命的是一入睡我反而更迅速地尿下了。婶子一次悄悄对我说,我给你做一块尿布吧。我几乎是哭着对婶子说我不要尿布,我为什么要那种东西!今天表姐又提起了这事,婶子答应不锁我的喜悦立即就被入眠的恐惧替代了。

这是我进城后第一次正常地起床。屋子里依旧空荡。我坐在软垫上开始回顾我的所有的连环画。软垫相当舒服,是婶子为我做的,我的两瓣屁股蛋早就被针眼戳烂了。我开始回顾我的连环画,母亲送我进城时我精心挑选了二十本。这二十本已经让我背透了,甚至画面我都能靠想象把这二十本可爱的小书一页一页地复现一遍。

悠扬哀怨的琴声在一片寂静里突然响起,在无聊与空洞中绰约地飘起最美丽的影子。我一直不会弹钢琴,但钢琴的声音在我的记忆里永远是夏夜最晴朗的星空。

我走出了大门,循着琴声我拐进了那个干净的院落。原来就是隔壁的那个大院,院子里堆放了许多彩旗和舞台用具。我站在门口,从半开的门缝里我看见了一个真正的白毛女用她的脚尖踩着琴声优美痛苦地挣扎。这时候琴声反而没有了,我的眼里只剩下了那个通体洁白的白毛女。她并不像塑像上的那么累,相反,她神奇的脚尖使身体轻盈舒展,如羽毛、如琴声一样在风中哀婉地随风飘拂。

"停!"那个老太太高声地叫停,她走到白毛女的面前轻声说,"把胸脯送出去,这样,送出去。你身上的每一个部分都是舞蹈的语言。记住,它们不再是你的乳房,而是反抗和仇恨。送,送出去。"

随后老太太对白毛女说:"大伙歇一歇,——你把衣服披上,别受风了。"

白毛女披着上衣向门口走近。她一出门槛就让我很吃了一惊。她顶多才十六七岁,看上去比我的表姐还要年轻。刚才的一头长白发被她拿在手上,属于她自己的是一头乌黑柔和的短发。仅有的这点变化使她顷刻间宛若仙人。两只乳房顶着白上衣的前襟,没有反抗与仇恨,到底是什么我没有弄清楚,我一阵心跳就再不知道我到底在想什么了。

白毛女做了两次深呼吸,说,这么香,哪里来的这么香的栀子花。她一直没有注意我,这让我有种说不出的失望。整个上午我就迷糊在这个院子里,看她舞蹈,看她眼神里的每一次苍茫,指尖上极微妙的无助与绝望。

我整整站了一个上午,后腰上沉沉地有些疲惫。

中午婶子回家一见到我就喊了出来,"怎么弄的,你的脸怎么肿成这样?"我说,"我嘴馋了,偷吃了咸菜。"这个我有经验,在家里我只要一偷吃有盐的东西母亲马上就能从我的脸上发现的。"快喝水,"婶婶说,"给我喝白开水。"

下午的琴声一响我就又站到了隔壁。很长时间那个老太太都不让下课。我累得已经不行了。我感到这么长时间来我一直用芭蕾的姿态伫立在门外。后来白毛女终于出来了,跨出门槛时她依然不肯看我一眼。我走到她的身边,把偷采下来的栀子花送到她的面前。

给你。我说。

她的眼睛瞪大了。她一脸美丽的兴奋让我无比幸福。给我的?她反问我。

我想我脸上一定很窘,我没有开口,只是平举着那朵栀子花。

她接过花随意在我的头发上摸了几下,问我,你在这儿干吗?

看你跳舞。我说。

我跳得好吗?她问。

我不知道,我不知道她跳得好不好,她老是反反复复做同一个动作。但是我喜欢。我喜欢看你跳,我说。

那你到五一广场去看。她说。

我不认识,我说,我是乡下来的,我来看病。

你有病?你这么胖有什么病?

这是肿胖,我告诉她,是假的,我用相当自豪相当文雅的语调对她说,我得的是肾病。

白毛女再没有说话,她的眼睫毛一点一点地挂下去,脸上的神色又如栀子花香一样忧伤了。是这样,她说。实际上她一点不肯说清楚到底是怎样了。

后来的岁月里我的病中充满了关于脚尖走路的内容,许多想象习惯于从她的舞步上开始腾空。再后来我又做了许多梦,梦中的栀子花一直在门外期待。时间成了我哀伤的最直接因素,而期待又成了时间的最直接形式。最后忧愁的梦和甜蜜的梦一起让尿床所冲走,苏醒就如同我的床单一样让自己很不情愿地正视。

晚上表姐对着镜子扭她的腰肢。表姐对着镜子看自己跳舞时有一种让人无力回天的惨绝气氛。表姐弄了一刻好像自己也不太满意,竟愣愣地走起了神。表姐很爱舞蹈,这个我看得出来。表姐一遍又一遍地叹息,她的叹息如我梦中白毛女的白发一样绰约而又孤楚深长。我不喜欢她这种样子,好像黄世仁老是逼着她问她要租子似的。

我说,你这么爱跳,怎么不到芭蕾舞团去?

表姐恶狠狠的一句回话让我摸不着头脑。表姐说,要不是你爸爸,我早就进了芭蕾舞团了!我的爸爸在乡下教书,这个谁都知道,他和芭蕾舞又能有什么关系。

那个午后发生的事使我觉得好生奇怪。表姐正在买自来水,她用两只白铁皮敲成的水桶从巷口的拐角处往家挑自来水。天井的大门似乎有些毛病,只要没有东西撑住它们就自己咯吱咯吱地关上了。这对表姐的劳动是个妨碍。表姐对我说,你来,给我拉住这扇门,我便走过去站在门后拉住了。我的这个站立地点使我对下面的事得到了一个奇特的观察视角。不论怎么说,从门缝的里口向外所看到的事物,多多少少总有些神秘感。

我看到了白毛女披着上衣正从斜对面过来,她一定是排练结束了。我并不知道表姐挑着自来水站在她的对面。我刚想出门喊住白毛女就听见有人狠狠"呸"了一声,这声"呸"之后我隔着门缝清清楚楚地看见白毛女也狠狠地"呸"了一声。随后我就听见了表姐的声音,表姐说,跳!再跳快把你的×给跳撕了!白毛女停住脚,笑着说,你撕不了,你的腿比水桶还结实哪里撕得动。这么说着她矜持地走了。这场战斗无缘无故地开始,又随着表姐进门时水桶的一声撞击突然地结束。那一摊水迹以极其怪诞的形状卧在地砖上,完全是不期而然的征状。表姐往水缸里倒水时带了很大的怨气。我站在那里研究着她与白毛女之间的事,没有结果。这个悬念成了我少年时代最耿耿于怀的疑症。

挑完水表姐便站在天井里发呆,她的眼睛望着那株栀子花树,目光在树枝上舞蹈。这时的天空有些灰色,这个我很清楚,表姐就在这样灰蒙蒙的天气里对着那棵树内心进行一些苦楚的翻滚。表姐突然说,花呢?怎么花少了那么多。表姐没有问我,按常理男孩子是不会喜欢植物花朵的,表姐只是反复对自己说,那些栀子花怎么会少了这么多。

我和白毛女幸福而又无奈的对话依然进行在她排练的间歇。这一回白毛女主动走上来和我说话。和她说话时我越来越觉得自己有些不对劲了。我的目光越来越想回避她白色衬衣中仇恨与反抗的部分。这是一种相当折磨人的事。

"你多大了?"她问我。

"十六,"我说,"我十六岁。"

"瞎说,"她好看地笑着说,"你尽瞎说,你哪里有十六岁。"

我支吾了半天,说,"是……还不到。"

她嗅着我新采的花朵说:"那你干吗说十六?"

我有些害怕回答这个问题,但我还是回答了,我望着她的眼睛对她说:"我想长到你这么大。"

"为什么?"

"你就不再说我是小孩了。"

"你真是个傻孩子,"她又笑了,"你长到我这么大,可我又长大了,你还是孩子。我眼里的你永远是个孩子。"

听了这话我就好像回到了肾病刚开始的那几天。同学们兴高采烈地从我身边嬉逐而过,留给我的只是空洞的疲惫与疲惫的空洞。我想我的眼睛肯定是走神了。否则白毛女不会问我,想什么了?

我为自己有许多东西无法表达而伤神。我什么也没有想,只有一种说不出的情绪。这种情绪像不会言语的植物在风中空洞的摇曳,最后又败零在雨中。

那边的钢琴又响了。是那一种调子,唱出词来就是这一句——

　　北风(那个)吹,

　　雪花(那个)飘。

表姐是怎么知道栀子花的事的,我至今不得而知,总之表姐是知道了。表姐一开门就对我叫道,你把栀子花给了谁了?说,你给了谁了?

疾病这东西一定会改变人的,如果在过去,我会满不在乎地说,你管我给谁了! 近来我自己也发现我身上发生的一些细微变化。我低声说,给了白毛女了。

婶婶在一旁笑了,说,这孩子怎么会说这样的俏皮话。表姐把身子弓到前面来,对婶婶大声说,哪里是俏皮话,是给了那个小妖精了。婶婶说,哪个小妖精? 表姐说,还不是那个披头散发的妖精,还能有哪个妖精。表姐脸上的神情是很委屈的样子,表姐的这种样子相当难看。表姐说话时我正盯着我最心爱的一颗花骨朵儿,这一个特别地大,我早就计划好等它一开放我就把它送给白毛女。

我不知道是无意的还是表姐安排好了的,这个早晨对我而言永远无可挽回。这一天表姐休息,她在家里东拉西挪像个妈妈。我是说像妈妈,不是像母亲,这不是一回事。后来她走到我的床前,给我叠被子。她一走到我的床前我的心就沉了下去。她掀开我的被子,撇着嘴回过头来,说,这样的床也能睡? 你怎么今天又尿下了? 你瞧你! 满床画的地图,你胸怀祖国了你还想放眼世界怎么的?

我说,表姐……

表姐扯下我的床单就往天井里跑,她拿出一根竹竿把我的床单挂起来,又用丫杈撑到阳光明媚之处,在风中如红旗一样迎风飘扬。我羞愧地站在一边,一动不动,表姐大声说,这么大的人了,还尿床,再尿天天给你拉出来晒!

表姐……我说。

灭顶之灾出现在眼前,这时候我听见有一小队人哼着北风(那个)吹雪花(那个)飘走到了天井的门前。白毛女那张好看的脸极其残酷地出现在敞开的大门外头。我望着白毛女那张好看的脸,一样东西在胸中很缓慢地粉碎。她肯定什么都听见了。她肯定什么都知道了。我视而不见地望着门口,我的泪水如尿床的预感一样不可遏止。

整整一天我躺在没有床单的床上,整整一天我的耳边响着那架钢琴琐琐碎碎的反复。钢琴的音质原来是透凉的,我望着方格子棂外悠远的花骨朵儿,我的勇气与自尊在香气中悲惨地消解。我连续不断地梦见白毛女与我的母亲。我的梦中开始出现泪水的内容。

后来的一天,钢琴声再也没有了。但我坚信白毛女一定在那个铺满地板的大厅羽毛一样轻盈地舞蹈。我知道她肯定一个人在那里舞蹈,我渴望见到她和她的眼睛与胸脯。我独自站在天井,孤独地仰望着栀子花树背后的墙头,墙头上有几棵衰草的枯尸,在风中不语。

过了好几天表姐回家兴高采烈地说,他们完蛋啦,彻底完蛋啦。表姐说,那个老太婆原来是个反革命,揪出来啦,他们彻底完蛋啦!表姐痛快淋漓地说,看你还神气,这下你彻底和我一样了,你神气吧,哼!表姐的两只手叉在腰间,像女民兵一样英姿飒爽。

我不知道表姐说的是什么,但隐隐约约感到一种不妙。那个下雨的日子我终于鼓起勇气挨着墙角走了过去,我渴望能碰上白毛女但我又担心会遇上白毛女。隔壁的大门紧关着,上头上了一把特大号的铁锁。两张白纸条写着日期"×"字形贴在大锁的上方,两张白纸条的尾部是两个鲜红的公章。

1993 年第 6 期《作家》

驾纸飞机飞行

我是一个相当忧郁的男人。我不喜欢忧郁,可我不能摆脱这种东西。关心我的人说,瞧你温不囫吞的样儿,哪里像男人?我并不特别感谢我做了男人,就像不反对百分之四十九点八的人做了女人。男人不男人我不在乎。但我的的确确非常忧郁。

三十五年来我完成了诸种毫无意义的仪式,我的生命被放在杯子里,如一杯水呈现出器皿的造型与色质。我也不知道怎么回事就三十五岁了,完全是时间流程的附带性结果。我的生存感觉是半透明半胶状的,我一脸的枯荷败叶足以说明问题。

去年秋天我开始整理我的心理状态。我试图从几个深刻的层面去烛照自身,用哲学手段进行自我观照是我从我的博士导师那里承袭而来的。经过近七百个小时的严格论证,我发现我的忧郁狗屁不值。它们与哲学、历史等宏伟的话题无干。一个肤浅、无聊的动因才是我心力殆尽的真实由头,我只是想恋爱。我有妻子、女儿,居然又想恋爱,这个念头危险之至。

我对在秋天萌发恋爱的念头感到意外。从理论上说,春天才是抚摸与被抚摸的日子。植物在这样的日子里返青,人类自然要选择这样的日子开放。有个成语说"蠢蠢欲动",说的就是这一类事。中学时有一个春天,我们的班主任在厕所后面逮住了我们的体育委员和文娱委员。班会上老师说,他们已经"蠢蠢欲动"了。"蠢蠢欲动是怎么回事知道吗?"老师问,"'蠢蠢'是怎么写的知道吗?'蠢'就是春天下面两个虫子在动。"老师就是老师。深刻。体育委员承认了,他的确感到有虫子在下面动。他作了检查,还请我们原谅,虫子爬了有什么好原谅的。

春天没什么好说的了。秋后我就缓缓地委顿下去。我在镜子里看过自己,脸上是产生大思想的样子。我吃得少睡得少,每走一步都扯动上下五千年。妻一次又一次带我去医院,每做完心电图脑电图两对半X光肝功肾功B超医生总是说,很好,你可以上天开飞机。这时妻就仰起脸对我说,"你瞧你!"我瞧什么呢瞧。我不是装病,我真的不行。

妻对我病恹恹的状态总是发生在秋天已经有所察觉。妻终于这样问:"到秋天你就怎么了?"

我要恋爱。我这样说。

妻脸上的样子很幸福。她用四十五度的目光烟雨迷蒙地打量我,妻的这种神态楚楚动人,是她成功的瞬间之一。过一刻妻脸上的幸福就像血压表上银白的汞柱,直溜溜地往下降。妻一定是看到了我脸上的"死相"。这可不是一个轻松的话题。

她是谁?妻这么问。我想许多妻子都说过这样的话。

我倚在门框上点了根烟。想起了沉默是金这句格言。格言就是智慧。

我不知道她"是谁"。说出来让人失望,我甚至怀疑这个故事能不能平静地写下去。我没有外遇。

妻子是由别人介绍的。就像书上写的那样,由工会主席交换相片,再在一棵树下的水泥凳子上见面。妻那一年二十一岁,上唇有一撮淡淡的胡子。我对妻说,我三十了。妻就说,怎么耽搁到今天了?我就说先读大学,分配不好,就读硕士,又分不好,只好再读博士了。妻说你研究什么东西,要读那么多年的书。我说,你不懂,全是两千多年前的事。妻望着远处,想了好半天,才说,那么远,不懂就不懂罢。

后来我们就看电影,夹在人缝里看外国人在银幕上挤眉弄眼,投桃报李。我不知道妻为什么那么热衷于电影。电影是恋爱的方法一种,妻是这样以为的。童年在乡村,我见过表姐热恋的时节,她和那个当兵的总是躲在灶后,他们的面庞随风箱的节奏鲜红地一明一暗。这个带有古典主义的写实画面成了我的乌托邦。我看着他们头发窝里黏满草屑,而后又相互为对方剔除,觉得长大是一件不错的事。太渴望长大童年就过不好,正如太渴望年轻晚年就不踏实一样。

我不知道她是谁。她每天都在女儿的幼儿园里弹脚踏风琴。弹得不好,有点笨手笨脚的。每一个音符都像铅印汉字没轻没重地撂在那儿。她的脖子向琴键倾得很长,齐耳短发在尾部向里弯进去。不论上衣如何变更,她的白领口总是向外翻边的,半圆地衬出干净的颈项和干净的面侧。这样的画面一天天感动我,使我一天一天临近深秋。

上午我把女儿送给她。我对女儿说,叫阿姨。"阿姨"就拉过女儿,笑着说,跟阿姨过来。她的笑特别地秋高气爽。这样的时刻我多半小驻片刻,看她们的背影,胸中的幸福不可告人。——她是谁?我这样惶恐地问自己。后悔了吧,你?妻说。

后悔什么?我问。

别装了,别酸文假醋了,一路货,男人都一路货。

你胡说什么。我要睡了,我乏得厉害。

男人全一路货。

怎么又来了?要真的有什么,我也不会告诉你。

有贼心,没贼胆,更下作。

不要扯得太远了。发乎情,止乎礼。不要扯得太远了。

妻冷笑一声,真的不说了。她脱了鞋把两脚放到床上,抱着小腿下巴搁在了膝盖。妻的这个体形构架酷似热恋中的表姐。那个小排长返回部队的日子里,表姐终日这样坐着,她的愣神带有极其酸楚与幸福的缅怀。至爱说到底就是缅怀,即使爱人就在身边,你也总是追记他憧憬中的模样,让想象渲染和感动现在,像小麦青青地生长。表姐沉默的样子触动了方圆数十里的乡村少年,他们从表姐失神的眼神里目睹了那个青年军官的飒爽英姿。她难得的笑容全给了军官的母亲,还没过门就叫她的婆婆"妈妈"了。许多男子为她担心,他们说,你现在怎么能叫妈?他要是不要你了,人怎么有脸面活?表姐与人讲这番话时站在青色砖头巷的尽头,表姐望着巷子的另一端坚定地说,他不要我,我就死。那些男子就沉默地挂下下巴。许多绝望在眼睛里乱云一样飞渡。表姐的许多举动一传十十传百地成了民间故事,连同她的黑色皮肤一起,在夏夜的星空中天使一样美丽。

离吧,妻说,离了你我会更好的,——我也没到嫁不出的时候。

你说轻一点,让孩子听见了。

听见了才好,让她知道她爸是个什么东西,——爸爸?你也配当爸爸。

我没干什么。我什么也没干。我说,我坚信我说话时已经睡着了。我只是觉得有一件很重要的事还没有做。我说,别的没有什么。

妻望着我,用秋后动物们常有的眼神,妻不再说什么只是伤心地摇头,她一边摇头眼眶里的泪珠就伤心地变厚。好,妻轻声说,好,妻这样重复,很重要的事没做,你去做,你明天就去做。夜雨的滴答声是具有启发性的。檐雨的念珠使秋意加重了萧瑟。妻没有睡,黑暗中我听得见她眼睛眨巴的声音。表姐眨巴眼睛时也是有声音的,许多乡村少年都听过。那个夏日的午后部队给军官的母亲发了份电报,"电报"这个词在乡村是非常现代感的。邮递员骑了橄榄绿的自行车,送电报到军官家的泥墙大院。邮递员进村时是午后,这个不会错。夏日午后是意外事件特定的时代背景。军官的母亲听到自行车铃声笑眯眯地出了大门。这唯一的车铃声是她拿汇款的声音,如喜鹊的聒噪一样喜庆,军官的母亲站在天井里,脸上的皱纹笑成了网状结构。许多孩子围过来,玩弄自行车的后轮和铃铛。老母亲和邮递员站在天井中央说了些什么,老母亲脸上的皱纹就退到应有的位置上去了。邮递员轰走孩子时有人问,她儿怎么了?邮递员说,电报上说病危。邮递员强调了"电报上"说,但他的理解可能不是这样。我透过门缝也看得出来,他脸上的样子在那儿。

半个月后老母亲和军官的二弟从远方归来。他们带回了沿途的一路风尘。在村口的杨树下表姐等到了他们。表姐在那里等了十五天。表姐扑上去问，怎么样了？他怎么样了？老母亲从二弟的后背解下一只黑色木盒，放在村口的褐色地面，对表姐说，他在里头，变成一把灰了。二弟呆头呆脑地补充，他们在山沟里开洞，一个排，全炸在里头了。表姐好像没有听见二弟说的话，表姐用手扶在杨树的粗大树干上，表姐的花格子上衣在夏日黄昏时分被太阳弄成血色，表姐身体的凸凹被血色区分出了明暗，表姐的两只眼睛这时变得出奇的清澈、出奇的美丽，表姐就那样空洞无力地眨巴她清澈美丽的眼睛，表姐的眨眼有一种难以理喻的气息在疯狂地生长，表姐的眨眼发出了神话般生动凄艳的声音，如冰块在冰面上疾速飞驶，泠泠作响，寒风飕飕。好多人都听见了。好多人都说表姐的眼睛把夏天眨巴成冬天了，好多人都这么说的。

我昏头昏脑地送女儿去幼儿园。去女儿的幼儿园成了我必不可少的仪式和借口。我注意到脚踏风琴的琴凳空着，绛红色的琴盖关得也很周密。琴这东西不能空着，一空就有了难以名状的悲凉气氛。空凳子和空琴总有些许期盼的意韵，与墙上儿童体字迹的姣好极不相称。我失措于这种矛盾的氛围里。企图遇见心爱的女子伴随愚蠢男人的一生，这没有什么意义，也没有什么主义与问题。这是一个很肤浅的焦虑，但是非常关键，至少对愚蠢的男人忧郁的男人是这样。愚蠢的男人就只知道蠢蠢欲动。

我买回了两斤鱿鱼。这是一种姿态,正如日常的砸碗摔筷是一种姿态一样,买回两斤鱿鱼则是另一种生存姿态。我烧好鱼,努力弄出热爱生活幸福无比的样子来。女儿爱吃海鲜,书上说水产品是有相当的培智价值的,我叫来妻子,说,开饭了。

妻子坐到桌前,只是不动。好半天她才说,你什么意思?我说什么什么意思?妻望着盘子里卷席式的鱿鱼片,问,暗示什么?妻坐在餐桌的对面两只手抱在怀里有一股凛然之气。我说,吃吧。

吃吧?吃什么吃!妻站起来伸过一只食指,她是谁?

她不是你。

妻的脸上开始流泛一种青光,如表姐当年留在晚风里的那种。表姐的神情像早晨的瓜藤,掐断了,断口流出清冽的汁液,光质孤清而又多芒。表姐站在瓦灰色巷口,解开她花格子上衣和内罩,向同情的目光们展示她的身体,她准确地指出身体上的若干部位,告诉人们那些早已死亡的亲吻和抚摸。表姐抚摸自己时脸上美丽得冷凝可怖,她微笑的脸上有了很浓的植物性质,木棉一样随风飘曳。表姐唱着歌,幸福的表情碎了许多人的心。

妻说,我知道不是我。妻的冷静一样有一种可怖的魔力。妻说,你又在想什么了?

我想我的表姐。

你妹妹多。姐姐也多。

她在。她坐在一张绿色儿童椅上折纸飞机。一叠白色的纸飞机停放在字纸篓里。她的指尖长而柔弱,在折到飞机的关键部位时下唇就启开来了,那样张着。她低头时短发的尾部弧状地晃动在腮边。她抬起头,看见我,笑起来。她的笑把四周弄得很漂亮很干净。她的目光开始寻找我的女儿。我用手示意她,我女儿在黄木马后头。她低了头继续折她的飞机,她侧身去取五彩蜡笔时顺路瞟了我一眼。我的目光让她脸红了,两只瞳孔也惊惊慌慌地沉下去。我不是故意的,但她害羞的样子让我心跳。人们现在都不会害羞了,羞赧成了人在历史上最远古的神话。许多电影演员在学,学不像。赧颜或许是唯一不可模仿的。这不是一个美学话题,是哲学的。害羞是现代社会的珍奇生物,濒临绝境,绿党也难以挽救。

我们都很疲惫。"我要恋爱"弄得这个家雪上加霜。战争终于平息了,冷战业已开始。女儿成了我们唯一的统战对象。她被突如其来的关心弄得不知所措,时常看看我的脸,再看看她妈的。我不想回去,许多次我都这么想,我宁愿花两块钱在公共汽车上转一夜。但我要睡觉。想睡觉就得回家。我想做个好梦,驾驶一架纸飞机在琴声里飞翔。

1993 年第 4 期《收获》

没有再见

许多被称着爱情的东西在男人与女人之间疯狂地穿梭，宛如水藻间的尘芥遭搅拌后重新分离与吸附。海水隐隐晃动，世界像鱼眼中的海底一样混沌。林康踩着慢四的节奏觉得自己置身于水中，这种幻觉全因为那盏旋转吊灯。灯的自转在舞厅里升腾起无限水泡，像鱼的色彩一样五彩缤纷。所有的腿一如海中植物，幽暗地摇晃，波动在错觉的液体里。玻璃地板隐现出几何方格，方格下面是冷暖不同的色调离间得十分绚烂的灯。灯光变幻陆离，昭示出电声节拍。

慢四之前林康一直没有注意到这个人，应该说这个高大的白色人。林康从来没有进过这样华贵的商业舞厅。林康现在被透明的海水所包围纯粹因为昨天的一个耳光。一个不算很重的耳光，但是却是她共同生活了四年，并生了一个儿子的丈夫的耳光。那时候林康正洗完了丈夫臭烘烘的几双袜子，手心手背全是皂沫。丈夫的两只脚搁在条台上，手执"小霸王"电子游戏机在彩电的屏幕里头开方程车，那辆该死的方程车老是冲到路障或两边的黄色沙地里去。林康擦完手开始伤心自己的皮肤，林康说，你瞧，过去哪里是这样？丈夫头都没回，说，还不是老样子,十根老咸菜根。林康说,你这个没良心的,你看看,你看看这都是为了谁?丈夫盯着电视说,别烦人。林康一把抓住了丈夫的手说,又不是孩子,你今天打了一天了!丈夫说你放开。林康说就不。林康说就不时方程车已经冲上了一块路标,撞成了一摊血红色的火光。丈夫回过头说,你放不放,林康说就不放。丈夫挪出手来就一个耳光,耳光过后林康听见丈夫自言自语说,妈拉个巴子的,你烦死了,林康眼里的世界一下子变得陌生。再后来林康就捂住了挨打的地方,两只看着丈夫的眼睛充盈起晶状泪水。林康说,我今生今世总算挨打了,长这么大,爹娘老子没有动我一根指头,打!你打!你这个没良心遭枪子的!你打,打,你不再打,你就不算你爹的种!当然,林康的这些话在丈夫的耳朵里没有半点标点间歇,前面还加了一个与后面的言语没有语法关系的两个字:"好哇!"这两个字被林康说得极具有爆发式的悲痛意味。

　　林康捂住腮帮回娘家去了,林康咬了牙在公交车上把忘恩负义的丈夫痛骂了一万遍。妈妈的态度更让她失望。妈听完她的控诉平静地说,夫妻哪有不吵闹的?下次你也打他就是了。男人都这样,手快,真让他打了他又下不了手了。妈慢腾腾地摆摆手说,在妈这里过一夜,明天他来接了就回去。

　　"明天"他真的来接了,被丈母娘当着众人的面有半斤没八两地刻薄了几句。丈夫后来就像小学生那样顺了眼皮说,好,我错了。丈夫又哄着刚会说话的儿子说,喊,喊妈妈,喊妈妈回家去。林康侧过了脸去,林康前几天刚看了一部电影,看出眼前的事和电影上的别无二致,便觉得丈夫是从电影搬来的,又没了情绪。就气哄哄地回话说,你们先回去,我待会儿再走。林康不想回去,却又不想在娘家待,睡不安稳,昨晚上又落了枕,还得听妈妈的唠叨直到电视说"再见"。委实比家里的无聊好不了哪里去。

公交车驶了一半林康便改主意了。林康下了汽车一个人慢慢往回步行。六角形的彩色地砖让她追忆起高三时代的初恋,那时他们常漫步在这样属于爱情的路面上。那次失败的恋爱令她回肠荡气,恋爱的失败总是令人回肠荡气的,以致在车间里她和别人谈起今天女孩子们大胆的恋爱举动时,总要说,现在的丫头们真不要脸了,哪像我们那时的傻样子。这句话里蕴含了极其微妙的情感矛盾,她恍惚和追忆的眼神往往说明了这一点。

在海晶宫舞厅的门口她停住了。那时候她的脑海里应该是一片虚空。从初恋的回顾中醒来,理论上应该是这种心理状态。那个胖胖的男人就是在这个时候问她的,想跳舞吗?她觉得这句话在她的耳朵里没什么特别的地方,随便就说了一句:随便。林康随便便地跟那个胖男人进了舞厅,接受了他的邀舞,接受了他给她点的果珍以及粒粒橙,林康看得出他一直在摆他的气质和花钱的派头,但林康很快从他的身上闻出了类似于猪下水的气味,这使林康不快并开始迅速地寻找借口。

慢四响起来了。这是林康最喜爱的舞步。慢四在林康的记忆里不是交谊舞,而是初恋的步行节奏。或者说步行的初恋节奏。也可以说初恋节奏的步行。这些都一样。那个外国人就是在这个节奏上向林康邀舞的。他的穿着很随便,冒一看以为是浅色头发的亚洲人。

这是林康第一次这样靠近地正视蓝色目光,萨克管在忧伤地摇动。在忧伤里林康感到一切美好得有些突如其来。彩灯突然暗淡下去了,每一对舞伴都很熟稔地把腮帮贴在了一起。林康的心中一阵紧张,觉察到了背后的手在轻轻地发力。这股力量那样的自然与体贴,还没有等她拿定主意她就掉进了外国人的怀里了。她的皮肤体验到了他的唇,林康几乎再也不能从容地慢四了,两只胳膊也成了无人驾驭的双桨随小舟在波浪中荡漾,她真的成了液体的一部分,随自己不能主宰的节奏成了水面上波动的细浪。

你真美,林康清清楚楚地听他用汉语说。林康不知道自己晕厥了没有,那个吻和漫长的舞曲一样悠长。灯亮起来了,在慢四舞曲最后一个意味深长的节拍隐隐退去中,灯光缓缓地变亮。先生们开始把女士们送到原始处,林康没有动,林康的胸中氤氲地撒开风情万种。这个舞是对林康的一次重新启蒙,寻常岁月里被酱菜与洗衣粉堵塞的百结愁肠似乎开始了一种涣然冰释,林康极深地嘘了口气,听见那个漂亮的外国人说,谢谢。林康很幸福很不好意思地笑了,而对方送来的也是一个微笑,被林康的眼睛看出了别样的神韵。

舞会居然结束了。林康看了看表才相信舞会真的结束了。林康陷入了一种哲学式悲剧,事物的开始与终结与自身的开始与终结好像总是不合拍。林康觉得刚刚看见了一个美妙的开始,时间就粗鲁地揉着你的肩头说走吧走吧结束了。

林康故意停顿了片刻,等着吻她的那个外国男人。她看见了自己尖尖的皮鞋尖与他的羊皮鞋一同款款而出,仿佛走进了一幅浪漫的挂历。下面是平常日子所要度过的单调的黑色日期,而她则可以和他一起悠然于日子之外,成了追求幸福的人们心中的一片风景。

离开时他对她摆摆手说:"再见。"她慌忙依样摆了摆手:"再见。"

林康回到她的十二个平米的房子。丈夫没有盘问她。没有如往常她回来晚了一脸爱情满眼醋意地问她,哪里去了?怎么这么久?今天当然不是平时,只要她回来了,对他而言就是胜利,他很大度地搓着手说,回来了?孩子刚才还哭着喊你呢。

林康没有吱声,只是想冷笑一回,结果却在脸上弄出了冷冷的意思,天底下夫妻之间的勾心斗角,总是拿着只会玩积木的孩子呆头呆脑地充当和平大使,林康奇怪平时怎么没有看出其中的好笑处。丈夫走上来帮她脱上衣,林康没有拒绝,也没有迎合,任他摆布。"吃了没有?"丈夫问。"吃了。"林康说。

林康站在镜子面前看镜子里的自己。她看出了自己脸上依然犹存的动人往事,便有些弄不清楚的伤心。她盯住了脸上不久之前故事发生的地点,脑中很多复杂的东西竟开始东拉西拽。在外面有了故事的人或"有了外遇的人"一进家门便站到镜子面前端详,这也是不分性别和一种人类共性。丈夫开始抚弄林康的头发,她的黑色长发随丈夫叉开的指尖跌落婆娑。丈夫挪出一只手来关掉了日光灯,吻住了林康的后颈,只剩下床头那片暗红的灯光。灯光像丑女人的害羞一样难看。林康的眼前四步舞的幻象毫无章法地迭现——她回到了生活,生活一下子剩下了回忆。

林康被丈夫推到了床沿。丈夫的鼻息开始变粗。林康从丈夫熟悉的鼻息里知道他要干什么。林康觉得恶心。林康觉得这种时候做这种事情有种说不出的恶心。想拒绝，却又出奇地累。林康知道这是天底下做丈夫的向妻子道歉的最后一个关键步骤，只要完成了这个步骤生活便会重新开始。并将重新美好。她听见了"你真美"。

"你真美。"丈夫说。林康闭上了眼睛，另一种节奏另一种感受向她迅速地接近。她感觉到自己的晃动，以及腮边两片高贵的唇。她的身体在海水中羞赧而自豪地打开，许多缤纷的热带鱼在她的身边众星捧月。

很久以后她睁开了眼睛。睁开了眼睛她陌生地吃了一惊。丈夫的粗胳膊正压在她的胸脯上，身体歪在一旁恹恹欲睡。林康不知道心里头到底涌起了什么。她侧过脸去，两行泪在脸上疾速地蜿蜒。她的抽泣惊动了丈夫，丈夫眨着迷濛的眼，隔了一会儿丈夫说，别哭了，你千万别哭了，我再不打你，我向你保证，再打我不是爹娘老子弄出来的。

丈夫的鼾声匀和而又满足，有节奏有音程有高低强弱之分，嘭嚓、嚓嚓，嘭、嚓、嚓嚓……临走时他对我说什么了？他说了"再见"。是的，他说了再见。林康顿然对"再见"这两个汉字进行了最严密的剖析，他为什么不说"拜拜"或"沙杨娜拉"而说成再见！他到底想对我说什么？再见到底是什么意思？林康拨得汉字太像圆圈，开始与结局那样地天衣无缝。再见，是分手还是相会？是开始还是结局？中国人也实在是太没出息，连方块汉字都弄得这样没脾气。他要是真的邀我呢？……不怕一万就怕万一。——不。得去。明天我得去。姑奶奶我就这么的了。

晚饭过后林康便开始装潢自己。她的眼、唇、发型、指甲乃至脖子都进行了加工与再生。她要让他大吃一惊。丈夫问,打扮这么漂亮,干什么去？能不能让我们也知道,高兴高兴？丈夫说"高兴高兴"时故意朝小儿子逗弄,儿子被他逗得清口水直流。

干什么去？林康拨弄着耳坠,夸张了气鼓鼓的神情说,找相好去。再不找,被人家打死了还没人收尸呢。

对,该找,丈夫说,再不找我这么漂亮的太太不亏了？丈夫本意是幽上一默的,没料到说出来自己也觉得不是那个味道。

海晶宫的海魂式霓虹灯梦幻在不远处。不少姑娘躲在她们的化妆品里头玉立在灯光下面。这些精明而又爱玩的丫头们摆出极其高傲的造型,等待那些自命不凡的男人们为她们掏钱买票子。男人在她们的眼睛里是旧货市场里的折价时装,足以满足她们的时髦与风骚。

专爱在镜子里头寻觅年轻的女性对真正的年轻有近乎天才的敏锐。林康想起了手包里的镜子,她想再一次检正自己。女人的命运似乎全离不开镜子,她们的信心或沮丧仿佛全部发生在镜子面前。那些姑娘一个个随陌生的男人进入舞厅了。林康今晚并不想别人来请她,但她的被冷落多多少少给了她不小的打击。终于有一个年纪很轻的小伙子走到她的身后,喉音很重地问她:想跳舞吗？林康礼貌地谢绝了他,他还是一个初涉世事的小愣头,要不是林康有事,说不准答应他了。林康走到了票窗口,里头有人问她:

几张?

一张,林康说。

二十五。

多少?林康的声音很不踏实地问。

二十五。

林康的手心顿然就凉了。林康的脑子里马上就滚过了六斤二两牛肉,十二袋半洗衣粉和二十四瓶机轮酱油。林康立即想起了"见面杀一半"的古训,但林康立即从售票员眼里看出了容不得讨价还价的冷漠。更要命的是林康在那双眼睛里看出了别样的内容。她感觉到了那种目光像夏夜冰凉的吊吊虫在丈量她的身体。林康立即打开了仿鳄鱼皮钱包,抽出了三张表情晴朗的工农兵。

林康握紧海蓝色舞票大脑经历一场短暂空白,宛如国画里的留空呈现出无限云海苍茫,林康机械地走入了舞池。她迅速地扫了四周一眼,她所渴望的高大身影没有出现。林康找了一张空沙发陷进去,说不清的懊丧全像对面桌上的听装饮料,升起了蓬勃的泡沫。

华尔兹的舞曲翩然响起,《桑塔·露琪亚》,是林康所熟悉的旋律,在灯光中机械闪烁,林康的耳朵今天都听出了极空旷的

$$\begin{array}{c|c|c|c} \underline{5\ 5}\cdot\underline{\dot{1}} & \underline{\dot{1}\ 7} & \underline{4\ 4}\cdot\underline{6} & \widehat{\underline{6\dot{5}}}\ 5 \\ \underline{3\ 6}\ \underline{5} & \underline{{}^\#\underline{54}}\ 4 & \underline{4\ 3}\ \underline{2} & \underline{6}\ 5 \end{array}$$

感伤,初恋时林康的他常用吉他弹奏这支曲子,那时的月光下林康听他这样唱:

  看晚星多明亮　闪耀着金光
  海面上微风吹　碧波在荡漾
  在这黑夜之前　请来我小船上
  桑塔·露琪亚　桑塔·露琪亚

  林康觉得那时候她的内心充满爱情,那时候生活远远没有开始,后来优美的三拍节奏渐次远遁,留下空洞的影幻。她成了丈夫的妻子,同时成了儿子的妈妈,仅有的一点乐趣便成了每月十号端详人民币上好看的微笑,一如她现在,坐在幽暗的灯光和委婉的乐曲里头,看别人快乐与微笑。

  音乐如诉,林康在心里禁不住和唱:

  看小船多美丽　漂浮在海上
  随微波起伏　随清风荡漾
  在这黎明之前　快离开这岸边
  桑塔·露琪亚　桑塔·露琪亚

  舞厅的门口依然没有出现她期待的东西。林康从玻璃里发现了脸上不确定的失神。人们在舞曲里或疯狂或忧伤,与林康远隔无数季节。林康发现舞厅毕竟是个好地方,在这里人们能自在地怀旧。怀旧对每一个人是多么的重要,怀旧与舞曲具有等同的价值,只有一种松软的节奏,摒弃了所有累人的视觉意义。

  有人吗?一位三十开外的男子站在林康对面的椅子旁。不知道,林康说。

  怎么不见你跳舞?他说。

我不想跳。

那么等人？

不，林康说，我不等人，我没有什么东西好等待的。

这么说我们可以走走？他说，比方说小吃还有别的。

不。林康说，我不想走。

你怎么就会说"不"？他问。

"不"字好说，林康说，说起来省劲。

那么你喝点什么？菠萝汁还是椰子汁？

不，林康说，不要。

你真不该到这地方来，他说，鱼不吃钩就不该游到这地方来。

看来我要向你道歉？林康冷冷地说。

随你说点什么吧，他大度地说。

那么我该说见你的鬼，你们全是自私的家伙。

算了。他笑笑说，一定是你的鱼也没有上钩。我们来自五湖四海，为了一个共同的目标，走到一起来了。目的是什么？浪漫主义的说法是爱情，也就是外遇。——这是现实主义说法。

林康站起身，说再见了。

出了门林康想起来自己说的居然是再见，再见他妈的大头鬼！门口显得空荡，霓虹灯在孤寂地闪烁。他没有来，那个对她说再见的高大的白种人没有来。她花了二十五块钱竟没有坐到散场，正如她第一回烫发后发现头发又吹直了一样觉得自己吃了大亏。一出来迎面吹过来一阵冷风，她打了个激灵，胸中被掏空了一块。林康想哭一回，又没能哭出来，心中布满了说不出的难受。

　　进了门孩子已经睡了,丈夫还在开那辆永远炸不烂的方程车。丈夫说,跳得快活吧?林康很累地说,没跳。丈夫说,没跳?看你那样子没跳?林康坐到床沿说我说了没跳,——和谁跳?天底下的男人还不都是一个德行。你以为还真有谁比你强到哪里去?

　　丈夫听了林康的话回味了好半天,脸上居然幸福了。他放下游戏机抱紧了他的妻子,吻紧了林康。林康慌忙闭紧了眼睛。再长的吻,好歹也总能熬过去,林康心里这么说。

1993年第9期《上海文学》

祖　宗

太祖母超越了生命意义静立在时间的远方。整整一个世纪的历史落差流荡在她生命的正面和背面。太祖母终年沉默。在太祖母绵软的沉默世纪里，我爷爷这一辈早已湮没，只剩下她老人家站在家族的断层带上遥遥地俯视她的孙辈与重孙辈。太祖母的眼中布满白内障，白内障使她的俯视突破了人类的局限，弥散出宇宙的浩渺苍茫，展示了与物质完全等值的亘古与深邃。太祖母至今绵延清朝末年的习惯与心态。太祖母不洗澡。太祖母的身上终年回荡着棺材与铁钉的混杂气味。太祖母不刷牙。太祖母不相信飞机。太祖母不看电视。太祖母听不懂家园方言以外的任何语种，乃至电波传送的普通话。

太祖母的每个清晨都用于梳洗。百年以来一日不变的清代发式是她每天的开始仪式。然后太祖母就端坐在那里，一言不发，持续几个小时打量她第一眼所见的东西。她老人家的打量像哲学研究，却又视而不见、似是而非，历史结论一样有一种含混与空濛的笼罩。每年冬天太祖母总是盘在阳光下面，阳光似乎也弄不透她，就在她身体背后放了一块影子。——这是十多年前太祖母在我心中的木刻式构图。十年前我只身入京求学，离家的那个清晨我回眼看太祖母的小阁楼。太祖母早就起床,皱巴巴地站在小阁楼的窗口,岁月沧桑呈网状褶皱盖在她的面颊上面。太祖母的静立姿态如一只古董瓷器,所有裂痕都昭示了考古意义。我知道她老人家看不见,却对她招招手。我猜想这一去或许便是永诀,心中便无限酸楚。十年之后太祖母依旧古董瓷器一样安放在窗口,这时候我已是我儿的父亲了,处处可见十年风蚀。太祖母静然不动,十年的意义只是古瓷表层的另一层灰土。我是收到父亲的加急电报携妻儿返回家园的,我的家园安放在灰褐色小镇的幽长巷底。走进我家要在小巷拐五个弯口同时跨越十一道门槛。这里头包括一个昏暗幽湿的过道,过道的上面便是一间木质阁楼,里头住着我的太祖母。

阁楼的空间因太祖母成了另一个宇宙,在家园的一角冥冥迷迷。太祖母不许人进去,很小的时候就听太祖母说:"你们别想进去,除非我死了。"父亲这时总要说:"好端端的说什么死,我们不进去,谁也别想进。"

这一回返回家园我目睹了极大变化,家园的四周因拆迁而衰败杂乱。拐过第三个弯口我就看见和我家共一堵西墙的邻居业已搬迁,只在我家的西墙留下砖头和木条的历史痕迹,那些痕迹过于古老,反而成了现代意味很浓的平面构成。太祖母的阁楼孤立在一方,显得苍凉无助,使人联想起峭壁上的悬葬木棺。

晚上太祖母被保姆搀下来吃饭,我走上去喊道,太奶奶。太祖母的眼睛杳远地盯住我,好半天说,下午我听到你的脚步了。我让妻子给太祖母请安,妻抱着儿紧张地甚至说恐怖地站立在太祖母面前。我一时想不起我儿子该怎么称我的太祖母,我只好替我不会说话的儿喊一声"老祖宗"。太祖母在我儿的面前站立良久,两只手在我儿的尿布里哆嗦抚摩。后来太祖母笑了,她笑时脸上如旱地一般开了不规则罅隙,我知道太祖母一定摸到了我儿的小东西。太祖母缩回手,在指头上蘸了些唾沫,摁在了我儿的眉心。我儿惊哭了一声,太祖母对我儿文不对题地喊:老祖宗。我以为这是个错误,但我无法破译这里的宇宙玄机。

太祖母说:"他们到底还是走喽。"我知道她是说旧时的隔壁邻居。"祖上爷告诉我,我们做邻居有日子喽。"太祖母说,太祖母说话时一口完整无缺的牙发出古化石一样的光泽。"砌这房子时,崇祯皇帝还没有登基呢。"太祖母说完了就长叹一口气,这个晚上再也没有说一句话。她的长叹在我耳朵里穿越了太祖母的沉默,彗星的灵光一样一直倒曳到远古的明代。

我看见了家园在时间之液中波动,被弧状波浪拍打的岸一直是太祖母的牙。这真是匪夷所思。

父亲送走太祖母后对我说:"赶了一天的路,早点歇了,有事明天说,——你们就睡我和你妈的床。"父亲说完便打开了东厢房的木棂门,我记得那里头一直停放着太祖母的棺材,父亲每年都要上一层漆,黑中透红。棺材几十年来安静地随地球绕太阳公转,与阁楼中的太祖母相互推透、相互盼望,期待赋予对方以意义、以结局、以永恒的默契。"你睡哪儿?"我问父亲。

"你太奶奶的棺材。"父亲说。

妻紧张地望我一眼,极不踏实,欲言又止的样儿。父亲安静地掩上门,随后东厢房就黑得如一只放大的瞳孔。

刚上床妻就说:"怎么睡在棺材里头?"我说:"这有什么,都是一家人,生生死死都在一起的。"妻说:"再怎么活人也不能和死人住一起。"我安慰妻说:"这是我们的家风,睡棺材也是常事,有时还争着睡呢。早年我的一哥一姐夭折了,太祖母不许外葬,不就让爹埋在床下了。"

妻突然坐起来,——哪儿?

就床下,我用脚捣捣床板,发出空洞的回音,就在这块板的下面。

妻的眼里渗出了绿光,她抓着我的小臂就说,你们家是怎么弄的?

也不是我们家弄的,我说,家家都一样。

妻抱紧了我的腰,我怕,妻说,我怕极了。

父亲说,叫你回来是为你太奶奶。我说,太奶奶快不行了?父亲很沉痛地摇头说,那样就好了,父亲说,不怕外人笑骂,我现在是巴不得她老人家死掉。我说你怎么这样,怎么说出这样的话来。父亲低了头就不语。父亲沉默的样子像太祖母的另一个季节。

还有十来天你太奶奶就整一百岁了,父亲说。太奶奶看来已成了父亲的沉重木枷,父亲抬起头望着我,说,你看见她老人家的一口牙了?

我听不懂父亲的话。我弄不懂他的话里有什么意思。

父亲拉拉我的西服袖口,悄声说,人过了一百岁长牙,死了会成精的。

怎么会呢?我说。

怎么不会呢？父亲说。

谁看见成精了？

谁看见不成精了？

怎么会呢？我这么自语，我的后背禁不住发麻排了凶猛的芒刺。我从父亲的眼里看见了妻子眼里毛茸茸的绿光。妻子怕的是死，父亲惧的却是生。爆破声不停地在我家四周晃动。若干朝代在TNT的浓烈香味里化作齑粉与瓦砾。建筑与瓦砾之间的相对静止史书上称之为朝代。每一幢建筑的施工者总是尽其所能使它坚固，而后人总是抱怨：你弄那么坚固又有什么意思？朝代就这样，如建筑与牙齿，长了又脱。TNT的气味如佛国香烟，变更了体态呈现超度者的玄妙。

我的儿在天井里蹒跚。他扶着我儿时常扶的红木方杌子独自嬉戏在天井的一隅。他专注地玩一根竹筷子，玩了快两个小时了，流着口水哼着上帝才能听懂的礼乐。太祖母一定是因为我的儿才没有上楼去的，她站在天井的另一角落，打量我的儿，听我儿的歌唱。太祖母走近了我的儿子，他们用非人类的语言心心相印地交谈。他们的脸上回荡起大自然赋予人类最本质的契合，日出日落一样呼应，依靠各自的心率传递春夏秋冬，使人类对应出宇宙最美妙的精华。他们在谈。没有翻译。如同风听得懂树叶的声音，水猜得透波浪的走向，光看得见镜子，瞳孔能包蕴瞳孔一样。妻说，他们玩什么，怎么那么开心？太祖母回过头，对我说："我死了，你从你儿的身上扯块布下来，包上他的头发，缝在我的袖口上。"我说太奶奶说什么死，您老还小呢。太祖母说:"别忘了。"我便说,好的。太祖母笑眯眯地说:"活在世上,不论多少年,就睁开眼、再闭上眼。要说到千年寿万年寿,还是在阴间里头。一块布,你记好了,千万不要忘了。"太祖母的百岁生日渐渐临近。我的整个家园被一层恐怖笼罩着,仿佛拆迁的烟尘,无声无息飘落在我家的桌面、瓷器的四周。

父亲的十二个堂弟晚上聚集在我家。我坐在一边,太祖母的牙齿在我的想象中发出冰块的撞击声。他们闷头抽烟。他们的心不在焉里有一种历史关头的庄重气氛。没有人开口。在历史的沉默关口最初的结论往往直接等于历史的结果。这是我们的习惯性做法。这时候门外轰隆又响了一声,这一声提醒我返家的道路已把我送回了明代,这个想法增加了我内心中的战栗。

最终父亲从烟雾里抬起头,父亲坚定地说,拔。父亲说完拨掉头望了我一眼。这一眼使我感觉到我对历史不堪重负。我对他笑了笑。我自己也弄不懂我笑什么。许多重要的场合我总挂着一脸的蠢笑,内心空洞如风。我相信许多人都看到了我愚蠢的笑相。

一切全安稳下来后妻抱怨说,怎么这么乱?你们家怎么这么乱?孩子的手老是一惊一惊的。我说快好了,过两天就好了,马上就会稳定下来。妻又说,孩儿的鞋怎么又不见了?我说怎么会呢?谁要那么小的鞋。妻说是不见了,那双红色的,我找了很久了。我有些不耐烦,说,丢了就丢了,明天再买不就得了。妻说真见鬼了,昨天丢了你的耐克,今天又丢了孩子的,真是见鬼了。我说你啰唆什么?省两句,让母亲听到了又要生事。

给太祖母拔牙是我生命史上最独特的一页。一大早飘起小雨,那东西不完全是雨,只能说像雨像雾又像风。天空中分泌出很浓的历史氛围。阴谋在我的家园猝然即发。只有被盘算的太祖母在阴谋之外。我们全做好了准备,所有的人都默不作声,有一种把握命运、参与历史的使命冲动与犯罪快感。这是人类对待历史的常识性态度。太祖母坐在窗前,安闲如梦,像史书上的无事季节。我们全埋伏在太祖母的四周,不动声色,在地上投下我们的巨大阴影。

中午时分五叔来到我家,面色紧张,忧心忡忡。五叔喊出父亲,站在屋檐下面对父亲说,麻药弄不到,医院控制很严。父亲的脸色难看极了,像千年古砖长了青苔。拔不拔?五叔说。父亲没开口,对太祖母的小阁楼低下头,父亲说,奶奶,让您老遭罪了。

到处都潮湿湿的。久积的灰尘全膨胀了开来。很长时间之后我都擦不干这段记忆中浅黑色的水迹。叔父们整个下午都在我家堂屋里喝酒。这桌酒是为太祖母办的,她老人家下楼也就格外的早。太祖母的脸上是笑,能见度很低,隔了一层不祥笼罩。她的表情时常夹着相当弄不清的成分。太祖母一入座叔父们就忙着敬酒。父亲说:"奶奶,老寿星您就快一百岁了,奶奶您寿比南山福如东海。"太祖母笑笑:"不能再活了,"太祖母端着酒杯很开心地说,"再活不就成精了?"太祖母这么说着自个干了酒,叔父们的脸色就阴暗了下来,出现了惶恐的神色,他们的酒杯在手里显得沉重而迟疑,幸好太祖母看不见。

我对以下的沉默时间失去了概念。可能是几分钟,也可能是太祖母的肩头又蒙上了一层尘埃,我一直弄不清楚。在这个沉默的尽头父亲和他的十二个兄弟离开了坐席,齐刷刷地跪在了太祖母的面前。太祖母有些合不拢嘴,每一颗牙都在笑。太祖母说,起来,小乖乖,都起来,早就不信这个啦!小乖乖们在地上黑乎乎地站了起来,三叔拿了绳子,七叔手执老虎钳,九叔的手里托着一只红木托盘。过了一刻太祖母的牙齿全排在木盘里了,牙根布满血丝,我觉得这些带血的牙齿就是我的家族,歪歪斜斜排在红木托盘里头,后来我儿一声啼哭,那个念头便随风而去,不可追忆。我后来再也没能想起我当时的念头,只记得那种迅猛和生硬痛楚的心理感受,再后来我闻到了TNT的气味,我就像被冰块烫着了那样被TNT的气味狠咬了一口。

十叔说,大哥,这血怕是止不住了,要不要送医院。父亲说,不能去,医生一看会全明白的。太祖母倒在地砖上,两片嘴唇深深地凹陷下去,人的牙很怪,平时看不见,少了它人就面目全非。太祖母一百岁的血液在她的唇边蜿蜒,比时间流逝得更加无序。太祖母卧在地上气息喘啜,喉管里发出的吱吱声桨橹一样欸乃,她老人家的皮肤在慢慢褪色,与旧宣纸仿佛。九叔说,奶奶快不行了。五叔说,快灌水,你们都僵在这里做什么?七叔试了几回,抬着头只是晃,不行,灌不进。

这时候西厢房响起了我儿的啼哭,我冲进去对妻说,怎么弄的?你怎么孩子都带不好?妻说孩儿要哭我有什么办法?你们吵吵闹闹都在干些什么?我说没你的事,你不要多嘴,我不叫你你不要出来。妻一边哄着儿子一边说,走进你们家像进了十八层地狱,吸口气都不顺。我虎下脸来,说,你说完了没有?

父亲说,卸块门板,地上太凉。几个老头七手八脚把太祖母抬上了门板。我走过去拨开太祖母的上眼睑,白内障的背后瞳孔如同夜色一样笼罩了太祖母生命的大地。我轻声呼唤:老祖宗,老祖宗!太祖母的脑袋就从我的肘弯滑向了手口。

十三个孙子一同跪下去。他们的驼背使他们的跪显得虔诚。

太祖母的尸体平放在棺材盖上,这个棺材盖至少有三十岁年纪。许多相识和不相识的人一同前来吊唁,他们穿过那个湿暗的通道,提着纸钱来吃一口很长的寿面。我的十二个叔父连同我这辈的三十七个兄弟轮流为太祖母化钱。纸灰在我的家园四处飘拂,从我家经过的人身上一律飘动起纸钱里栩栩如生的死亡气息。甚至连老鼠都出洞了,趁人不备时紧张地逃窜。

我跪在太祖母的面前心中积满麻木。作为太祖母的长房长孙的长子,我捕捉到父辈们眼里宽松愉悦的神色。太祖母的牙被他们单独埋在了不同的地方,这使她死后成精的可能不复存在。我不停地设想太祖母成精时的样子,但我的想象力始终没有突破"人"的常规款式,这让我失望。好几次纸钱的火舌舐痛了我的指尖。我知道阴间的钱是烫手的,正如阳间的钱是冰冷的,总不易于让手接近。父亲在煮面条,他煮了一锅又一锅。全镇的人都来了,他们究竟要看什么谁也没有把握。不少人把太祖母脸上的纸掀开,太祖母的嘴巴很可怕。死亡总是把死者嘴部最难看的瞬间固定下来,使死亡变得狰狞可怖。人们就这样来了又出去,每个人都差不多。他们跨过我家明代就横卧在那里的门槛,临走时人们从明代跨出去,跨出的石巷又一直延续到明代。这个幻觉每个人从道义上说都应当有。TNT的剧烈爆炸也无能为力。

叔父们提前给太祖母收殓说明了他们心中的慌乱。棺材收容了我的太祖母。棺材如一部经典著作记录了生死奥秘。父亲对我们说,你们给太奶奶守三天的灵。父亲说守灵时两手抚着棺材,我一听"守灵"心里就咯噔一下,"灵"是什么?在我的想象中"灵"比生命本身更加活蹦乱跳,这个想法叫我不踏实,但我不能说出来,说出来便是灭顶之灾。我儿子上衣上的那块黄布早已成了一面旗帜,飘扬在我太祖母的灵光之前,太祖母依靠这面生龙活虎的旗帜在阴间霸道纵横,大鬼小鬼对她奈何不得。父亲说,太祖母可以逢凶化吉了。父亲对阴间的事比对阳世更具城府,我们的先辈大多如斯。惊人的事发生在午夜。在这个飘满TNT气味的蓝色夜间,我的家园彻底陷入了生死困惑。遵照父亲的旨意我们在守灵。太祖母的棺材停在堂屋,被两只支架撑在半空。我睡在棺材的下面,豆油灯在棺材的前侧疲惫地摇晃。许多白蜡烛在长香的缭绕中打着瞌睡。生面条、馒头以及正方体的豆腐、凉粉上布满铅色纸灰。外面有打桩机的声音,气壮如牛又粗喘吁吁,我的古老家园显得衰败、充满死气。零点过后守灵的人差不多全困了,几个叔还在四仙桌旁支撑,眼堂里闪着青色的光。他们在打麻将,每一张牌被他们放到桌面都棺材一样沉重。

二条。

八万。

跟。

我的耳朵里响着他们的叫牌声,梦如同傍晚的蝙蝠斜着身子神经质地飞蹿。我不知道我睡着了没有。我没有把握。这些日子我睡下像醒着,醒时又像入眠,做的梦也大半真假参半难以界定。我听见七叔说,最后一圈,打完了让他们几个来接,我隐隐约约听见七叔这么说,随后是洗牌的声音,像夏雨落在太湖石的背脊上。听这些声音我相当恍惚,但接下来的声音我听得真切。在神的预示下我听到了那种尖锐声响,无限古怪从天的边缘而来。我撑起上身,我的头顶差点撞到棺材的底部。我闻着棺材板的古怪气味听到了指甲在木板上爬动的声音。我甩一甩脑袋,这时候屋里全静下来,他们显然也听到了什么。我们相互打量的眼神里有一种绿幽幽的惊恐。我们终于听清声音是棺材里发出来的,棺材如一只低音音响渲染了太祖母的指甲对棺材的批判与不适。我的两只手就松下去了。几个叔父一齐盯着我,他们的目光过于炯炯接近了生物极限。棺材里指甲的抠动无力却又丧心病狂,如衔在猫嘴里的鼠,无望热烈地尖叫,充满死亡激情。太祖母在一片黑暗中一定睁开了她长满白内障的眼睛,同时张大了无牙嘴巴。太祖母渴望光与空间。太祖母的三寸金莲憋足了力气,咚咚就是两下。这两句总结性的批判在我们的后背扯开了一道缝隙,八百里冷风直往里头飚。

五叔说,打开,快打开。其实五叔的表达没有这么完整,他的舌头咸肉一样硬。

三叔最初没有开口。三叔后来说,怎么指甲没有铰掉?我们就一同记起了太祖母的灰色尖指甲。这个危险的物质成了未来乡间传说中最惊心动魄的部分。

然后我们屏紧了呼吸,整个生命投入了谛听。声音越来越弱,间歇也越来越长。最后一切和棺材一样平静了。直到今天我仍然认为太祖母左手的食指一定跷着,她老人家当初不肯抠下来有她的道理。这实际上是常识,但我们一家等待了很久。

出殡后太祖母的后裔们跨完了火把。火把在旷野里筑成生死之间一道墙。不确切。跨过火把你就又一次逾越了生死屏障。火苗在每个人的胯下卖力工作,青紫色的烟飞上天去,变成更多种图形,仿佛古人留给我们的谶语,难以辨别。我只知道那些话一半写在羊皮上,一半写在半空。

到家时走进过道我们情不自禁止步。我说,到小阁楼上看看去。父亲说,其他人站着,就我们俩上去。挪开门,上个世纪的冷风披着长发长了长长的指甲就抓了过来。小楼上空空荡荡。一张床一张梳妆台而已。父亲和我无限茫然,好奇心就向着现实做自由落体。

父亲说,鞋,你儿的小红鞋。我走上前,我儿的红色鞋口在床下正对着床板。我又看见了我的破"耐克"。在我的耐克后面,按时间顺序排列的是一双草绿色解放鞋、松紧口单布鞋、两片瓦、木屐……我注意到这些螺旋状排列的鞋子正以轻松的脚的表情面面相觑,自信而又揶揄。我的错觉就在这个时候产生了,我看见我的家族排着长长的队伍螺旋状款款而至。他们用我的家园方言和家族神态向我招呼。像时间一样没有牙齿,长了厚厚的白内障。

父亲说,怎么回事,这是怎么回事?

我刚想向父亲问这样的话。听见父亲的声音我沉默了。

1994年第3期《钟山》

五月九日和十日

其实九日和十日并没有发生什么。优秀的日子们到了五月八日依旧桃红柳绿，眉清目秀。事情发生在八日的夜间十一点。这是人类无比重要的时刻。十一点之前妻在床头灯下撤换床单，我注意到妻跪在床单上凝神而又心不在焉的矛盾姿态。灯光有些暗，妻的细长指尖用心地抚平一些布纹褶皱，我甚至闻见了新洗床单上阳光和水的气味。妻在这样的时刻一般不肯和我对视，即使和我说话侧过了脸来，目光也只盯着自己的指尖。这时候光感音乐报时钟就响了。夜间十一点。夜间十一点音乐报时钟的乐曲取自于瓦格纳歌剧《罗恩格林》，也就是爱尔莎和罗恩格林步入新房时的主题：|5|·i|1·0|5 2·7|1·0|5 1·4|4 3·2|1 7·i|2·0|……听出来没有，庄严肃穆又柔曼抒情，天鹅回颈般委婉圣洁，照耀出羽绒白中透青的光。实际上我是不赞成钟表厂这样做的，好像我们的每一小时都有什么深文大义在那儿，要用得上大师去帮我们总结。不过这只镀镍钟的颜色和造型我都喜欢，有很浓的女性气质。时间说到底不正是女性的，正如空间是男性的一样。妻看着指尖说，不早了吧，十一点了吧。我就跨过一些空间吻妻的唇。

门在这个时候被敲响。妻很吃了一惊,抬着头看我。那只白天鹅就飞走了。我开了门,隔着防盗门纱我也能看出他的乱发和大胡子。林康住在这儿吗?门外问。住这儿,我说。大胡子说,让我进来。他的五大三粗让我迟疑。让我进来,他就不耐烦了。

我预感到了什么。他已经坐在沙发上迫不及待地点烟。深深吸完第一口,过了很久他才吐出来。他的两只脚尖满足地跷在那儿。那双看不出牌子的真皮运动鞋快八十岁了。他坐在那里卸背囊。他把背囊放在脚边时抬起头,妻正好从卧室里出来。妻扶着门框和他对视了。妻的眼眶里有一种宁静在孤寂地翻涌。寓动于静是妻的特异禀赋,也可以说是她的美学功能。妻就用那样的眼风交替着吹拂她的前夫与现任丈夫。这个三角形的沉默有一种顽固的稳定性。最后还是妻举重若轻,妻说,我给你打水去。

他呼哧呼哧洗脸时妻从我的身边走过。妻没有看我,也没有给我别的什么暗示。妻就坐在了椅子上。妻的一条腿跷着另一条腿,一只巴掌托着另一只巴掌。这时候他从卫生间走出来,他一边走一边高声说话。他说,我又是穷光蛋了,我赔光了,最后的五千块让我撒在嘉峪关、西盐池、伊犁、拉萨、日喀则。他的声音在夜间十一点的墙壁上活蹦乱跳,拉出了五千元人民币和辽阔西部的空间构架。

他脱了鞋双腿盘在了沙发上,整个客厅被他的脚臭统治了。那种专制、寂寞甚至带着忧郁感的臭气有一种与生俱来的王者气质,所有的气味都服从它了。它是有来头的。

我介绍一下,妻说。不用了,我说。我们已经认识了,他说。妻就站起了身,那我先睡了,她说,你们也不要太晚了。妻指指隔壁的小房间说,你就住这儿。

我们是在目送妻子即林康走进卧室后真正对视的。妻子即林康抒情的背影感染了我们。我们的对视总体上风平浪静,没有节外生枝。不过男人总是敌人,这个基础性命题不会更改。

你们怎么还不生孩子?他看过四周这样说,她一直想要个女儿的。我没有开口。他的这句问话让我不快。我开始联想妻和他当初"生个女儿"的诸种细节和可能。这个想法卑下而又无聊,但我无法排遣男人内心原始性猥琐,我便尽量有风度地笑着说:"快了。"他就点点头。妻子回到卧室后夜间的阒静开始捉弄我们了,我们没有了妻林康在场时心不在焉的投入和无声无息的炯炯有神了。我们就这样沉默,时间披了黑色衣裳风一样寂然疾驶。这一点电子钟比机械钟来得残酷,机械秒针的脉冲运动每一秒跨一格,每一秒又都停一步,时间的这种相对静止感在电子钟里没有了,电子钟里的秒针就披了黑色衣裳风一样寂然疾驶。我们进入了哲学沉默,电子钟的报时音乐终于又响了,夜间十二点了。音乐是一首俄罗斯民歌,有一种旷达的无奈和动人的忧郁。这仿佛就是夜间十二点或零点时辰的精神内涵。时间在这个时刻显得可感。有一道巨大罅隙,笔直地通往宇宙的夜。

"我们现在在明天了。"他说。他的这句话狗屁不通。他说完这句话就站起来推开小房间的门,大笑而去。我观察了他背影消失时的状态,是大笑而去。我读过许多书,知道他这样做伟大的历史意义和深刻的现实意义。我们的圣贤先哲隐士高人在史书上消失的方式都是大笑着隐遁的。我同时注意到修史者对大笑而去所投入的肃穆与敬仰。他们是这样描述历史的转折关头的：×××乃大笑而去。

我突然就茫然起来，一个人傻站在过厅里，弄不懂"昨天是今天"以及"现在在明天"的玄妙关系。我的身躯在时间零时这个无情的缝隙里自由落体，耳朵里呼啸的尽是宇宙风。我恍然若梦走进书房，从书架上取出《史记》。史书上的"大笑而去"也只有极有限的几处。我清醒了许多。我认定妻子的前夫一定想在我们家创造某样历史。这个想法让我恐惧。我读过很多书。我了解历史。历史的理想状态是自然而然的遗留状态。一旦有人企图创造历史便会出现灾难。我合上书，决定把这个残酷的事实告诉妻子。

走进卧室我便让妻子抱紧了。她一直就站在漆黑的门后。她的手如同蜿蜒的藤蔓无方向地攀援。后来她就颤抖。她的颤抖传染了我，让我体验到一种无力回天。我轻声说，怎么了，你怎么了？妻没有回我的话。她就那样在五月九日开始的时分不由自主地颤抖。

我们坐到了床沿。我闻见了床单上阳光和水的芬芳气息。这种气息使我想起妻尖细柔长的指尖抠括褶痕的细腻模样。我就解妻的衣扣。妻却抓住了我的手背，用力握了一回。妻说，今天不。我有些不可阻挡，我居然说出了这样一句精妙绝伦的话，我说：今天是明天了。

我和妻的做爱没有一丝惊心动魄。这是一个失败的例子，令人沮丧。有一点让我越发懊恼,操作过程的某一个瞬间我甚至觉得我不是我了。我弄不明白怎么会这样的。这很折磨人。我居然觉得是另一个人在替我完成另一件事。我有些不放心,想问妻,是不是我?又终于没有问。虽然我有点糊涂了,但不论我是谁,这样的问题终究不够体面。我用一声长叹终结了这次荒谬的举措。

九日是一个艳丽的日子。完全是理想中被典型了的五月九日。只是我和妻的脸色很不妙,与干燥柔嫩甚至有点性感的阳光不协调。他还在睡,脸埋在被窝里,只有两只鞋口休休闲闲地弥散雾状脚臭。我掩上门,轻声对妻说,我们上班去,给他留个条。

妻的工作单位离我并不远。上班不久我就给妻去了电话。我努力把声音弄得饱满。一进办公室就有同事提醒我了,说我的声音怎么"像干牛屎"了。我拿起话筒说,林康吗?妻听出了我的声音,好半天她才懒懒地说,干吗?我说你怎么了,声音怎么像干牛屎?那头就没有了声音,耳朵里尽是电流向远方驶过。又过了好半天她才说,干吗?

"干吗"就把我问住了。亲人或朋友有说不完的话,但一具体到"干吗",有时又实在想不起要干什么。我说是这样,中午我们一起吃饭。那头再也没有声音。后来我"喂"了一声,那头也跟着"嗯"了一回。我说就这样,把电话挂了。

我一直想和妻子再到美术馆对面的清真面馆吃一次拉面。我和妻第一次上街吃饭就是那家面馆。关键是我们都喜欢招牌上很像面条的文字。那时候妻刚离婚,脸上是漫无目的的疲惫模样。我在一个同学的家里认识了她。她的嘴上抹了一层紫色唇膏,是一种冷漠拒绝的架势。她坐在黑色沙发里头,两只手放在腿上。一只巴掌被另一只巴掌托住。表情易碎却又不可侵犯。那时我刚和我的女友分手。我们同居了三年。比她离去的婚姻还要漫长。我对她点过头,她的笑来得慢去得却飞快。她短暂的敛笑过程流溢出松散倦怠,好像有一层凄风苦雨笼罩着她,给了她过于浓郁的婉约风格。

这样的风格感染了我的当初。被感染之后我变得心静如水。我很快遗忘了同居三年的那位女友。男人幸福的标志便是心静如水。我在心中向她的紫色口红发誓,我要和她结婚。

中午十一点半妻给我来了电话。电话是在我们办公楼的楼下打来的,就一句话,她在等我。我下楼时妻正站在楼群间仅有的一块阳光里头。她的白色上衣被阳光照出一种青光,像冰块里的那种。妻有过一张成功的摄影肖像,也是在阳光里头,全不是现在这样的。那张相片被妻放在了影集的尾页,整个画面就一张特写面部,被左手托住。背影上有几点模糊绿色,是一些植物的大概。马尾松一根不落地梳向了脑后,一张脸就迎着高光灿烂地笑。嘴巴却是紧抿着的。两只眼眯得厉害,只留了一条缝隙。幸福死了。我问过妻,什么时候拍的?妻怎么也想不起来,说反正是"姑娘"时候,说肯定是哪个朋友偷拍的,说什么时候这么幸福过漂亮过了,骗骗自己罢了。说照片本来就是骗自己的。青春哪里留得住,生活哪里能固定得下来。

我走上去说你来了。妻望着我,没有表情。嘴和眼全在嘴和眼的位置上。我说我们吃饭去,我们到清真馆吃牛肉拉面。

妻说算了,走那么远干吗?就这儿随便吧。我们就走进一家小酒店,起的是洋文名字,装潢得四处是反光。店主用玛丽莲·梦露噘着红唇迎接天下的客人。玛丽莲的胸脯精妙绝伦,那颗天才的黑痣点睛了她的性感。还有假睫毛与那根食指。无与伦比。

上完菜妻就说,是不是怕我溜回去?

安静的时刻生活一不小心就进入本质。

溜到哪儿?你能溜到哪儿?

妻无语了好大一会儿,终于说,是啊,能溜到哪儿?

你开心一点好不好?别弄得像撒切尔夫人。

昨晚你不该对我那样。

我们不说昨天的事。

可你一直盘算着昨天的事。

我没有。

你何必这样。

哪样?

你何必这样呢。

服务小姐送上来油氽虾仁。利用这个机会我看了一眼大街。茶色玻璃把这个世界弄得忧郁乏力,每个人的脸上都有了怀旧企图。服务小姐的表情和玛丽莲没有关系。她和空调一样从事自己的工作。

五月九日的晚上是一个糟糕的晚上。他还睡在床上。他睡觉的姿势甚至还是我上午见到的那种。更要紧的是,那双鞋一点没动过,也就是说,他已经这样睡了整整一天。没有吃,也没有拉。这让我不能不紧张。幸好妻回来得早,妻很疲惫地坐进沙发,两眼看着我上午留下的条子。妻肯定是看见了我脸上某种不安定的成分。妻说,不要紧,他就这样。妻这话轻描淡写。但我听上去有点不舒服。我弄不懂哪儿出了毛病。我和妻子开始了一种蹑手蹑脚的生活,起初还记得目的,怕弄出声音吵了他。后来竟忘了,成了一种习惯,开冰箱,接自来水,取碗抓筷都像做贼。到后来电子钟的音乐报时都显得过分了。我们就这样像做老鼠一样吃完晚饭做完家务。每次弄出声响我们还要对视一回,仿佛又欠了别人一笔债。按照生活次序,下面当然是看电视,电视放在卧室里,我们俩关了灯就盘坐在床上,小学一年级的学生那样听电视机上课。我一直在专心地走神。我对着电视视而不见的时间里不知想了些什么。我当然更不知道妻在想些什么,但妻一定在缅怀或追忆或憧憬一种什么,这个可以肯定。要不电视结束了,我们俩面对整个画面的黑白雪花不会还在"看"电视。我关了电视,说,睡吧。妻深吸一口气,但妻的叹息却收住了,放得很轻。妻故意不让我听见她的叹息。妻完全没有必要这样做的。我们临睡之前在被窝与被窝之间相互摸了摸手。抚摩之前觉得大有必要。摸完了却又想不出什么意思来。脑子里就空了,装满了夜的颜色。

　　下面又是第二天。第二天起床后清晨与以往无异。可以看出今天是另一个昨天。不过我知道今天是十日了。九日之后只能是十日,这里头只有阿拉伯序数秩序,不存在想象与愿望。我很想把这件事表达得顺心一些,也艺术一些。但九日之后的那个日子我们只能称之为十日。我站在窗前,麻雀一样四处张望,等着妻和我一同上班。妻的一句自语让我吃了一惊,让我快发疯了。妻梳头时嘴里衔着发卡含含糊糊地说,怎么这么不巧,怎么今天偏是星期天。我听到这话觉着生活一下子严峻起来,生活的严峻十有八九与我们对时间的配备有关。我走到小房间从门缝里看了一眼,他总算换了另一种睡姿。我没有做过多的打量。我担心他的眼睛会爆炸性地睁开来。妻突然说,我们到郊外玩玩吧,好久都不去了。妻的话当然正中我下怀。问题是把他撂在家里总是不好,显得过分。不要紧的,妻说。妻或许看出了我的心理痕迹,妻说,让他睡,他就这样。

妻这样说我很不开心。她的语调里有明显的立场问题。我笑着对妻说,好吧。

妻就是在这个星期日的午后和我讨论"孩子"的事的。整个上午我们都表现出轻松、自然、大度。这是一种极累人的努力。凡人俗胎一贯热衷于这一做法。这么做的同时往往伴随了高尚的可怜感觉。我就是这样的。过了午饭我就撑不住,累透了。血液流动都要毅力。我默诵大段大段的道家话语来调理自己,效果都不显著。知识是没有用的,在它们变成血液之前。

妻和我躺在一块草地上。妻说,我们该要个孩子了吧?妻刚才吃饭时脸上不均匀,我以为她在心疼两顿午饭的八十六元人民币。我正在看五月的天空五月的云,没有得出什么。听妻这么说我便把思想收回了人间。怎么想起这个了,我说。我也没想,就这么随口说说。生个男孩还是生个丫头,我问。当然是男孩。他告诉我你原来想要女儿的。妻就闭了口,妻后来说,怎么能再生女儿,女儿家这么苦。我说,不至于吧。妻把目光全送到天上去,妻说,这还不是明摆着的。她的声音已经接近哲学的边缘。

我们就这样躺着,看往来穿梭的游人。在"大自然"里人和树木一样多。人们兴高采烈。人们的一只眼睛躲在相机的镜头后面,分割大自然里人与人之间的关系。每个人都在镜头里扮演自己的理想形象,同时又做别人画面的背景。人们为此兴高采烈。

我以为我们的郊游会平静地结束,像年轻人或初恋的情侣一样,带着一身的土味和芳草气息回家供多年以后的大雪之夜倚在火炉旁缅怀。这差不多已是我们这类俗物很雅致的境界了。我一直没能料到妻的一场爆发酝酿已久。从逻辑上说,我应当推导出来的。大前提小前提和结论都在这儿了,问题是我缺乏一种现实主义的眼光,把它们联系起来。我的注意力太放任自己了,一直在预防自身。我已经感受到一种险恶的东西在胸中迂回,盘旋了好一阵子了,稍不留神就会冲出来,不可收拾。我努力调整好自己。男人在某些关头一着不慎,多年的心智积蓄便会一泻千里。经典性著作上全这么说的。

我拉过妻的手,说,我们走走去。这是十日下午三点十分的事。离妻的整体爆发还差不到半个小时。我和妻一同来到一株高大木棉树的下面,不少人正在更换假的将军服,而后佩上不锈钢战刀骑上那匹瘸马。三四个远道而来的傣族妇女站在另一株木棉树下面。她们的穿戴零零挂挂,有很浓的蛮荒风情。她们在卖妇女饰物。捧在手里,向所有过路的伸出手来。我说,给你买条项链。妻说,都是假的,有什么意思。我说,当然是假的,有傣族的边陲风格，买条玩玩，很不错的。我们用手指头比画着还了半天价，就花十五元从一个头上裹了很多纺织物的傣族少女手中购了一条。我们研究了好半天，看不出什么质地。我注意到我们终于有点开心了，有了峰回路转的可能。

灾难发生在一座水泥桥边。我们一路欣赏这条项链走得已经很远了。我们的步伐充满爱情与体谅。两个傣家妇女站在桥的下边。她们卸下了头饰，抱怨说，累赘死了。她们的抱怨用的是我们这个城市最通用的方言。我对妻说，瞧，原来是个冒牌货。妻就站在那里，脸上变了，没有过渡地秋风萧瑟起来。我叫你不要买的，妻说。都已经买了，我说。我说过叫你不要买的！我不是说了都已经买了吗。什么傣族妇女？妻突然加大嗓门吼道，还蛮荒边陲风情，狗屁！我说，你怎么发这么大脾气？妻把那条项链用力扔到了河里，只溅起了极有限的几朵浪花。妻的双手扶着水泥栏杆，望着水面眼泪就出来了。妻伤心无比地说："全在骗我。"妻这样说文不对题。两个女人在桥下吓得鼠窜，一边跑还一边回头，好像我会跑下去追打她们。和她们有什么关系。

好了吧。我的脸也沉了下来。我听得出自己口气的轻重。妻就不出声了。但她的眼泪却不可遏止地流淌。妻的双唇不住地抿动，似乎在作一种努力，不让自己发出声音。我走上去抱住她，妻埋了头所有的伤心一下就出来了。为什么？妻说，到底为什么？我就这样拥着妻，一时想不起"什么"为什么。只有一种很抽象的坏情绪。妻抬着头满脸是泪，说，他并没有做错什么。我想了好半天，说，他当然没做错什么。我们也没做错什么，妻又说。当然,我说,我们也没做错什么,那是为什么?怎么会这样?我便说不出话来。心里头另一样坏情绪挤兑了原先的坏情绪。这两种糟糕的心理感受我弄不清是什么,但我知道它们的来处,是从生命中最基础的部分升腾起来的,烟霭一样,飘满了五月。在呼吸与呼吸间折磨寻常日子。狗屁不值,厉害无比。

我说,回家吧。

妻只是摇头,说,你回去。

我说这怎么行呢,他肯定起床了。

妻就用两只手撑住我的胸,无可奈何地说,好吧。

我们在天黑之后返回家宅。站在门前我很小心地掏钥匙。老鼠一样进了门。开灯。日光灯管跳了三四下,亮了。我走到小房间的门前,里头黑咕隆咚。只有那种脚的臭气依稀缭绕。我小声说,你煮点稀饭吧,马上把他叫醒,他也该吃点东西了。我就半躺在沙发上,空穴来风想起地图的轮廓。我开始想象一只小黑点在晃动的炎热中沿嘉峪关、西盐池向伊犁、拉萨蠕动。那里被空间强行占领后,时间躲回到上帝的口袋里去了。也就是说,他当初的举动完全是空间的,与时间没有关系。

电子钟报完八点,妻说,喊他起来吧。我就敲他的门。好半天没动静。妻说,这样叫不醒他的,他就这样。我就进去,开了灯,被子和床单乱得不成样。空在那儿。地上有只烟头,用脚踩扁了。我关了灯,站在门框的下面,妻在厨房里和我对视。过了一刻妻的头就掉过去了。空间在我和妻的这段距离里茫然无垠。整个晚上我们保持了蹑手蹑脚的习惯,生怕弄出响声来。

晚饭我拼命地吃,喝了五碗。电饭煲里的稀饭总是吃不完,空荡荡地等待另一张嘴。妻说,别吃了,留着明天当早饭。

1994 年第 3 期《钟山》

充满瓷器的时代

地址的选择绝对是先验的,它从一开始就决定了"是这儿"而不会"在那儿"。这一点从英语的发音也可以得到证明:here,多么决绝、充满信念;而 there 就恍惚得多,悠悠得多,拉开了一段模糊距离。蓝田选择他的店铺地址时一开口就咬定了 T 形巷口的阳面拐角。许多人劝他,你怎么糊涂了,你怎么忘记豆腐店老板娘吊死的长舌头了?蓝田显得义无反顾,但蓝田的回答从一开始就有点阳气不足,他说,我卖瓷器,又不出豆腐。蓝田的女人一直盼望铺子能开在剃头店的对面,那里人多嘴杂,是三十至四十岁的女人最喜爱的隐私风景线。蓝田的最终决定打消了蓝田女人的如意算盘,蓝田站在 T 形巷口的阳面拐角,甚至是恶狠狠地说,就这儿。这句话在上帝的耳朵里一定就是 here,众所周知上帝的两只耳朵同样精通英语。

豆腐店的生意原先就好,在秣陵镇与阳光植物们一起妖娆。许多人主张对豆腐应当缄默,因为豆腐的历史完全对等秣陵镇的历史,这样的话题引发开来将不可收拾。豆腐罗列在柴米油盐酱醋茶之后,是秣陵镇开门的第八件事。有一年冬天外乡人王五连同他的老婆一起来到秣陵,他们带来了两样陌生的东西:他们的外地方言和王五老婆白嫩的皮肤。见过王五老婆的男人们都说,哪里是人,分明是块豆腐。男人们针对有没有碰触王五老婆的皮肤用了这样一句隐语:吃豆腐了?是男人都知道这句话已成了典故。这是秣陵镇对汉语的唯一贡献。由此不难考证,汉语的发展与不光明的社会需要密切相连。

王五的豆腐店风靡秣陵镇时大约处在王五仿学秣陵镇的口音过犹不及的时代。也就是说,王五差不多被秣陵镇认同,但同时又无疑是外乡人的这段时间。每天清晨王五的老婆坐在热腾腾的新豆腐旁边,她坐在椅子上,抱着一只膝盖弯或另一只膝盖弯,十只长指头叉在一处,宛如未开放的花瓣与花瓣。她挑着画成的假眉毛对每一个买豆腐的客人说,今天吃豆腐?她的外乡口音很快使秣陵镇对豆腐充满了激情。人们用它宴客待宾祭祀祖宗。今天的秣陵镇人学会了忆旧,这是T形巷口的阳面拐角对秣陵镇的最大贡献。

蓝田的铺子在初六开张,那天来了许多观望的人们。多数人的表情都不像蓝田那样喜庆,那样如日中天。人们的脸上是一种不确切的神色,也就是说,人们选择了一种似是而非的面部静态满足了他们的内心需要。人们看清了铺子里一摞一摞口径不等的瓷质器皿。是饭碗。透过爆竹开炸的黄色烟雾,那些饭碗显得很麻木,瓷的光芒使人们想起出水豆腐的水色。出于比较,瓷质显得无情无义。用瓷器发明饭碗一开始就文不对题。瓷器在秣陵镇应该充当何种角色,是一个博大精深的话题,人们复杂的表情表明了大伙对这一问题的无能为力。

　　后来蓝田女人怀里的奶娃就哭了。蓝田女人两条腿的旁边各有一个难分性别的孩子。他们抱着蓝田女人的腿,用惊恐的白眼打量四周。怀里的孩子一声惊哭蓝田的女人便抖动起两只胳膊,她的两只大乳房水袋子一样发出液体晃动的声音。蓝田听见了奶娃哭号,脸上说变就变。蓝田大声说,你怎么孩子也不会带?你的两个奶头让狗吃了!蓝田的女人走到了铺子的后面,那里堆满杂货,弥散出驴粪蛋的悠久气息。许多人都记得那里原先喂了一头驴,磨粉的时候双眼被两片黑布罩住。迷失了方向的毛驴往往会一往无前。主人手里拿了鞭子,驴的眼睛变成了最无意义的生物部分。蓝田的女人把酱黑色奶头塞进了奶娃的嘴里,奶娃掉过头吐了出来。蓝田的女人就势换了另一只,奶娃用刚出蕾的牙齿咬住了。蓝田的女人尖叫了一声便在奶娃的屁股上猛拍几下。蓝田对儿子的啼哭耿耿于怀。说不出理由。好多日子以后心里头都隐隐不快。

　　蓝田和他的女人有意无意地学起了秭陵镇的声腔音调。这是接近异乡人的唯一途径。蓝田不久就学会了用秭陵话骂秭陵人了,秭陵人接受了蓝田这个讨好性做法。蓝田这样说:"是你呵张哥,我日你龟婆!""张哥"则这样答曰:"是呵我日你龟婆。"

　　秭陵人很快发现他们当初的疑虑毫无道理。饭碗的生意好得惊人。秭陵人自己也发现了,饮食器皿比饮食本身更能引起人们的兴致,蓝花白底的饭碗就这样从养毛驴的地方搬上柜台,再走进每一个家庭。与此同时,另一样手工业在秭陵得到了飞速发展,他们拿着一把小锤和钢錾,挨家挨户在碗底凿上男人的姓氏。根据审美趣味的不同,这些手工业者预备了行、草、隶、楷等四样字体,另外配制蓼蓝、朱砂和墨黑三种颜色,这样的组合基本保证了每家每户饭碗的百花齐放。据说殷寡妇一时心血来潮,也在饭碗上刻下了她死鬼男人的姓,殷寡妇吃饭时捧着那只碗四处游荡,脸上的样子幸福得像新娘,好像第一次端起了她男人的饭碗。

秣陵镇总结出了外乡人的厉害,外乡人总能在秣陵镇呼风唤雨,他们点头哈腰,到头来受制于人的却是秣陵镇自己。

蓝田的女人不识字,甚至不识阿拉伯数码。然而,蓝田女人的记忆和大多数目不识丁的聪明女人一样眉清目秀。在每天开门和打烊的这段时间,蓝田的女人守着成打成捆的瓷器,显得寂寞孤楚。在生意的间隙蓝田的女人几乎记住了方圆几十户人家的老小姓氏。不久以后蓝田的女人神经质地念叨一个灿若桃花的名字:展玉蓉。熟稔秣陵镇历史的人都知道,叫这个名字的女人是王五他老婆,一个豆腐一样白嫩、指头摸两下就要裂开身子的俏丽女人。蓝田的女人开始了史学探究,她对展玉蓉当初的一颦一笑有一种疯狂的投入,她几乎向每一个在T形巷口驻足的女人打听豆腐坊的过去。但展玉蓉的名字有一种魔法,使所有飞短流长的女人顾左右而言他。

最初满足修史者好奇心的往往被修史者称为"历史"。这里同样存在得来全不费工夫这条真理。终于有一个麻脸婆子给了蓝田的女人一把研究展玉蓉的金钥匙。麻脸婆子用更年以后的干涩嗓音（这样的嗓音完全适宜叙述历史）告诉蓝田的女人：

（展玉蓉）先前在城里做姑娘的。

做姑娘？什么是做姑娘？

你怎么这个也不晓得，就是做那个。

哪个？

卖嘴皮子。

什么卖嘴皮子？

木头。是下面那张嘴。

蓝田女人恍然大悟的神情泡在苍茫的暮色之中。即使是一个单个人的历史依然是空旷的。做姑娘。蓝田的女人开始设想展玉蓉在秫陵镇的诸种细节，每一个细节自然都是"做姑娘"的派生部分。晚上睡觉时蓝田的女人说，你知道王五他老婆是做什么的？蓝田说，我哪里知道。在城里头做姑娘，女人说。做姑娘？什么是做姑娘？你怎么这个也不晓得，就是做那个。哪个？卖嘴皮子。什么卖嘴皮子？木头，是下面那张嘴。蓝田脸上的神情认真起来，你怎么知道的？蓝田女人的脑海里顿然出现了历史空缺，但蓝田的女人立即把展玉蓉"做姑娘"推向了历史的最高真实，蓝田的女人说："谁不知道。"

在那个暴雨的午后麻脸婆子开始了展玉蓉的历史补充。历史的叙述方法一直是这样，先提供一种方向，而后补充。矛盾百出造就了历史的瑰丽，更给定了补充的无限可能。最直接的现象就是风景这边独好。从这个意义上说，补叙历史是上帝赐予人类的特别馈赠。

麻脸婆子依照本能一下就把握了叙述历史的科学方法,即针对死去的人一律采用批判眼光。这给讲述与接受都带来了无限快慰。"她(展玉蓉)不是在城里做姑娘吗?"麻脸婆子说,"不知怎么弄的(这为另一位补充者提供了契机)就嫁给了王五。他们来到秭陵镇,就像从石头缝隙里钻出来的一样。他们来到秭陵镇。做豆腐是后来的事。豆腐的确白,但豆腐能不白吗?不白不成臭豆腐了?"

麻脸婆子说,我长这么大没见过这么白的女人。麻脸婆子说,一眼就晓得是做姑娘的。你说说,那么白不做姑娘还能做什么?麻脸婆子说,你白吗?我白吗?

不白。蓝田的女人又认真又惶恐地说。

不过我年轻时还是蛮波俏的,麻脸婆子说,要不是生了天花,我原先是个美人呢。谁不看我。麻脸婆子喟叹一声说,你看看现在。

这又怎么了,蓝田的女人说,还不是一样波俏,五官七孔在这儿。

麻脸婆子脸上的每一个麻子都发红光了。你晓得她怎么死的?吊死的?是让她男人勒死的!她和剃头店里的每一个男人都睡过,把那些剃头的腰都睡闪了。你瞧瞧她出的豆腐,哪一块不臊气烘烘的,男人全像猫见了腥。

这个午后的雨把巷子全下空了。整个T形拐角布满雨的声音。每一家店铺的滴漏上都拉着密匝匝的雨帘。空间积满了茫然与空濛。瓷器在午后的雨中恪守安宁,同时散发出了一种稳固的忧郁,与它们作为碗的身份不相符合。然而,作为谈话时的背景,尤其是女人向女人叙述历史时的场景部分,瓷器以及它们的忧郁恰如其分。这个不容置疑,要不然这故事就没法说了。在一段相当长的沉默过后,麻脸婆子说,这也不能怪她,她就是做这行的,再说,一个外乡人,不那样又怎么待得下去。麻脸婆子说这话时每一颗麻子里都放了好多同情,只要她一笑那些同情就会挤脱出来。麻脸婆子说完这句话回头看了一眼蓝田的女人,蓝田的女人脸上一下就灰了,像雨中无人的街心。两只眼睛吹拂起秋后的风。麻脸婆子慌忙地说,我这话没别的意思。蓝田的女人回头时的动态像一只鸡,很突兀地笑起来,说出来的话历史结论一样五冬六夏:我的哪一只碗炖不得豆腐。

蓝田的铺子在十五那一个大集市遇上了实质性麻烦。和所有的集市一样,秣陵镇的集市一律安排在可以被五除尽的日子。无论是公历还是农历都不能解释这种选择。日子的遗传往往造就了规律。赶集的人依仗上天预备好了的满月把集市拖到了暮色上梢时。人们知道过了这一刻夜会再亮起来,一点不比白天差。蓝田的铺子不知道麻烦即将来临。蓝田的女人晃动着两只大水奶,正在完成最后一笔贸易。蓝田的女人手把拼木门板预备打烊,高财主的下人走过来,大声说,妹子,拿十只大碗十只二碗,三少爷做十岁,急等呢。蓝田的女人一张脸提前被月光照亮了。她提了粗厚的草绳把一摞大碗递过去。她提得小心翼翼,任何红白喜事中饭碗是切切打不得的。瓷器的背脊在暮霭中流荡出弧青的光。交手与接手之间高财主下人的指尖出现一种严重企图。而后就咣当一声。是丧心病狂的咣当一声。T形巷口所有的声音就死了。聚了黑年手的月光,雪白瓷片四处飞蹿,有一种被解放的幸福与酣畅。碎片在暮色中回光返照,炯炯有神。蓝田女人的手僵在那儿,保持现场造型。后来散集的人都听到了财主下人的一声鼻息:哼!鲜嫩的月光把人们悄悄送走了,鲜嫩的月光照出了空街瓷片的狰狞。秫陵镇人很快发现,饭碗破碎时面目可怖,长了尖长的牙。瓷器的溜光浑圆一开始就靠不住。难怪仇人用砸碗来诅咒仇人的喜丧。

蓝田的女人在烛光下告诉蓝田,事情坏了。蓝田宛如被窑烧过了一样沉默。蓝田的女人说,事情坏了。蓝田默然走近样品货架,随手操起一只碗。咣。又操起一只。咣。又操起一只。咣。整个满月的夜被那种迸裂声砸得星空浩瀚。

更糟糕的是第二天财主并没有上门。事实上,财主永远也没有上门。所有人都认为财主不可能善罢甘休,蓝田和他的女人当然更这样认为。预防和警惕的心态在外乡人夫妇的心中与日俱增,明天一样绵绵无期。

蓝田的铺子在一度萧条过后迎来了梅雨季节。天空永远是女人来红时的脸色,无目的的厌倦和无原因的无聊构成了另一种日常。瓦屋的青灰色瓦楞里长满了青灰色的瓦花,只有在夜间猫的叫春声中才走进人们的想象。人们依靠嗅觉在梅雨季节里推算时辰,烧饼、油条以及麻团、熏烧的气味在细雨中难以扩散,沿着巷口告知人们何时宽衣解带何时上锅下厨。蓝田的女人在经历过一场心灵灾难后整日恍惚如梦。挂着两只大水奶子,歪着脖子,就那样看对门屋顶上的青灰瓦花。整个梅雨季节好像就为她一个人准备的,她就那样闻着铺子里的霉味,让一个又一个飘散梅雨的日子在失神的眼中纷飞如风。

蓝田在旷日持久的缺席之后突然出现。那一天晴,东南风一至二级。最高温度十九摄氏度,最低温度十一摄氏度。蓝田出现在秣陵镇的这一天脸上晴空万里。他的铺子一开门就迎来了哗啦哗啦的阳光。人们站在蓝田的铺子前惊呆了,铺子撤走了瓷器,三面墙挂满了镜面与玻璃,干净和雪白的光照亮了所有空间,巷子也挂到最高一排的镜面里去了,青石路面和行人一律斜过来四十五度,世界的秩序全乱套了。围过来很多人,蓝田亲自站柜,他在两排墙的镜子中间拉成了两道对称的身体长廊,他的女人退在后面,烘托出蓝田呼风唤雨的举手投足。蓝田大声说,快来买,透明的是玻璃,不透明的是镜子,玻璃装在窗子上,又不透风又不渗雨。一个女人在人群里说,家里的事全让人家看去喽!大伙一阵哄笑,蓝田也笑。蓝田说,不要紧,灯一熄别人什么也看不见。大伙又一阵哄笑,蓝田的女人也笑。不过一定有人注意到,蓝田女人的表情有点怪异,玻璃一样随喜喧闹,却也玻璃一样清冽易碎。但蓝田的样子充满自信。他相信贸易的革命会带来一连串的革命。

日子一亮丽蓝田的女人就会追忆展玉蓉。那个未谋一面的传说中的女人占据了蓝田女人的全部憧憬。她一次又一次坐在门口的凳子上,跷着腿抱住膝盖,十只指头交叉在一块,她自己就发现这样的画面离展玉蓉隔了遥远的距离。她去过剃头店,那些闪了腰的男人而今腰板很好。然而,蓝田的女人在意外之中发现展玉蓉的故事离自己已经相当贴近。那是一个无聊安静的中午,蓝田的女人来到剃头店,只有姓马的师傅在那里养神。他们坐着说了几句家常,马师傅说,你脑后的头发有点翘,削薄一点就好了。蓝田的女人笑着说,别把我削成尼姑。事情到了这个份儿上都是平静的。后来事情起了质的变化,是从指头与皮肤的关系开始的。先前蓝田的女人感觉过马师傅的指头,蓝田的女人没往心里去。那是一种工作关系。但后来指头一个一个全高兴起来,在她的耳坠和下巴之间春蛇一样爬动。蓝田的女人惊慌地睁眼盯住镜子,屏住了呼吸,刹那间看见了镜子里的展玉蓉。这个瞬间的错觉使蓝田的女人跃跃欲试,蓝田的女人小心地在镜子中看了马师傅一眼,马师傅的表情若无其事,望着巷口。蓝田的女人僵了好半天终于做出了大胆的举动,她用腮帮主动蹭了那些春蛇几下。蓝田的女人看见那些蛇竟然不动了,仰着头咝咝吐芯子。蓝田的女人看见大幕业已拉开,另一个外乡女人将从秣陵镇走向传说。蓝田的女人临走之前又看了一眼镜子。没有留下任何迹象,这是镜子的好处之一。

秣陵镇人一致认为蓝田舍弃饭碗买卖是一个关键性错招儿,尤其在铺子毁灭之后。人们指出,东西越透明越光亮就越危险。蓝田一定是昏了头了。蓝田无论如何不该弄那些东西放到铺子里来,那么多镜子,把这个世界弄得无处躲藏,和世界对着干能有什么好结果?世界总有一部分见不得人与光,这完全符合八卦的阴阳学说。就像老鼠洞,蓝田怎么也不该做那样的恶作剧,用镜子的反光把太阳刀子一样捅进去,那些老鼠从洞里冲出来时路都不认识了,对着地上的镜子就向镜子夺路而逃,结果撞得头破血流。这样的玩笑开大了。但有人做评述补充时选择了另一个审视角度,另有人说,豆腐店也好,瓷器店也好,关键是暴发了。钱一多就会出事。朝朝代代都这样。要是光有钱不出事,几千年下来这世上不全是钱了?人还怎么活?这句话出自另一位外乡人之口,这已经是多年之后的事了。

但是蓝田卖玻璃并没有发财。事情是明摆着的。不久以后三面墙的镜子就照出了蓝田的伤神模样。蓝田女人难以遏止的焦虑被镜子的投射拉出了无限的虚幻空间,蓝田的女人面对大街,但人们看见的却是镜子里的那些背影,好像蓝田的女人整天给大街一个背,尽朝着世界的反面默然不语。女人对第一次偷情胜过新婚。双重意义上的冲动造就了所谓色胆包天。蓝田的女人在蓝田进县城后的当天下午就来到了剃头店。蓝田的女人是带着她的大奶子、口干的感觉和相互扯动的心思踏上剃头店石门槛的。互怀鬼胎的目光在镜子里对视过后,蓝田的女人坐在一旁。过路的人招呼说,怎么有空坐到这里来了?蓝田女人的回答有点似是而非又急不可耐,她说:"死鬼进城了。"心跳的时候蓝田的女人有些后悔,这句话完全可以等一等再说的,展玉蓉肯定不会这样。

美人的死亡经历过传说就只剩下美学意义。死的原因与过程全成了其次。展玉蓉的身体被吊在木门的后面,一丝不挂。即使是死亡也不能更改她的雪白如玉。展玉蓉的十只指头如寒冬屋檐的冰凌,由粗到细晶莹多芒,指甲盖失却了血色有了半透明的透视,能看见骨头的竹状关节。展玉蓉的脖子留了一道绛红色的血印,她的生命就是由这道血印扣走的。不幸的是她的舌头。这是展玉蓉的死亡遭受指责最集中的部分。那个让无数男人魂不守舍的精致玩意失去了张力与弹性,吐了出来,很长很长。许多人做过努力,她们怎么吐也不能把舌头吐到下巴的下面去。这些话被广为流传。许多死亡因为传说的美学需要失掉了价值,即历史感与哲学深度。蓝田的女人是一个极端的例子,很多年后另一位外乡人听说了展玉蓉的死亡过后讲了这样一句话:"诸神不关心我们的安全,却很注意我们所受的惩罚。"没有人对他的话感兴趣。但他接着说,展玉蓉满足了秫陵镇人对死亡的幸灾乐祸。死亡对她来说是最后一次体面。

天黑之后蓝田的女人安顿好孩子。用两块布遮住了拼木门板的空隙。点好蜡烛,铺子里一片雪亮。夜就像镜子里的世界一样阒寂。是多种角度的阒寂。门被敲响了。幸福的恐怖从天而降。马师傅听见门里问,谁?蓝田的女人听见门外说:我。

世界在某种时刻与豆腐、碗、玻璃一样不堪一击。蹑手蹑脚满足了世界的强度需要。慌乱的亲嘴过程心跳得像打架。后来蓝田女人的下巴没了力气,午后的河蚌那样裂了开来。马师傅的双手挤牛奶一样搓她的水袋子。他们抬头时看见巨大的镜子墙面很吃了一惊,疯狂的折射拉开了疯狂的八百里夜空,诸多矛盾的力量冬季的风一样方位不定。马师傅捏掉了烛光,光和空间即刻被上帝没收了。他们慌乱地抚摸与寻找,找到了彼此身体的高低形势。随后开始了第一回合。死去活来,不见胜负。蓝田的女人顺应着身体的节奏说,不要了,不要了,全给你,全给你。第二回合刚要开始,蓝田的女人突然紧张地说,快点灯,我看见墙上全是眼睛。点好灯马师傅一脸不高兴。这么多镜子,任何心思插翅难逃。我怕镜子,蓝田的女人说,魂都给它们弄出来了。马师傅刚要灭灯,蓝田的女人说,不要灭,镜子在看我。马师傅的脸上就没底了,晃动浮泛起来。这么多镜子,谁的心思也插翅难逃。

我好看不好看?好看。喜欢不喜欢?喜欢。全让你偷走了,蓝田女人讲这话时马师傅从那个镜子的尽头一直笑到另一个镜子的尽头。我白不白?白。我身子香不香?香。马师傅说完"香"鼻息又粗了。蓝田的女人突然严肃认真起来:"我像不像展玉蓉?"

蓝田的女人看见马师傅烙着了那样惊恐地站起来。他站得太猛,蜡烛歪了一下就翻灭了。蓝田的女人看见巨大的黑影站在高空。蓝田的女人站起身,两只大水奶子贴着他的胸,伸长了舌尖舔马师傅的下巴。蓝田的女人轻声说:"我就是展玉蓉。"

蓝田的女人被一股巨大的力量推倒了。她听见一声开叉的尖叫。马师傅的黑色身影打足了气一样原地乱跳。黑色的身影迅疾地向外奔跑,一块黑色镜面被撞掉了,玻璃的炸裂声在寂静的夜里灿烂强烈,发出耀眼绚丽的弧光。当啷。随后又当啷。整个秣陵镇全听到了。是脑袋与玻璃的撞击声。

第二天一早秣陵镇人一个个神色庄严。夜间的历史转折使他们学会了用眼睛四处打听。人们都知道剃头店的马师傅在家里奄奄一息,而 T 形拐角的铺子一直关着。每一块木板都原封不动。有人试图从缝隙里找到一点头绪。未果。

但人们很快发现了一条线索。有人从蓝田家铺子的后院发现了几滴血迹。顺着这些血迹人们一路寻找过去,血迹越来越大,越来越密,运行的轨迹也愈加曲折晃动。到后来血迹在马师傅家的青石阶上站住了,是两个绛红色脚印。故事在高潮成为结局,戛然而止。

一年之后传说就把这些事全弄清楚了。虽然蓝田和他的女人再也没有出现,马师傅再也没有起床。什么也别想逃过人们的想象力。历史是沿着想象力顺流而下的局面。

1994 年第 3 期《钟山》

九层电梯

我三十五岁生日那天女儿一清早就出去了，书包里又塞了只空包。女儿说过爸爸再见，走到妻的身边和她母亲咬耳朵。她们俩像亲姐妹那样交换了神秘笑容，还伸出小拇指勾了两下，女儿上了电梯我问妻，孩儿说什么了？妻说，要送你生日礼物呢。我点了烟说，现在的孩子这么小就知道这些。我说，送我什么？妻笑起来，孩儿不让说。我也就笑笑，说，我早晚要被你们母女俩卖掉。

中午女儿回家时胸前叉了两道书包带，威风得像红色娘子军。妻给女儿接下包，我就给女儿推进了我们的卧室。女儿说，爸爸闭眼，我就闭眼。女儿说爸爸不许偷看，我就说爸爸不偷看。我睁开眼时女儿正紧张地拽着一只褐花被角。说过爸爸生日快乐，女儿掀开了被子，两只可怜巴巴的幼猫冲着我柔声细气地叫开了。我怎么也料不到女儿会弄这两个东西放到我的床上。我平时在床上吸烟妻也要抱怨的。妻对床上用品有一种洁癖，让她看见了少不了一顿脸色。我说小乖乖，快拿下来。女儿却固执地问，喜欢吗爸爸，你喜欢吗？女儿的问话有了三年级学生造句的语法性。我说喜欢，爸爸很喜欢。我抱起女儿拍拍她的屁股蛋说谢谢你小乖乖。我向来不许女儿说违心话的,我这样说话时觉得自己生活在别处。我不能在这样的时候泼女儿的凉水。我转弯抹角地把猫抱到地板上,两只猫打了蝴蝶结,东张西望像小偷出身的绅士。妻倚在门框旁苦笑,随后无可奈何地摇头。我拉过她们姐妹俩的手,高声宣布开饭,今天吃烧龙虾鲫鱼丝瓜汤。

两个绅士搅乱了我的生日午宴。女儿几乎不吃饭了。她忙于用最好的饭菜招待她的客人。问题是,这两个绅士似乎并没有多少绅士风度,它们竟跳上餐桌把头埋进了汤钵,鼻子里发出满足快活的呼噜声。妻有些忍不住了,她阻止猫的办法是把目光转向女儿。妻说,毕小蓝!妻只有在严重关注的时刻才这么周全地喊女儿的名字。孩儿没动。妻放下筷子,说,毕小蓝,你的猫!孩儿抬着头说,不要紧,汤不烫了,烫不着它们的。

在常见的这种争执里,我大多处于中立。

女儿说,爸,我已经给它们取好名字了,黄的叫耶萝,黑的就叫布莱克。我知道女儿的所谓起名不过是"黄色"和"黑色"的英文发音。我说,怎么不起个漂亮好听的中国名字?女儿说,不好。

耶萝和布莱克开始了它们的九楼生活。起初它们还能在每个房间里闲庭信步,不久就不能这样没管教了。它们把我们的枕头、大衣、沙发套上弄满了斑斑尿迹,甚至一台录音机也让它们的尿给短路了。我的家里给弄得飘满尿臊。我们只能把它们关在卫生间。其实猫是最干净的动物种类,像我的妻子一样热衷爽洁。儿时乡下家里的猫每回大解都要用前爪刨一个土坑,再用泥土盖得严实。问题是九楼哪里有土？现代文明把我们和泥土隔得很开了。我们生活在一个充满电插头、四处都是玻璃的明亮环境,泥土早就被当做污垢了。当然,猫吃得不差,除了滋补品外,它们和女儿享受同等待遇。

有一点我一直弄不清,——女儿终于发现,耶萝和布莱克越长越瘦,胆子也越来越小。女儿好几次给它们冲了公爵牌牛奶,电视里都说,买奶粉,我喜欢公爵牌。看那女孩的长相,就知道这牌子不坏。它们就是不爱吃。闻几下就掉过头去。它们连公爵牌牛奶都不爱吃了。

耶萝和布莱克一天一天长大,又瘦又长,像好莱坞的女明星,举手投足都展示出优秀的骨感。我从来没见过它们为某样食物凶猛地争斗过。那种胡须偾张、鬃毛四起的出击模样,成了它们的祖先留给我们的遥远过去。它们甚至不怎么追逐、跳跃,做几个类似于体操的动作。它们就趴在那儿,游戏都免了。外婆说,猫其实了不得呢,是虎的大师傅呢。老虎的扑、抓、撕、咬全是猫手把手教会的。老虎由于心浮气躁,猫才不肯教它们跳跃和上树的。要不兽王就不会是狮子了。猫只是小了点,哪里也不比老虎差。三十年前外婆家有过一只虎皮猫,硕壮而又凶猛,外婆从不喂它,它每天下午都要懒懒地卧在天井的围墙头上,舔唇边的老鼠血迹。到了晚上它才弓起身,吊一吊嗓子,找它的相好去花前月下。那只虎皮猫在外婆家有特殊的身份,五大三粗的黑狗也从不惹它的。那只黑狗和虎皮猫在外婆的天井大院各自为政,独尊一方。虎皮猫粗硕的身躯款款落步时的漫不经心,你只要一眼就能看出大自然赋予它们的自信气质。我小时候不怕那只狗,独惧那只猫。我可以把指头伸到狗的嘴里去。那只狗除了不爱笑,处处像个哥哥,但虎皮猫不一样,它夜间冰凉的绿眼和锋利的硬爪让你不便贸然造次。狗到后来多少通点人性,一通人性离狗的本质就远了。猫似乎镇定得多,它与人类的距离永远恰如其分。

女儿说,爸,它们怕是病了吧?我说不会的,它们又不上学,哪有你那样娇气。女儿说,让它们到阳台晒晒太阳吧。我推开书稿说当然可以。这本该死的书已经拴住我近两年了。我和女儿一人抱了一只走到阳台,一走近栏杆手里的布莱克就看见了遥远的地面,它就慌乱起来,几乎乱了方寸。它惊恐的模样让人看了心酸。我的巴掌感觉到了它的心跳,几乎像炒蚕豆。女儿说,爸,耶萝不敢看天,也不敢看地,你看它怕的,爪子全硬了。我说算了,孩子,算了吧。

夜里妻就抱怨,说猫把这个家全折腾乱了,说你们父女俩全疯了。妻叹气说,蓝蓝这孩子怎么搞的,怎么就吃不胖,头发那么黄牙也那么稀,怕是缺钙缺得厉害了。我说是啊,可她营养也不差。妻说,要不我明天买点西洋参来。我说你瞎说什么,才多大的孩子,怎么能这么补。妻说,我愁死了。妻摇摇头把头枕到我大臂上,妻望着天花板说,能长你这么结实就好了。妻是分到我们研究院和我相爱的,追她的人不少,有一个还专程上黄山自杀去了。一个星期后他回来说,祖国河山美如画,想开了,不值。我真替他高兴。妻来追我时我老大的没自信,我人不坏,但长得坏。一些同情妻的人告诫说,好端端的插到牛粪上去了。我带妻到乡下时指着一大摊牛粪给妻看过,说,这就是牛粪,所里的人说你就插在这上头。妻说,不挺好的,比狗屎好多了。恋爱时妻常问我,你吃什么长大的,怎么这么棒这么有力气。我说我啃窝头啃到进大学。你胡扯,妻说,窝头还不喂出非洲难民来?我龇开牙让妻看我牙上的一道黄垢,看见没有,我说,这里还有标记,啃窝头长大的都有这个。妻用指甲敲了敲我的门牙,幸福地说,你一点不像他们。其实我并没有从妻的话里听出什么来,是妻自己添足地解释说,她谈过一个的,都"那个"了。这话把我从幸福的巅峰撂下了山谷,差点粉身碎骨。一个月后我才从乡下回来找她。见到妻我自己也没料到会哭起来,我说,我爱你。我们乡下长大的人一般是不会这样表达感情的,我就用乡下的家乡方言这么说,我爱你。这么一说我的眼泪全下来了。幸福得站不稳,路也不会走。

　　我说,要不过些日子把蓝蓝送到乡下去。妻仰起头,你疯了?送到那儿去,不病死才怪呢。我说你舍不得她吃苦头,身子骨怎么硬得起来。妻说,不行。我给她吃钙片,吃中华鳖精珍珠燕窝,我带她到公园骑自行车、爬假山。

　　女儿送给我的猫早成了她自己的礼物。我唯一可做的是再给它们当爸爸。买菜时我多了一份工作,买几条小鱼或别的带腥的什么。猫是爱腥的,人们甚至用这一点来形容一些人的特别嗜好,比如说好色之徒辩解时就说猫哪有不吃腥的。诸如此类。猫真的不吃腥了,至少对耶萝布莱克是这样。它们对着食物,不动,不吃,只会叫。那种声音和它们成长起来的身体极不相称,弄得你又烦又觉得可怜。女儿说,明天是星期天,带它们去玩吧。这个提议实在太好。

一路上一家五口情绪很好。但不久耶萝就吐,后来布莱克又吐。女儿和妻紧张起来,怎么了,它们怎么了。我说,下车吧,它们晕车。

这个大煞风景的细节令人不快。然而事情总有许多不同的层面。下车后的耶萝和布莱克居然表现得欢欣鼓舞。妻和女儿给猫套上绳子,它们又像模像样地粗豪狂野起来,它们亮开嗓子,在树林里撒腿狂奔。多么令人欣喜,心情舒畅。

事情急转直下。猫的叫声惊动了一只巨大田鼠。老鼠的灰色身影拼命地在草丛里惊慌飞蹿。老鼠的逃命模样要了两只猫的命,它们神经质地趴在地上,眼里发出了吓人的死光。我见过这样的英文报道,但亲眼所见让我说不出地悲伤。我不能责备老鼠什么,人家要逃命,这是人家的权利。我当然更不能抱怨我的猫,谁不害怕恐惧?问题是,你为什么要怕逃命的老鼠。这世界真的变了,理不出头绪了。

女儿一下泄了气。女儿说,回家,不玩了。怎么劝也不行。回家。不玩了。你把这两个脏东西扔了,妻突然说。我说,怎么发这么大脾气。一进家门妻就开始了第二次进攻,你扔不扔?我点根烟,随手抽出一本书。妻抢过书合在手上,——你听见没有?我听见了。你扔不扔?不扔。你要老婆还是要猫?都要。是家重要是猫重要?都重要。妻把书摔到我怀里倒上床就蒙住了头。你说这怨谁?好像猫喜欢怕老鼠似的。

整个晚上我追忆那只虎皮猫。它午睡时四条腿伸得笔直,一种毫无防范的大气隐藏在它的睡姿里。它睡得安详而又疲惫,那只黑狗从它的身边走过时尽量轻手轻脚,显示了一种本能的知书达理,既是一种自律,也是对猫的礼遇与尊重。猫睁开眼,睃了一转,狗很知趣地舔它的嘴唇去了。大自然最初的本意是一种自自然然,一种与生俱来的生命契约,一种对异己生命的信赖和自身均衡的自信。

那天晚上外婆发了一阵大脾气。虎皮猫被后院的三狗蛋捉住了,硬给它塞了一条生鱼干。虎皮猫回到家孕妇一样干呕不止。外婆站在天井高声叫骂,骂得生动活泼淋漓痛快。狗蛋娘终于接话了,在后院抽打三狗蛋的屁股。她有节奏地说,我看你狗咬吕洞宾,我看你狗咬吕洞宾。外婆站在方杌子上推开了北窗,外婆说,鱼不在天上飞,鸟不在水里游,你狗咬耗子驴下蛋,好事让你家做绝喽!

我记得那是五月的夜。天蓝得均匀、柔和,却又有点感伤。我对蓝色的一贯偏爱与家乡的夜空有关。外婆家的虎皮猫干呕完毕,又舔干净身子出去了。不久我就听到了虎皮猫凄长的惨叫。我不放心,果然看见枇杷树下两只猫在尽力厮咬,一只大些的肯定就是虎皮猫,它们扭成一团,痛苦地悲号,它一定在诉说干鱼片的不幸遭遇。它每叫一声眼里的两道绿色就像通上了电,照亮了枇杷树下的恐怖空间。我喊过外婆,我说,打架了,它们又打架了!外婆一反吵架时的凶悍常态,笑眯眯地说,让它们打,小乖乖,让它们打。

妻还在生气。夜已经很静了。她每回生气总要四至五个小时,劝是劝不开的。时间到了,自己就会说饿,给她弄点吃的,一切又都好了。我走进女儿的小卧室,女儿早就歪在床上睡着了。她的床头全是书,比我还要多。没完没了的习题一直在屁股后面追赶我的女儿。女儿是个好孩子,开家长会老师全这么说。女儿不聪明,妻怀她时生过不少病,又打针,又吃药。我多次暗示妻去做掉,但一看到满脸胎斑的脸上回过来一双绿光,我就忍住了,想起了虎皮猫的硬爪。女儿刻苦、自觉、用功,全靠笨鸟先飞保持了各门功课全班第一。我并不要求她这样的,看她为第一而终日劳累,我又心酸又无奈。去年期末考了一回第三,女儿的小脸拉得像小丝瓜条,女儿的虚荣让我无能为力。她完全不该有这么多痛苦和欲望。我劝她,算了,第三不挺好的。女儿泪汪汪地说,同学要瞧不起我了。我说,怎么会呢,爸爸就没有瞧不起你。女儿说,下次开家长会爸爸妈妈不能坐第一排了。女儿说完这话就去做作业,她幼嫩的脸上过于刻苦的模样让我一阵又一阵心疼,我积蓄了诸多酸痛,难以言传的哀凉在胸中回荡。我不能打击她,更不敢勉励她。任何勉励都会成为女儿的枷锁。孩子仅有的童年是在她母亲的胎腹里,一出母体,童年就结束了。

我静坐在女儿身旁,女儿瘦削而又疲惫的下巴尖尖地翘在那儿。嘴巴张开来,牙齿的缝隙有半片牙那么大。小闹钟被女儿放在手边,闹铃的指针指着早晨六点五十。闹铃发条这时候一定像女儿一样疲惫,吃力地绷紧了身子,时刻盼望在早晨六点五十伸个懒腰。时间和女儿是对立的。你轻松他就不轻松。我们每天清晨的睡梦总是由孩子的闹钟打断的。六点五十分,乡下的孩子们多么幸福的时刻,蜷在厚大暖和的被窝里,像一只小虫子,打着小呼噜,做着小梦,青葡萄的藤蔓一样探头探脑,再磨磨牙或嘟哝嘟哝小嘴巴,可六点五十我亲爱的小孩子不得不闭着眼睛打哈欠了,眼里又干又涩,像进了肥皂沫。

我俯下身吻我的女儿。看女儿熟睡当父亲的总是百感交集。我给女儿拽了拽枕头,一只小塑料皮笔记本却掉了下来。捡起打开,是女儿歪歪扭扭的日记。女儿记日记了,孩子的日记是对我们的一种批判。至少是不相信。女儿这么小就学会了选择孤独和自我咀嚼。女儿你干吗急于这样。你为什么要记该死的日记。

卫生间传来了猫叫。起先还沉着,后来就肆虐了。这些零散的叫声里有极勉强的洪亮、极压迫的外张、极无奈的泣诉。我关了灯,卫生间里传出了骇人的绿光。声音越来越狂躁,一种伟大的原力在两只赢弱的小猫里神圣地萌发了。它将创造出伟大的延续、伟大的永恒、伟大的进化与伟大的变异。妻这时被吵醒了,我说,听见了,它们在喊青春万岁。妻拧着眉头说,像抓了心,烦死了。我说,它们要当爸爸要做妈妈了。妻说,省点心吧,两只母猫,干嚎。

我实在没注意原来是两只母猫。

女儿说,怎么了,怎么回事?是不是又病了?我说,去睡吧孩子,猫做了个噩梦。梦见什么了?女儿问。梦见了老鼠,我说。

两只母猫绝望的叫春使人听上去不忍。它们的爪子批判卫生间马赛克的声音在你的听觉上拉开一道长长的裂缝。它们在渴望星空、树荫、缀满露珠的大地、老鼠洞、爬满青苔的破檐、洋溢烂谷子陈芝麻的仓库以及沾满血腥的墙壁。可我的九楼哪有这些给你们?我的猫。我的孩子们。

我的家快被这种无助的叫声弄疯了。

我终于对女儿说,把它们放了吧,明年爸爸还有生日,你送爸一块大蛋糕。女儿说,不行的爸爸,它们会饿死,被汽车轧死,要不就是让老鼠吃掉。我想了想,也不是办法。

女儿和妻的脸色显然难看了。她们和猫一起承受了一个又一个难忍的夜间。女儿的眼周围一圈黑晕。女儿说,爸,又要考试了,我天天头晕,又要考不好了。我说,考不好算了,放了假爸给你补,爸比老师的学问还要大。女儿失神了,女儿说,考完了再补有什么用?都考过了,再学有什么意思。女儿用她母亲结婚分房时的失落眼神望着窗外,自语说,这一回不一样了,名次下降了要罚款,还要用黑色写上名字,和上升的红色名字挂在一起。

我把女儿抱到腿上。我的女儿从什么时候起学会了虚荣。我的宝贝孩子瘦得只有猫那么重。我的宝贝乖乖整天叫她累,她一到家放下书包说累死了。我至今不太明白累的概念,我的童年和狗、兔、鸟、蚱蜢一样精力充沛。我就生活在它们中间。我对季节的嬗替不是以日历和天气预报作参照的。我对时间位移唯一的判定参数是气味,扒根草、野茼蒿、稻光麦浪棉花朵的气味。土地每天有每天的表情,每天有每天的生动气息,每天有每天舒筋活血、血运旺盛的吱吱声。我儿时的一切都是长了眼耳鼻舌的,你的心跳它们全听得见。土地和植物动物们是你生命的一个部分,梦的边沿,在你的童话中变成鹧鸪、蛙声、白胡子爷爷、赤脚狐狸、一块糖、一双新鞋、一块橡皮、一只石榴或青枣。我们的奢侈品是鸟窝、树根下的螳螂和蚂蚁穴、芦笛以及冰面上的喧哗。童年没有厌倦,没有累。

这一回耶萝真的病了,湿漉漉的红鼻头粘满乳状鼻涕。妻用卫生纸给它擦了又擦,引来的是一串喷嚏。女儿买来了舟山鱼干和靖江肉脯,它不吃。你摸摸它,给你的手感是搓衣板。

这个下午非常忙碌。女儿补课也要很晚才能回家。下班时下起了雨雾,我和妻下班时大街上的霓虹灯光全是湿的,加重了浮躁与焦虑。上了电梯妻就说,累死了,我累死了。一进家门就是卫生间里猫的哀叫。打开卫生间,耶萝已经硬了,侧在白色马赛克上面,一只眼盯着半空,视而不见。瞳孔散开了,和死亡一样大。布莱克努力往墙上爬,发出一阵又一阵叫声。

我叫过妻,说,耶萝死了。

妻好半天没开腔。后来她说,我们快埋了吧,女儿快回来了。我说,等她回来。

女儿一回来我就拉她走进了卫生间。我准备好了许多宽慰她的话。女儿看见了耶萝的尸体,脸上的平静与她的年纪极不相称。女儿说,我就知道它活不长。我没敢问下去。女儿有女儿的感觉依据,关键是,她是对的。我承认两只猫把我弄得神经过敏了。

当天夜里发生的事跨出了我的想象,使我陷入惶恐与悲哀。我把布莱克从卫生间放出来,把那里冲洗一遍,再洒上84消毒液。布莱克盘在沙发的一隅,满脸是追忆和茫然。修长的胡子使它一进入青春期就衰败了。这时候楼下突然传来猫叫,是都市里不常见的野猫的呼唤。野猫的蓬勃气息顿时感染了布莱克,布莱克立起身,瞪圆了眼睛,尾巴昂然翘起陡增了老虎师傅的威严气概。布莱克对楼下说:"我在这儿!"眼里燃烧起深绿色火光。我们被布莱克的轩昂模样惊呆了。布莱克弓着脊背义无反顾冲上了阳台,它的身躯舍弃了现代建筑,所有的现代建筑在布莱克腾空之后疯狂地向上生长。我们一家同时听见了瓮瓮实实的"叭",是生命告别生命属于泥土的声音。

赶到楼下时布莱克张了嘴巴,血汪了开来。我弄不懂怎么会有那么多血,比猫的身体还要重。远处的围墙上一双绿眼正对着我们虎视眈眈。

女儿在那个晚上不爱说话了。到了晚上她的瞳孔就会飞出所有网状结构。猫让她伤透心了。在许多伟大人物趴在写字台上进行历史解剖和宇宙探索时,我的女儿望着并不透明的夜空憧憬她的理想状态。

临近暑假女儿终于兴高采烈了。女儿回家时高兴地宣布,同学送给她一样极好极好的礼物。一只玻璃瓶子,里头有两只大蚂蚁。两只蚂蚁在瓶壁上吃力地爬行,仿佛现代人热衷的霹雳舞。女儿大声说,是蚂蚁!这是蚂蚁!爸爸这是蚂蚁!女儿幸福得不行了。

我的心一下就碎了。我望着女儿幸福的面容我的心碎得不可收拾。我抱起我的女儿一个劲地亲。女儿被我吓坏了,女儿不知她爸发生了什么。我的泪水不可遏止,我说,爸爸对不起你。女儿的双手捂住我的腮,紧张地问,爸爸你怎么了,我做错什么了?

1994年第3期《钟山》

卖胡琴的乡下人

卖胡琴的乡下人进城之前看过天象。天上有红有白，完全是富态相。卖胡琴的乡下人选择了一个类似于秋高气爽的日子抬腿上路。不过那不是秋季，是冬月。风已经长指甲了。卖胡琴的乡下人一进城天就把他卖了，富态的脸说变就变。华灯初放就下起了雪，霓虹灯的商业缤纷把雪花弄得像婊子，浓妆艳抹又搔首弄姿。雪花失却了汉风唐韵、颜筋柳骨，失却了大洒脱与大自由。都不像雪了。

雪花被城市弄成这样出乎卖琴人意料。乡野的雪全不这样的。肥硕的雪瓣从天上款款而至，安详、从容。游子归来那样，也可以说衣锦还乡那样。六角形的身躯几乎是一种奇迹，在任何时刻都见得永恒，以哪种姿态降生，以哪种姿态消解。哪像城里头这样浮躁过。卖琴人抬起头，想看一眼城里的天，天让高层楼群和霓虹灯赶跑了。城里的天空都不知道在哪儿了。

第二天清早卖琴人出现在小巷。是那种偏僻的雪巷。他的吆喝就是一路演奏他的胡琴，前胸后背挂满了家伙。地上全是薄雪，踩下去是两只黑色脚窝，分出左右。胡琴害怕下雨或下雪，蛇皮在雪天里太紧，雨天又太松，声音显得小家气，蛇皮的松紧是琴声的命。琴的味道全在松与紧的分寸中,在极其有限的局限里头极尽潇洒旷达之能事。钢琴和胡琴比算什么,机器。

　　胡琴声在雪巷里四处闲逛,如酒后面色微酡的遗少。走了四五条小巷卖琴人的小腿就酸了。卖琴人找了一块干净石阶,掸了雪坐下去。卖琴人很专心地揉弦,手指干枯瘦长,适合于传说中仙人指路的模样。手的枯瘦里总有一股仙气,变成琴声在雪地里仙雾缭绕。传说里圣人的手就不这样,入世之后就不免大鱼大肉,所以圣人的手掌又肥又厚,又温又柔,握了都说好。卖琴人的指头功夫可是有来头的,童子时代在草台戏班练过茶壶功。师傅在茶壶里灌满滚烫的水,水平壶口,卖琴人捧着茶壶,十只指头蜻蜓点水一样飞快地拍打,不能停一拍,不能溢出半滴,要不你的手就熟了。卖琴人的手指在胡琴的蚕丝弦上成了风的背脊,轻柔鲜活而又张力饱满。那种内敛的力在你的听觉上充满弹性韧劲,极有咬嚼。卖琴人十八岁那年得了一个绰号,五指仙。绰号是任何艺人的闯世桨橹,有了它才可以漂泊码头。五指仙靠他的五只指头风靡了三百里水路。人们说,五指仙的五只指头长了耳朵,长了眼睛,长了嘴,能听能看,会说会道,在蚕丝弦上鬼精鬼灵,御风驾电。

　　卖琴人坐在石阶上一气拉了三个曲目,先是《汉宫秋月》,后是《小寡妇》,再后是《冬天里的一把火》。他低着头拼命地滑弦,模拟火苗的红色跃动,布一样扯来拽去。后来围过来几个人,他们追忆费翔当年的面庞,大红色衣衫在电视屏幕上左颠右跳,一手持话筒,一手做燃烧状,指头全烧着,蹿出华丽火苗。后来居然有人跟着唱了,有板有眼:"你就像那,一把火。熊熊火光,照亮了我。"卖琴人抬起头,唬了一跳,以为又坐在草台班上了。

店里走出来一个人。他用巴掌把卖琴人叫起身,伸出食指往他的口袋里摁下一张纸币,再把手背往远处挥了挥,低了头回去。大伙就散了,卖琴人看见纸币的四只角全翘在外头,如一朵罂粟灿然开放,妖娆而又凄绝。卖琴人用揉弦的指头把纸币摘下来,捏在手里,走进店里去。是一个小酒吧,空无一人。卖琴人把纸币平铺在酱色吧台上,大声说,买一碗酒。里头走出来一个疲倦的女人,刚刚完成房事的样子。女人瞟了卖琴人一眼,无力地笑起来,半闭的眼由卖琴人移向毛玻璃酒瓶,懒懒地说,老头,你干一辈子也挣不来这瓶XO。老头出门时自语说,肯定是玉帝老儿的尿。

化雪天冷得厉害。都说霜前冷,雪后寒。卖琴人的肚子饿得旋转起来。卖琴人这辈子就栽在饿上头。那一年冬天草班船冻在了鲤鱼河上,离楚水城还有八九十里水路。他们的日子和河面上结实的冰光一样绝望。花旦桃子说,饱吹,饿唱,五指仙,你陪我溜溜嗓子。五指仙原先准备上岸的,正找不到路,桃子站在青白色的冰面上,指着阳光下通体透亮的河面远处说,这不就是路?他们踩着冰面一气走了老大一会儿,桃子的前额与鼻尖渗出了汗芽。五指仙说,这么冷,你怎么出汗了?桃子说,热死花脸,冻死花旦,冻惯了,焐着自然热。桃子说话时两只手保持着舞台动态,十只白细的指尖兰草一样舒展葳蕤,在胸前娇媚百态。五指仙从来没这么靠近这么逼真地端详桃子的手。看完了五指仙就饿得厉害。饿的感觉很怪,它伴随着另一种欲望翩翩起舞。那种欲望上下蹿动,一刻儿就大汗淋漓了。桃子眯着眼说,你怎么也出汗了?五指仙说,我饿。桃子笑起来,用手背捂着嘴,只留下一只小拇指,意义不明地跷在那儿,仪态万方。桃子伸出另一只手,说,给,给你啃。后来的事就没了方寸。他们上了岸,在雪地上拼命。雪压得咯咯响。大片大片的冰光烧成刺眼的青白色火焰。

开了春事情顺理成章地败露了。桃子倒在了戏台上。桃子歪倒时嘴里正念着一句韵腔。桃子喘着气说,你,你,你,你你你你你——呀——啊——这时的桃子就栽了下去。桃子倒在竹台上四下一片嘘声。桃子平静地睁开眼,和戏场里的五指仙对视了。五指仙的脑子里就轰地一下,结实的冰无声地消解了,他就掉进了水里去。五指仙站起身,用一句戏文结束了自己五只指头的仙道生涯。五指仙说:"此生休矣。"

卖琴人走上大街。大街是以民族领袖的字号命名的,由南朝北。光秃秃的梧桐树下是年终的热烈气味。这样的气味大异于乡野,如变戏法的人手里的鸽子或猫,说不出来处。拥挤的人行色匆匆,为节前贸易而兴高采烈。广告牌上有些残雪,画中的裸女在严寒之中面如春风,为商业宣传尽忠尽孝。但卖琴人的胡琴贸易没有进展。五指仙对器乐行情显然缺乏基础性认识。城市的概念是 KARA OK,KTV,MTV;城市记忆对胡琴早就失却了怀旧。他的马尾弓也敷了太多的松香,声音出得过于干涩,听出了颗粒,过于沧桑难以唤醒城里人的疲惫听觉。城里人的听觉钙化了,需要平滑和湿润去滋补。胡琴对城市的听觉雪上加霜,城市拒绝胡琴交易合情合理合逻辑。

　　以民族领袖的字号命名的大街在烤羊肉摊点到了终点。也就是说,羊肉的膻腥之中民族领袖的大街完成了与另一条商业大街的对接。这是一个十字路口。卖琴人目睹了奥迪牌轿车制造的车祸,即奥迪牌车祸。卖琴人看到黑色车拐弯后推倒了一位老年妇女,随后碾了过去,司机出于同情把黑色轿车倒了回去,车轮把老年妇女的内脏和许多液体吐了出来。卖琴人注意到妇女的表情在地上很平静,像新闻的叙事口吻。妇女不停地眨巴眼睛,侧过头看自己的内脏。随后妇女认真地研究车轮和车轮上血红色的"人"字齿印。卖琴人觉得妇女完全是一位旁观者,当事人只是尸体。这样的感觉靠不住。卖琴人呆站了一会儿掉头就走。大街如故。城里人对一切惊变失去了兴趣,他们的激情在年终贸易,即买与卖。死亡因为失去了买与卖的可能,在大街的交叉处变得味同嚼蜡。这时候尸体旁的鲜血红艳艳地蜿蜒开来,在冬天的水泥地上汹涌着热气,呈"之"字形吃力地爬行。血流上了积雪,雪白的积雪在血的入口处化开了一个黑色窟窿。卖琴人没有看见这个色彩变化。他的背影忽视了这一细节。卖琴人的耳朵里充满了汽车喇叭声,想象不出这样的声音是怎么弄出来的。

　　卖琴人夹在人缝里敏锐地捕捉到了另一把胡琴的声音。声音不沉着,但肯定是一把胡琴。卖琴人挤进店里去,看见一张电子琴正在模拟胡琴的伤感调子。卖琴人站在柜台前闻到了黑白键盘上奇怪的气味,十分唐突地问,这是什么？营业员情绪特别好,说,雅玛哈。卖琴人说,怎么是胡琴的声音？营业员说,只要有电,它学什么是什么。卖琴人抬起一条腿,端起胡琴拉了一段琶音,说,这才是胡琴。营业员说,你干什么?买琴?卖琴人说,我是卖琴的。营业员笑起来,说,这里只有一个卖琴人,是我,您走好。卖琴人走出商店后他的故事成了笑柄,他的背影显得滑稽可笑。卖琴人总是忽视背影,这不仅仅是他的错。卖琴人离开商店时恶狠狠地说,他娘的,花活。

当年"花活"这句话差点断送了如日中天的五指仙,用这话评点五指仙的是一位算命瞎子。他坐在树下等待生意上门时一律拉他的胡琴。算命瞎子是个戏迷,完全不理会"瞎子看戏凑热闹"这句著名谚语,坚持有戏必看。五指仙和他的会面既像一次邂逅,又像一次命中注定。他们的相遇是在一个清晨,那时候轻风拂面,远处鸡鸣。五指仙坐在河岸边练功,听见后头有人说,你就是五指仙?五指仙架好弓回头看见一个瞎子。五指仙说你别过来,这里路滑。瞎子说,我看得见。瞎子说,你的弦上功夫名不虚传,弓上头却远不到家。瞎子要过胡琴一口气拉了七个把位的琶音。他的运弓充满气韵,如初生赤子的啼哭,力道来自母体而非五谷杂粮。瞎子说,笛子的眼位全定在那儿,气息的轻重尚且能使声音变化万千,胡琴靠着两根弦,手指的把位不定,越发需要气息去整理,要不全飘了。那只弓就是气息,气顺、气旺、气沉,才不致心浮。你玩的是花活,弓不听你的话,又怎么肯为你呼风唤雨?听不见风雨看不见日月,宇宙大千离你就远了,就剩下一堆声音,狗屎一样屙在耳朵里。

五指仙放下胡琴双手合十,颠来倒去比较两只手。五指仙一直以为两只手是完全一样的,现在才看见走了眼了,两码子事,是两样完全相反的东西,仅仅是生得对称,相似。这个错觉极其致命。它隐藏在最显要的地方,在你大悟的瞬间龇牙咧嘴。五指仙举起左手对桃子说,我不拉了,你看,是五根狗屎。桃子把五指仙的左手捂在掌心里,说,没一点花活,你不真成仙了,皇天、后土、雷公、电母还往哪里藏?俗,你才能活,要不然雷公不劈你?

天冷得厉害。高楼风在街道中央逆时针旋转,许多女人的头发散乱开来,遮住了眼,呈现媚态万种。卖琴人失去了吆喝的兴趣,抄着手跟在城里的脚步后头。卖琴人最终给饥饿说服了,走到了馄饨摊前。卖馄饨的也是一个老头,脸上均和,不见风霜。卖琴人说,老哥,肚子里没油水了,想听什么你点什么。卖馄饨的小心地看过左右,悄声说,《思凡》折里《风吹荷叶煞》,如何?卖琴人说,那是京胡曲,我拉的是胡琴。卖馄饨的说,那就《听松》。卖琴人知道遇上了里手,如实说,我的弓上力道差,加上饿,拉不动,我来一段《潇洒走一回》,也是刚学。卖琴人坐在小凳子上摆开阵势,只拉了两句,手就让卖馄饨的捂紧了。卖馄饨的弯着腰说,先生是谁?先生到底是谁?遇上知音卖琴人羞得满脸难看,他低着眼望着卖馄饨人手指尖上的条形茧,说,羞于启齿。卖琴人说,先生是谁?卖馄饨的怔在那里,最后说,羞于启齿。这时候大街一片熙攘,一小伙子骑着单车在自行车道上飞驰,后座架上夹了一桶黄色油漆,一路漏下鲜艳明亮的柠檬黄,灰色大街立即拉出了一道活泼动感的光。许多人驻足观望,小伙子威风八面,呼啸而去。在这个精彩过程中两位生意老人匆匆告别,头也不敢回。

知音相遇作为一种尴尬成了历史的必然格局。卖琴人站在这个历史垛口，看见了风起云涌。历史全是石头，历史最常见的表情是石头与石头之间的互补性裂痕。它们被胡琴的声音弄得彼此支离，又彼此绵延，以顽固的冰凉与沉默对待每一位来访者。许多后来者习惯于在废墟中找到两块断石，耐心地对接好，手一松石头又被那条缝隙推开了。历史可不在乎后人遗憾什么。它要断就断。

又下雪了。卖琴人站在水泥屋檐下收紧了裤带和脖子。他的对面是一个斜坡，拉得很长。斜坡与斜坡之间是两个马路圆盘，数不尽的车在这两个圆盘上呆头呆脑呈逆时针运转。人类的运行必须采纳这个流向，和时间背道而驰。这样的姿态使每一个运动着的物质处于常恒。卖琴人站在这两个逆时针运转的斜坡之间，遗忘了生计与胡琴贸易，对雪花中匆匆而下的车流视而不见。许多车轮在转。城市就是这样一种东西：任意找一个观察点，城市都会把本质和盘托出，在车轮滚滚之中尽现世间万方。这和当初的戏台结论大有不同，老板的一句名言千古传诵，老板说，流水的看客铁打的戏。

这时候斜坡上滑倒了一辆自行车。斜坡上的倒车具有启发性，大雪中一辆又一辆自行车顺应一种因果关系翻倒在地。人类的翻倒完全可以佐证多米诺骨牌理论，转眼间整个斜坡堆满了车轮与大腿，宛如一场战争的结局。大街挤满了汽车喇叭、自行车铃铛和人们的叫骂，卖琴人听而不闻。他转过身，用背影告别了这个乱哄哄的状态，最终消失在雪中。

卖琴人混了两碗牛肉拉面后躺进了圆柱形水泥管道。胡琴的琴弦被风吹出了哨声,像母亲哄婴儿撒尿。风用了跳弓。圆柱形水泥管道比人还高,这样光滑规整的空间给人以无限新奇。卖琴人从管道里捡起两块手帕和一副手套,粘满精液与血污,被冻得又皱又硬。卖琴人把它们扔了,手套被风吹起来,一动一动,像抠摸什么。这时候远处传来卡拉OK,一股烤羊肉的味道。

1994年第4期《花城》

枸 杞 子

勘探船进村的那个夏季,父亲从城里带回了那把手电。手电的金属外壳镀了镍,看上去和摸起来一样冰凉。父亲进城以前采了两筐枸杞子,他用它们换回了那把锃亮的东西。父亲一个人哼着《十八摸》上路,鲜红透亮的枸杞子像上了蜡,在桑木扁担的两侧随父亲的款款大步耀眼闪烁。枸杞是我们家乡最为疯狂的植物种类,有风有雨就有红有绿。每年盛夏河岸沟谷都要结满籽粒,红得炯炯有神。大片大片的血红倒映在河水的底部,对着蓝天白云虎视眈眈。

返村后父亲带回了那把手电。是在傍晚。父亲穿过一丛又一丛枸杞走进我们家天井。父亲大声说,我买了把手电!手电被父亲竖立在桌面,在黄昏时分通体发出清冽冰凉的光。母亲说,这里头是什么?父亲说,是亮。

第二天全村都晓得我们家有手电了。这样的秘密不容易保住,就像被人胳肢了脸上要笑一样自然。村里人都说,我们家买了把手电,一家子眼睛都像通了电。这话过分了。我们这样的人家早就学会了自我克制。许多人问父亲,你进城了吧?父亲多精明的人,你一撅屁股他就晓得什么屁。父亲避实就虚,虎着脸说,进了。

晚上天井里来了好多人。他们坐在我们家的皂荚树下拉家常。夏夜清清爽爽,每一颗星都干干净净。没有气味。这样的漆黑夏夜适合于蛐蛐与夜莺。它们在远处,构成了深邃空间。

话题一直在手电的边缘。人人心照不宣,但谁也不愿点破,这是生存得以常恒的实质性方法。夜很晚了,狗都安静了,他们就是不走。母亲很不高兴,她的芭蕉扇在大腿上拍得噼啪起劲。后来母亲站到了皂荚树下,手里拿了一把锃亮的东西。父亲这时依然低着头吸烟,烟锅里的暗火又自尊又脆弱。母亲说,你们看够了!你们睁大眼睛看够了!母亲用了很大的努力打开开关,一道雪亮的光柱无限肯定地横在了院子中间,穿过大门钉在院墙的背脊上。皂荚树上的栖鸟惊然而起,羽翼带着长长的哨声彗星一样划过,使我们的听觉充满宇宙感。

故事的高潮是母亲灭了手电。人们在黑暗里面面相觑。

勘探船在那个夏夜进村了。他们是从水路上来的,来得悄无声息。他们的外地口音使他们的话听上去极不可靠。勘探队长戴了一顶黄色头盔,肚子大得像个气球。勘探队长说,他们是来找石油的,石油就在我们村的底下,再不打上来就要流到美国去了。当天他们就在我们的村北打了个洞,一声轰隆,村子像筛糠。大伙立即把父亲叫过去,他们坚信,只有杀过人的父亲能够阻止他们。父亲走到村北,依据他的经验认定了大肚子是队长。父亲又立在勘探队长的面前,双手抱在前胸,说,不许打了。父亲几年之前杀过人,我们一家都以为要判死罪的,他用铲锹削去了偷地瓜阿三的半块脑袋。父亲没有被判罪,反而在主席台上披红戴绿成了英雄。这里头有许多蹊跷,但不管怎么说,杀人一旦找到了合理借口,杀人犯就只能是英雄。

父亲说,不许打了。

勘探队长说,你是谁?

父亲说,再打你就麻烦了。

父亲把这句话撂在村北,一个人回家玩手电去了。父亲把手电捂在掌心里,十只指头虾子一样鲜活、红润、透明。而后父亲把门窗关紧,用手电从下巴那里照到脸上去。母亲被父亲吓得像老鼠,她认为父亲的那模样"比鬼还难看"。

天黑之后来到我家天井的是大肚子队长。他坐在我们家的矮凳子上,鼻孔里喘着粗气,说话的气息变得吃力。他称我的父亲"亲爱的同志",然后用科学论证了石油和马路汽车的关系,尤其强调了石油与电的关系。他说,石油就是电。有了石油,村子里的所有树枝上都能挂满电灯,也就是手电。月亮整个没用了。村子里到处是电灯,像枸杞树上的红枸杞子一样多。电在哪里呢?——电在油里头;而油又在哪里呢?——油在地底下。队长说,这是科学。父亲后来沉默了。母亲说,你听他瞎扯。父亲严肃无比地说,你不懂。母亲反驳说,你懂!父亲说,这是科学。母亲说你晓得什么是科学,父亲便沉默。他对科学不作半点解释,把科学展示得如他的沉默一样深邃、魅力无穷,由不得你不崇敬。

父亲对勘探队长说,你们随便打,除了大闺女的床沿,你们哪里打洞都行。

大哥偷了手电往北京家匆匆而去。大哥一定拿手电讨好那个小骚货去了。北京是学校里作文写得最好的美人。她曾在一篇作文里给自己插上两只翅膀,用一天的时间飞遍祖国长城内外与大江南北。要不这样,她也不敢让人们喊她北京的。那时候我们时兴用各大城市为孩子起名,北京的双眼皮与大酒窝,为她赢得了首都这个光芒四射的名字。村里大部分男孩都喜欢北京。他们要不喜欢她是不可能的,但北京并不喜欢他们。她常用狐狸一样的目光等距离地打量每一个和她对视的男子。这种目光令人激动,让人伤心绝望。她就那样用狐狸一样的目光正视你,让你的青春期杂乱无章。

大哥从北京家回来时一脸灰。可以想象到北京见到手电后无动于衷的冷漠模样。

那个晚上全村人都看到了大哥丢人现眼,他拿了父亲的手电爬到北京家的院墙上头,如一只猫,弓着腰四处寻腥。他把手电打开来,对着天空,天空给照出了一个大窟窿。大哥的这次荒谬举动给了人们关于夜的全新认识,夜是没尽头的,黑暗一开始就比光更加遥远。山羊胡子老爹甚至说,夜和日子一样深,再长的光都不能从这头穿照到那头。山羊胡子老爹的话没有得到应有的关注。一般性的看法是,夜里的空间被折叠好了,存放在手电里头,只要开关一不小心,空间就顺着光亮十分形象地延展开来。大哥是被父亲吆喝下来的,下地时大哥崴了脚踝。大家都看见了大哥的狼狈样,只有北京例外。北京这刻儿不知道在哪里,漂亮的女孩到了夜里就像鱼,你不知道她们会游到哪里去。

民间想象力的发达总是与村落的未来有关。父亲的手电顿时给忽略了。人们一次又一次规划起电气化时代。父亲说,到那时水里也装上了电灯,人只要站在岸上就能看见王八泥鳅与水婆子。父亲设想到那时,每一条河都是透明的,我们看鱼就像玉帝老儿在天上看我们那样。总之,科学能使每一个人都变成神仙。

而勘探队的勘探进程完全是现实主义的。他们不慌不忙地打眼,贮药,点火,起爆。河里的鱼全给震昏了,它们把腹部浮出水面,在水面上漂了一层。勘探队长整日待在井口,面对地下蹿出来的黄泥汤忧心忡忡。他希望能告诉我们石油就在脚底下,挖田鼠那样动几锹,石油自己就跳出来了。大肚子队长有点担心找不出油来。"亲爱的同志"们一般是不会接受没有结果的科学的。那些队员似乎早就疲沓了,日午时分倒在树荫底下午眠。他们的黄色头盔罩在脸上,成了呼噜的音箱。这样的时刻,父亲和他的乡亲们认真地卧在井口,看黑洞洞的井底。有人提议说,用手电照照。父亲回家拿来了手电,照下去,一无所有。这样的感受在盛夏里显得阴森,父亲对着井口一连打了十几个喷嚏。有人问,下面科学吗?父亲默然不语。父亲把科学和希望全闭在了嘴巴里,而他的嘴巴仅仅补充了三个喷嚏。随后太阳金灿灿,枸杞子红艳艳。勘探队长的大肚子在午眠中呼吸,一上一下,像死去的鱼随波逐流。

这样的午后大哥显得焦虑。他的神态被北京弄得如一颗麦穗,隐藏着多种结果与芒刺。大哥的步行动态显得疲惫不堪,歪着头,又憔悴又空洞。大哥是唯一生存在石油神话外部的独行客。无数下午一个又一个向他袭来,熬不过去。他对北京的单恋行进在他的青春期,数不尽的红枸杞在他的胸中铺天盖地,而北京依然站在柔桑或柳树下面,均匀地撒播狐狸一样的目光,没有表情。有一种充满爱意的冷若冰霜,也可以这么说,有一种神似蜜意的铁石心肠。天下所有的美人中,只有北京能做到这一点。这不是修炼而就的,概括起来说,是与生俱来。谁也料不到会出这样的事,北京让勘探队的一个鬈毛小子给开了。事发之后有人揭示,他们已经眉来眼去两三天了。依照推算,两三天之后发生那样的事完全是可能的。事后还有人发现,北京和小鬈毛对视时下巴都挂下来了,根据祖传经验,女儿家下巴挂下来两条腿就夹不紧了。这一点毫无疑问。北京在事发之后睡了整整一天,重新出门时北京变了模样。女孩的美与丑与政治很像,处在悬崖之上,要么在峰巅,要么在深谷,没有中间地带。北京眨眼间就从峰巅摔进了谷壑,所有美丽被摔得粉碎。她眼里的狐狸说走就走光了,两只眼睛成了手电,除了光亮别无他物。大哥得到消息后全身都停电了,说北京骗了他,说北京不要脸,说北京是枸杞子,看起来中看,吃起来涩嘴。但大哥看到北京后出奇地轻松愉快,北京丑得走了样,两只小奶子也挂下来了。北京的那种样子再也长不出翅膀,一天之内飞遍祖国九百六十万平方公里了。北京曾经拥有的美丽过去成了笑柄,好在人人都在关心科学与石油,大哥和其他青春少年就此终止了单恋,他们大声说,(北京)开过啦。声音又快活又猥亵。人们对失去的纯真与理想多半作如斯处置。

父亲们的盼望与勘探队的无精打采形成强烈反差。即将收割的水稻和正值成长的棉花被踩得遍地狼藉。乡亲们站在自己的稼禾上面心情是矛盾的。大肚子队长一次又一次告诉他们，这里将是三十八层高楼，四周墙面全是玻璃，在电灯光的照耀下无限辉煌。而后稼禾带给他们的心疼被憧憬替代了，高楼和灯光在他们贫瘠的想象中雾一样难以成形，高楼拔地而起的模样永远离不开水稻生长的姿态，一节，再一节，又一节，后来就无能为力了。

父亲一次又一次与大肚子队长讨论过石油出土的可能性。每一次父亲都得到肯定回答。父亲一次又一次把那些话传给乡亲，乡亲们默然不语。他们对杀过人的人物存有天生的敬畏，沉默就算是拿他不当回事了。父亲大声说，不出二十年，我保证大家住上高楼，用上电灯。大伙听了这样的话慢腾腾地散开了，他们的表情一片茫然。他们最信不过的就是用未来作允诺。在实现不了诺言时，再把罪咎推到别人头上。食言要做的只有一件事，站在皂荚树下面，手执手电，做出正确的神态。都习惯了。

大哥在这个晚上碰上了倒霉的事。他再一次偷走了父亲的手电，独自到村东找蛐蛐。大哥在棉花田里专心致志，猫着腰，认真地谛听每一个动静。大哥一定听见了那声极细微的声音，他走过去，看见了一样白花花的东西。是一只光脚。阒静中大哥五雷轰顶。那只脚安然不动。大哥的手电光顺着脚无声无息地爬上去，是一条腿。又一条。又一条。又一条。一共是四条。大哥还没有来得及尖叫就被人推倒了，嘴里塞满土。手电被扔进了河里。四条腿惊慌地狂奔。

开着的手电以抒情的姿态沉下河底。有人发现了河底的亮光。有两三丈那么长。许多人赶到了河边,甚至包括勘探队的大肚子队长。河底的光呈墨绿色,麦芒一样四处开张。人们站在岸边手拉手,肩贴肩。人们以恐怖和绝望的心情看着河里的墨绿光慢慢地变暗,最后消亡。山羊胡子老爹说,动了地气了。动了地气了。一个晚上他把这句话重复了一千遍。

第二天大家闭口不提夜里的事。快近晌午北京从河底浮上来了。在发光的那条河的下游。北京的整个身体彼此失去了联系,一个劲地往下挂。北京的死亡局面栩栩如生,在晌午的阳光下反射出一种青光。人们把目光从北京的尸体上转移开之后,枸杞子被一种错觉渲染得血光如注。展示出一种静态喷涌。

父亲没有把手电失踪的事张扬出去。手电的事肯定就此了结了。但那把水下的手电从此成了神话。甚至就在上个月的二十九号还有人提起过那事。他说他"亲眼看见"河里头亮起来了,第二天北京就死在那儿。许多人说他吹牛,河水怎么能在夜里发光呢?叙述者又委屈又激动,说,北京要活着就好了,她一定知道那一切全是真的。叙述者补充说,当年还有一支勘探队,他们四处找石油。

勘探队在短暂的沉默之后又开始了爆炸。河里没有再死鱼,因为河里已经没有鱼可以死了。他们的外地口音失去了初来乍到的魅力,他们的操作失去了围观,只留下孤寂的爆炸和伤感的回音。

在暮色苍茫时刻大肚子队长生气地脱掉了他的长裤。他的双腿堆满伤疤。那些疤在夕阳里闪闪发光。大肚子队长一个劲地说话,他的自言自语一刻也没有离开疤的内容。他说,这个世上到处是疤,星星是夜空的疤,枯叶是风的疤,水泥路是地的疤,冰是水的疤,井是土的疤。大肚子队长说着这些疯话,悄然走上船去。他光着双腿走上船的背影成了我们村最动人的时刻。

浓雾使大早充满瞌睡相。鸡的打鸣都是象征性的,撂了两嗓子,就睡回头觉了。浓雾里头父亲做着梦,他梦见了石油光滑油亮的背脊在地底下蠕动的模样。石油被他的梦弄得无限华丽,与黄鳝的游动有某种相似。

大雾退尽后太阳很快出现了。太阳的复出使我们的村庄愈加鲜嫩可爱。这时候有人说,勘探队!勘探队!人们走东串西没有发现勘探队的人影。只有无尽的枸杞子被浓雾乳得干干净净、水灵活现。大伙跟在父亲的身后来到河边,河边空着,满眼是细浪和飞鸟。浓雾退尽后的河面有一片"之"字形水迹,如一只大疤,拉到河面的拐角。这个疤一直烙在父亲的伤心处。父亲的眼里起了大雾。很苍老的感觉在内中滋生,弥漫了父亲的那个夏季。

1994年第8期《作家》

雪白的芭蕾

选择历史名胜和林康见面是一个错误。名胜的基础是石头,石头经历了最缓慢的衰老风蚀,几千年来依然风华正茂。林康却老了,几年的时间她就面目全非。她的脚尖再也不能支撑身体轻盈飘拂。林康站在石碑的前面,她的三十岁显得历史悠久。这个地址是林康提供的。她偏爱这里或许是倚仗历史来遮人耳目。林康从奥迪车里出来时一身珠光宝气。随后出来的是她的儿子。两三岁,活蹦乱跳。林康臂挎风衣拾级而上。阳光很好。四处有红有绿。石台阶的直线条透出一股静穆的伟大与宁静。真不错。林康的身影却显得过于臃肿松散。我很远就听见她的喘息了,靠近历史是难以心平气静的。

第一次见你是在落日时分,只有这样的时刻阳光才会有那种呈现角度。那时我们都年轻,至少你很年轻。练功房空着,你的身后是巨大的壁镜和上了锁的钢琴。在窗前你单腿而立,另一条腿举过了头顶,绷得笔直,只留下大腿与小腿肚的两条反向弧线。脚踝让左手握紧了,你的右臂水平在半空,指头像兰草那样垂挂在那儿。食指却伸了出去,与手臂平直。这时的阳光正射着你,你的静态身姿有了一层光晕笼罩,是一圈不确切的轮廓,青白色的毛茸茸。整个身体是半透明的。食指的指尖放出柔和润泽的肉质光芒,圣洁而又世俗。

我们的对话当然从天气开始。大家都这么做的。我们感到陌生。陌生感起源于一种怀旧努力。最熟悉的部分最易于随风而去。我拍拍孩子的脸,让他喊自己"叔叔"。孩子盯着我,又顽皮又警惕。林康的孩子从第一眼起对我就存有敌意。你的孩子很可爱,我说。像我吗?林康问。像。结婚了没有?林康问。

没有。

这样的一问一答构成了日常,同时构成了缄默格局。林康的脸上有了很松的皱纹,是多次减肥的悲惨痕迹。发胖与减肥是大多数女人的生活内涵,交织了现状享乐与未来忧郁。前者产生了快乐,而后者导致了诗意与美感。女人对腹部与臀部的焦虑等值于政治家对国家与人民的忧心忡忡。这是一回事。这样的努力让历史激动不已。我们的古人时常说,先修身,后养性;先齐家,再治国。修身的意义弄大了,直指安邦定国。修身是什么?我看就是减肥。别的解释全是胡说。

你离开我的那天是九月二十四日,也就是说,离我们的结婚还有一个星期。原说十月一日你做新娘的。每次和我做完了你总要说,还做什么新娘,全让你弄旧了。我就安慰你,旧归旧,新娘还是要做一回新娘。那几天你快活得像只鸟。二十四日上午你来了电话,说不了。我说什么不了?你沉默了好大一会儿,说,做新娘。我的脑子里顿然空洞如风,就剩下吹来吹去的痕迹。你在挂电话前重复说,不了。

　　下午你来拿皮箱,穿了一身白裙子。你手提皮箱寂然而行。离开的过程你的脚底没有声音。你的步态像羽毛,背对我伤逝。体重是你的一个谜。我抱过你。至少有八十斤。这样的重量怎么也不会走不出声音来的。就是没有。看你演出我时常琢磨这个问题,你身后的那个男人轻轻一提就能举着你从台子的中央走到那头。你的体重到底哪里去了?你演过那受伤的天鹅,白亮的芭蕾裙在雪地上挣扎,冷蓝色喇叭形光柱子跟着你。小天鹅有好几处大幅跳跃,落下来,你却轻若纤尘。一只脚尖就撑起你,后腿摆得老高,两只胳膊无力地波动,作伤心飞行。后来死亡从大提琴的G弦上走下来,长号又把它放大了。蓝光束蓝得冰凉,你像在冰里,无声无息地倒下去。死了。音乐戛然而止。寂静中你的死亡凄艳绝伦。一只胳膊从耳侧伸出来。灯光没有了,大幕沉重地拉上,你的死亡就在人们的忘记里永远地干净雪白,楚楚动人。剧终。没有人敢鼓掌。我不停地问自己,你的体重都没有,你用什么去死?

　　你就那样没有体重地、雪白干净地离我而去。

　　初次和你做爱我相当紧张。我认定你的身体就是那只受伤的天鹅,只属于干净的六角形雪花和干净的秋水状月光。我觉得你是不该做那种事的。十九岁,你可以和男人上床了。可我不行。你用脚趾关掉墙上的白色开关,昏暗中我看见你的黑眼珠晶莹而光芒。你的眼和你的指尖要了我的命。我打开灯。你说不要,又用脚关了。我喘着气稀里糊涂败下阵来。你不是处女,这是失败中的唯一发现。这个伟大发现让我镇定。受伤的天鹅无所不能。第二回合我表现得英勇壮烈。你喜极而泣,幸福得哭了起来。我无限茫然看你哭。你说,我的身体,我的身体,飞走了,飞走了。这很好。你十九岁了,可以决定什么时候有体重,什么时候没有体重了。这很好。洗澡时我对你说,你的体重是你的体重,你的身体是你的身体。而你是你。你疲惫地笑起来,反问我,我的身体还能不是我?我说,不是。我的这句话为后来的岁月留下了伏笔。我对你说,嫁给我吧。你不开口,脸上是追忆的样子,你说,我嫁给你还是我的身体嫁给你?这是一个严肃的大话题。我很想认真地探讨下去,后来不知怎么弄的,又上床了,又一次死去活来。大话题就此失之交臂。

天上飞过几只鸟,无序,从容,是芭蕾的样子。林康点上烟,抽烟的做派考究而又熟稔,就从她夹烟的样子,也能猜出烟的品牌。她的儿在石缝里寻找什么,历史学家那样期待一种发现。你不常带孩子出来玩吧?我说,小家伙玩得多新鲜。带他?林康"哼叽"一声说带他?你以为带他出来一趟容易?他有保镖。我笑起来,他这么小,要保镖做什么?林康白我一眼,呆子,她说,谁要绑了他,谁马上就能成富翁。你呢,我说,你的保镖哪里去了?林康这时笑得很特别,无声无息,风情万种,要真的有谁绑了我,她说他正好再娶个小。要不我去绑你的票,我说,这样两全其美。林康说,算了,你绑了我也养不起。我们对视一回,会心而笑。

好了,我说,约我来到底做什么?

让你见一个人。

谁？

你儿子。

谁？

你儿子。

你说谁？

我说你儿子。

林康说这话的瞬间目光变得凶狠,有了母兽的性质。我抱起她的孩子。仔细端详孩子的眼。是我的儿。我把孩子放在大青石上,孩子说,抱我下去！我把他放下,他又到一边考古去了。我呆在那里,不知所措,心里头空了,天高云淡。孩子姓什么,我问。林康的眼睛从远处收回,平静地说,跟他爸姓。他爸爸是我,我强调说,我是他爸爸。你只是他父亲。父亲不是爸爸是什么？我大声反诘,还能是什么？林康的解答宁静如水,林康说,是叔叔。真是四两拨千斤。

儿在远处蹦跶,像只兔子。儿,你个小狗日的。

他知道不知道？我说。不知道。为什么？不为什么。你告诉他。我不告诉他。你为什么要告诉我？林康便不作声。林康后来说,史学家只有了解了历史真相才会在史书上说谎。她这话吓我一跳。哪儿对哪儿,一定是偷来的。林康热衷于风马牛不相及都波及到历史范畴里来了。

糟糕的男人就是这样,做父亲的感觉突如其来。那个狗娘养的老东西是谁？不劳而获居然当上了爸爸。我播种,他收获。这样的买卖他就是做了。

我不能想象你怀孕的样子。推算下来,怀上我儿不久你就决定结婚了,也就是说,那时候起你已经谋划着放弃芭蕾。你热衷于表现圣洁、梦幻、高贵、典雅的身体决定回到形而下,做一个容器,孕育生命。你的演出让人看了可怜,越来越少的观众里掌声三三两两。小天鹅的大幅跳跃里越来越多地蕴含了寂寞。掌声是同情性的,安慰你的努力。你谢幕时的眼神茫然了起来。你问我,人呢?人都哪里去了?我只知道人在大街上,别的我什么也不知道。人口越多的民族最终的缺憾只能是人,这个结论诞生于上个世纪。

你用做爱替代练功。做爱的方式与姿势接近了疯狂,与你舞台上优美的宁静和娴熟的动感判若两人。你的身体无懈可击,臻于完美,作为一种语言完全胜任一切芭蕾表达。从额头到颈项到腹部到小腿的踝骨,波动的流水线一气呵成。上帝造你时是即兴的。你把自己泡浸在旋律里头,用脚尖与指尖翩翩起舞。

那天你很疲惫地来到我的住处,扔了包说,洗个澡,让我洗个澡。洗完了,你裸坐在镜子面前,顺手拿起我的烟。你打火的模样笨拙而又可爱。你说,指挥到加拿大去了,首席小提琴去了日本,贝司也蠢蠢欲动起来,说要奔澳洲。你就说了这四句,口气完全是春秋笔法,不虚美,不掩恶。过了好半天我在镜子里和你对视,看见晶亮的东西在你的眼里无声闪烁,尔后慢慢变厚,掉了下来。我走上去拥住你,你委屈得像个孩子。后来你很突然地站起身,大声说,他们不享受芭蕾,我享受我自己。我们上了床,你打开了爵士乐,轰天乐声里你大声呼叫。你一定是故意这样的,我从没见过你这样放肆地做爱,差不多成了荡妇。你的没有体重的身体,圣洁的身体,习惯于翩然而行的身体顷刻间无比陌生,让我大惊失色。我几乎想放弃这场战争。但我不能自己。完了。昏了头了。

依照逻辑,蜜月里你应当知道怀上的是我的孩子,你就是把孩子献给了吃壮阳药的老东西。你对历史的有效修正满足了那个可怜老人的虚荣。他以为自己还是英雄,还行。但老人被愚弄的过程一直都是伟大的。后人称之为"历史"。

孩子在寻找小昆虫。我小的时候也是这样的。我的整个童年尾随在蚱蜢蛐蛐后面。历史旧迹历来是昆虫的天堂,它们在这里歌唱失去的光荣、梦想和神圣。孩子捉了一个又一个。他和昆虫说话。说完话孩子把昆虫的腿卸下来,而后是翅膀,而后是脑袋。

我和林康从不同的角度看我们的孩子。孩子鲜艳的服装在石头的青灰面前宛如历史的一种梦呓。孩子很好。给了我伤心的冲动。生活乱了套了。全乱套了。

我把孩子抱过来。孩子怕我。他的眼里充满防范。孩子用一只手撑住我的下巴,拒绝吻与亲热。我给了他一巴掌。我也弄不懂哪里来的那么大怒气,撩开他的开裆裤"啪"地就一下。孩子的挣扎让我绝望。孩子张开了嘴巴高声哭叫,大喊"爸爸"。孩子的叫声有一种无力回天的传递,飘到历史古迹的高处,把名胜弄得都不像名胜。尤其该死的是回声,模模糊糊的"爸爸"像长了一层青苔,否定了空间感与现实感。

你在干什么?林康厉声说。我静下来。生活已经全乱套了。儿,你这小狗日的。

你一直热衷于那面镜墙。几乎所有的时间都是在镜子面前度过的。你的双臂张开来,液体那样波动。我说,你怎么不回去?不回家?你说镜子就是你的家。这时候镜子里折射出干净清凉的光。在镜子的内部你形单影只,有一种平和安宁的忧伤。你的忧伤气质高贵,晶莹冰凉。我说,别练了。你望着镜子里的自己,自语说,不能不练,不练就死了。我说哪里有那么严重,怎么会到那个地步。你说你不懂,是另一种死,是一种更哀怨更无奈的死。你说别人的身体只死一次,跳芭蕾的要死两回,你怕我不懂,又在镜子里补我一眼,说道,你懂吗?我感到一种彻骨的恐怖,说你真漂亮。你盯着我,纠正说,不是漂亮,你说,是美。

就在那样的日子里你一遍又一遍排练那只受伤的天鹅。你一次又一次精妙绝伦地死去。你对死亡的热衷让我在今天后怕。但你给定的死亡并不恐怖,相反,成了生命的一种极致,冰清玉洁,寒光凛冽。受伤的天鹅死得过于精致,华贵的死亡款式优美得走了调样。你在舞台上死亡充满激情,全身心投入,就像秋溪流进严冬,死亡成冰。这样的死亡疯狂地感染你自己,使你无法脱身。下了台我问你,怎么这样?你干吗这样?好像真的不想活了?你望着台下越来越多的空号座位,表情戚然所答非所问地说,这一天不远了,我已经看见了。

那些日子你反复看你老师的录像带,是那出家喻户晓的芭蕾舞剧《白毛女》。我弄不懂你为什么被这样的戏感动得流泪,甚至你看《红灯记》也流泪。我说你这人怎么回事,这些狗屁东西有什么稀奇?你怎么会喜欢这些东西?你才是狗屁!你盯着我,恶狠狠地说,你懂个屁!后来你真的买了副假发套,染成素白,你在练功房的大镜子里自艾自怜地跳起了那段著名独舞。看过你演出的同事都说,你三分是人,七分像鬼。听了这话你大笑起来,笑得寒风嗖嗖、凛冽砭骨,像京戏里的那样,全身耸动,完全是吃错药大抽筋的样儿。

儿很意外地让虫咬了。儿的哭叫慌乱而又夸张。我走上去,红肿了一片。我张开双臂,对儿说,不哭了,我抱,不哭了。儿不看我,儿张大了嘴巴只是哭着喊"妈"。儿从我身边走过去,就两三丈长的路,是花岗岩碎石拼嵌的。我便站在原地,这两三丈距离其实和历史一样漫长。林康抱起儿,亲了又亲,说了好多好多温存话。儿便不哭,望远方的历史石头。我说,行了,不要紧的,这点事算得了什么。林康没开口,双手抱儿不住地晃动。我说,这样惯长大了怎么得了?林康说,我们没人惯,我们这一代还不是完了?你还指望下一代什么?又有什么好指望的?我便对儿说,乖,我抱。儿看我一眼,说,不要。我的伤心与愤怒顿然间不可遏止。我大声说,给我抱!儿怔了一回,闭上眼,哭得像河马。我心里的一样东西冰块那样给粉碎了,在历史旧迹之间回荡清脆的响声与点点冰光。我说,哭什么哭?你哭什么哭?林康的脸上说变就变,林康的手指叉开来搭在孩子的后背,大声说,你嚷什么?把孩子吓着。我压下一肚子愤懑,小声说,我是他父亲,我是他爸。林康没有回我的话,抱了孩子勃然而去。林康走到石狮的拐弯时儿向我伸出一只小指头,警告说:叔叔坏,不许你来。

1995 年第 3 期《青年作家》

是谁在深夜说话

关于时间的研究最近有了眉目,我发现,时间在大部分情况下只呈现两种局面:一、白昼;二、黑夜。时间大致上没有超出这两种范畴。但是,人类的生存习惯破坏了时间的恒常价值,白昼的主动意义越来越显著了,黑夜只是作为陪衬与补充而存在。其实我们错了。我想把上帝的话再重复一遍:你们错了,黑夜才是世界的真性状态。

基于上述错误,我们在白天工作,夜间休息。但是,优秀的人不,也可以这么说:接近上帝的人不采取这种活法。例子信手拈来,我们的哲学家,我们的妓女,他们就只在夜间劳作。白天里他们马马虎虎,整天眯着一双瞌睡眼。他们处置白昼就像我们对待低面值破纸币,花出去多少就觉得赚回来多少。

我也是夜里不睡的那种人。我的生命大部分行进在夜间。熬夜消耗了我的许多大好时光,反过来说也一样,熬夜构成了我的许多大好时光。但我必须把话挑明了说,我熬夜并不能说明我也是优秀的那种人,不是的。我只是有病,失眠。你千万别以为我能和哲学家、妓女平起平坐了,这点自知我还有。在夜间我偶尔跟在哲学家或妓女身后,狐假虎威,或虎假狐威,都一样。

我住在南京城的旧城墙下面,失眠之夜我就在墙根下游荡。这里是哲学家与妓女常出没的地方。城墙下有许多树,树与树不一样,但每棵树有每棵树自己的哲学家,这一点至关重要。它决定了那么多的树在根子上是相通的。

稍通历史的人都知道,南京的城墙始于明代。我在一本书上发现,那时候城墙下徘徊的可不是哲学家与妓女,而是月光与狐狸。这两样东西加在一起鬼气森然。但鬼气森然不是大明帝国的风格。大明帝国的南京纸醉灯迷,遍地金粉,秦淮河边云集了最杰出的哲学家和最杰出的妓女。几乎所有的中国人都能对明代的妓女如数家珍,董小宛、柳如是、李香君……扳一扳指头就是秦淮八艳。南京城今天的泱泱帝气得力于明代,得力于秦淮河边彩袖弄雨的惊艳一绝。

那一天夜里有很好的月亮,由于月亮的暗示,我把自己想象成狐狸。我点了根烟,以动物的心态贴墙而行。我发现夜很好,真的好极了。月亮照在城墙上,城墙很破,坍塌了许多块,但破得不失大气,有脸有面,月光一照,像一张高清晰度的黑白相片。我行走在夜里,我知道黑夜是没有朝代的,所以我可以在明代散步。只走了两步我就想哭泣,我怀念明代,明代的南京城感人至深。当然,南京现在比那时强多了,人人会说普通话(即官话),家里的卫生间贴上了瓷砖,去年的十月一日还放了礼花。但作为一个夜间失眠的人,一个梦游者,我的梦始发于明代。至少,在每天的黄昏过后,月亮总是从四百年前升起,笼罩了一圈极大的古典光晕。

我和邻居的关系不好。我是说不好,也不一定就是说坏。我们处在一种"物我两忘"的情境中。当然,对小云我不能够。小云是我们楼上最著名的美人,从长相上说,她的眼角和走路的样子都接近于狐狸。她的笑容相当迷人,往往只笑到一半,就收住了,另一半存放在目光的角度里头。许多夜里我看见她行走在墙根边沿,她走到哪里哪里的月亮就流光溢彩,哪里的天空就会有一朵雨做的云。事实上,她的行踪和狐狸十分相似,走得好好的,然后在某一棵大树下面滞留片刻,裙子的下摆一闪,她就没了。我欣赏她身上的诡异风格。我曾经非常认真地准备向她求婚,我已经打听到她是秦淮烟雨小学的音乐老师,甚至连她擅长吹箫我也打听得清清楚楚。那几天我整天想象小云抚管弄箫的模样,越想越陷入痴迷。她吹箫时的脖子应该倾得很长,下唇摁在箫管的顶部,十只指头参差婀娜,像白蜡烛,浸淫在半透明的光中。我必须坦白,我的想象夹杂了相当的色情内容,但这怨不得我,我都三十好几的人了,至今都没有挨过女人。你们都是饱汉,哪知饿汉饥;再说,我整天读那些旧书,哪一本不闹人?

我把我的想法告诉了刘大妈。这名字一听就是居委会的主任。刘大妈听完我的话推了我一把,笑着说:"书呆子,人家嫁给你?人家可是鸡窝里的金凤凰!"好多人听到了刘大妈的这句话,他们笑得很厉害。他们一边笑一边侧过头去往小云家的门口看,小云正在那里洗头,旁边晒着她的紫裙子。她的动作又懒又散和她的眼神一样有一股仿古气息,像秦淮河里四百年前的倒影。我伤心地望着小云,伤心地眯起了双眼。我一眯眼小云和她的紫色裙子离我竟远了,成了我和刘大妈讨论婚姻大事的旧背景。我失神了,无端端地想起了一本书上的话:不是历史滋养了现在,而是现在照亮了历史。这话说得多好,小云活生生地在那里洗头,她的长发足以概括整个明代,足以说明任何问题。

江苏省兴化市第二建筑队终于驻扎在城墙边了。有七支建筑队参加了南京市旧城墙的修理招标,兴化市第二建筑队成了最后的胜利者。为了不影响市内交通,他们的修理工程选择在每天夜晚,正像牌子上标明的那样:晚上八时至凌晨四时。这是一个好的决定。修理城墙这样的事应当"历史地"放在深夜。这再一次证实了我的研究成果。细心的读者还记得我在小说的开头所讲的话。历史大部分是在白天完成的,而修补历史是另一码事,只能在深夜。

一盏两千瓦的太阳灯悬挂在城墙垛口。城墙因此而惊心动魄,城墙上的野草、伤痕、子弹坑因此而纤毫毕现。我就此改变了夜间散步的习惯,拿了一张小凳,通宵坐在搅拌机的旁边。建筑队的队长后来发现了我,他特地从城墙的断裂处爬下来,向我汇报了工程的总体构思。我接过他的烟,不说话,直到最后我才点了点头,对他说:"可以。"他的话说得很多,概括起来说,他决定把城墙修复到比明代"还完整"。他把这话重复了一遍,我看了他一眼,告诉他"可以"。我顺便问了一句,明代的城墙到底什么样?他把手头的过滤嘴扔到搅拌机的水泥浆里去,大声说:"修出来看,修起来是什么样明代就是什么样。"我拍了拍他的肩,这家伙不错,是个哲学家的料。我早就说过,我们的哲学家只在深夜工作。

但小云到底出事了,她给"抓住了"。这三个字时常跟随在美人身后,世俗生活因此险象环生又饶有情致。具体的细节我不清楚。事情也不复杂:一位电工沿着墙根检查电路,他看到了小云的丑态种种。照道理说小云应当能够听到动静的,可她在那种时候就是忘乎所以。手电筒一下子把她抓住了,一只狐狸在喇叭形光柱里头立马原形毕露。她的眼睛到了这个份儿上居然还闭着。男人这一点比女的强。男人做任何事都能闭一只眼睁一只眼,所以男人历来都能选择最佳时机撒腿狂奔。我在第二天一早专程到现场勘探过,那里有几棵大树,树冠比城墙的垛口还高,树与树之间堆放的全是旧城砖。我就不明白,这地方有什么好,能做什么?不过,后来我肯定了一点,这种地方绝对不只是月光和狐狸出没的地方,有一块砖头上还有出事当天的晚报。那块砖头被(屁股?)磨得都发亮了,字迹都没有了。旧城砖上可是有字的,这个我很清楚。由谁出资,哪个窑匠生产,提调官是什么人,全烧在砖头背脊上。这些字就是磨平了,劳动人民的历史功绩就是这样给抹杀的。我听到出事的动静冲进了工棚,音乐老师惊魂未定,没有一点凤凰的样子,没有一点仿古气息。我的心情走了样,好在心智尚未抖乱。我走到小云面前,扶她,她不动。我说:"跟我回家,孩子等你热牛奶呢。"我至今不能相信我能这样大智大勇,大智大勇对我来说仅仅是一次脱口而出。我挽起小云,从建筑工人们的身边款款而出。两千瓦太阳灯的炽白光芒照耀在深夜,它使一轮满月黯然失色。建筑队长揪过那位电工大声骂道:"操你妈,说过多少次了,只管修墙,别管别的,操你妈,我说过一百次了!"

英雄救美必然导致风流韵事,大部分书上都这样。英雄在一页纸的正面救出了美人,到了这页纸的背面总免不去一些苟且之事。小云来到我的房间,她不作任何铺垫,爽直地脱,赤条条地往床上爬。她望着天花板,说:"你救了我,来吧。"我回头望望一墙壁的书,想起了柳下惠。才过了几秒钟我就乱掉了。到了这种时候我才明白"乱"这个字的厉害。我上了床,因为是自己的床,所以轻车熟路,那种感觉是从城墙上往下跳的感觉,是旧城砖全部风化,以沙的姿态在风中流淌的那种感觉。我坚信我和小云做得很认真,很投入,称得上行云流水。她的嘴唇不停扯动,声音就像纸张慢慢撕裂。她就那样一页一页地撕。后来我对她说:"嫁给我吧,小云,你知道的,嫁给我吧。"后来小云一把推开了我,坐起来穿衣。"还干什么吧,你?"小云无精打采地说,"你救了我你就了不起啦?"

拆迁通知来得很突然。我从拆迁的通告里知道了这样一个基本事实:我们楼房底部的基础部分是用旧城砖砌成的。这是一个易于让人忽视的事实。拆迁通知说,旧城墙需要旧城砖,旧城砖属于国家,属于历史,理当回归国家,还给历史。

拆除楼房当然也是在夜间进行的。那一天没有月亮,建筑工程队在楼房的四个角落支起了四只两千瓦太阳灯,整个工地一片通明。明亮的程度甚至超越了白昼。明亮使灰尘越发抖乱。我站在城墙的顶部,亲眼俯视了脚下的纷乱场景,尘埃被照耀得漫天纷飞,我从来没有见过这样华丽的颓败景象。我想起了古人关于现存生活的高度概括:尘世。我站在旧城墙的顶部,明白了尘世的历史是怎么回事,俏皮一点说,就是拆东墙,补西墙。

兴化市第二建筑工程队按期完成了城墙修复。看过新城墙的人都说,修得好,垛口齐齐整整,蜿蜿蜒蜒,凸凸凹凹,原先不就是这样的吗?有几位赞助商在电视上对记者说,比过去的还要好,新修的部分干干净净,比下面的旧墙漂亮多了,颜色在那儿呢,真是泾渭分明。不怕不识货,就怕货比货嘛。我住进了新楼,是一个两居室的小套间。样样都好。我真正像一个大都市的现代人了。不好的只有一点,失眠之夜我的梦游不简捷了。我只好骑上自行车,花二十分钟到原先的地方游走。明眼人一眼就看出来了,我的散步另有所图。我徘徊在小云被"抓住了"的地方,怀念单骑闯营、虎口救美的英雄一幕。那些砖头还在,撂在老地方,我成了旧城砖所做的梦,萦绕在它们四周。我夹着烟,坐在小云曾经坐过的砖头上。我突然想起来了,为了修城,我们的房子都拆了,现在城墙复好如初,砖头们排列得合榫合缝、逻辑严密,甚至比明代还要完整,砖头怎么反而多出来了?这个发现吓了我一大跳。从理论上说,历史恢复了原样怎么也不该有盈余的。历史的遗留盈余固然让历史的完整变得巍峨阔大,气象森严,但细一想总免不了可疑与可怕,仿佛手臂砍断过后又伸出了一只手,眼睛瞎了之后另外睁开来一双眼睛。我望着这些历史遗留的砖头,它们在月光下像一群狐狸,充满了不确定性。

1995年第6期《人民文学》

因与果在风中

还俗僧人水印还俗后又做了俗人,依照铁器时代的贸易行情,他开了一家铁匠铺。铺子远离村庄,在一棵槐树下面。这棵槐树和水印一样高大丑陋,说不出来路。铺子里最显眼的东西是那只铁砧,它在铺子的整个历史进程中一直以静制动,没有一个动作,但它改变了所有铁块的形象与命运。它只等待别人的力量,这等于说,它只相信自身的反弹力。另一样显眼的是风箱。它不能像铁砧那样不动声色,它的优势在血运旺盛。铁砧与风箱构成了铺子的实质性局面。它们有一种天然默契。大概连主人也没有发现,其实是铁砧与风箱的默契才完成了铁器时代。

铺子的女主人是一个叫棉桃的青年女人。她的真实名字叫静妙。那是她清月庵里修行的法号。静妙被叫做棉桃是在静妙遇上水印之后,静妙是一个光头尼姑,而棉桃则是一个长发女人。这完全弄不到一起去。棉桃有一头极品头发,健康亮泽,干爽秀丽,没有头皮屑。她的长发在乡野的风里有一种世俗跳跃,纷乱了男人的视线,同样纷乱了男人的内心世界。但她的前额依旧保留了佛门灵光,闲静处时常流露佛的影子。棉桃集人与佛于一身,既天上,又人间。承担承上启下重任的就是她的一头乌发。棉桃头发的长度等同于她的还俗历史。铁器时代的男人统统看见了这个过程:罪过(或堕落)把女人还给了女人。

棉桃的名字被男人们四处传送,她的长发引来了蝴蝶一样的八方来客。

水印与棉桃相遇在夏末的棉花田。晌午过后很突然地下了一场雨,雨说来就来,说止就止,不更事的少年初入温柔乡的样子。水印走在化缘的路上,路的左侧长满棉花,路的右侧同样长满棉花。大片大片的绿色里夹杂了无限粉色骨朵儿。新雨后的叶片在风中无声闪烁,遍野都是植物反光。水印闻到了土与水的混合气味,热烘烘的,厚实又圆润,像女人的手,抚他的光头。水印的兴致无端地高亢起来,他甩开大步,一对睾丸在下身左右摇荡、喜气洋洋。许多棉苗的叶片都伸了过来,如家狗的舌头,讨好地舔舐水印。

水印听到了动静。水印突然听见棉苗丛中响起了液体喷涌的哨声。棉田里的稀松泥土被液体弄得欢快不已,闭着眼吱吱作响。水印停住脚,循着哨声拨开了棉苗。棉苗丛中一颗脑袋光光秃秃地长了出来。是一个小尼姑。小尼姑的嘴里衔着一根黄褐色布裤带,一双手在底下慌乱地提拉。小尼姑睁大了眼睛。在这种紧要关头尼姑的眼里可没有和尚,仅仅是男人。小尼姑毫无意义而又含混不清地问:"谁?——你是谁?"水印伸出两只巴掌,嘴里说:"我没有看见。"小尼姑从嘴里取下裤带,满脸通红。小尼姑慌不择言,大声说:"你没有看见什么?"

"我真的什么都没有看见!"

"你真的什么都没有看见什么?"

小尼姑的身子转过去,天上的云朵正拼命翻涌,又低又疯地奔跑。小尼姑整理好自己,气吁吁地走上田垄,带上来的却是棉苗青春期的气味。和尚与尼姑开始了对视,这次对视极其漫长,却以男人与女人的目光结束打量。这时候吹来一阵风,风在他们的头皮上圆圆地绕过一个弯,与此同时,叶子的水亮闪烁波浪一样传送到了天边。

和尚说:"师父往哪里去?"

小尼姑说:"风向哪里,脚往哪里。"

和尚与尼姑随风而去。棉田里的田垄被雨水洗得干干净净,上手搓过了一样爽洁。没有淤泥,没有疤痕。他们一路走过去,田垄上交织了他们的一行脚印。脚印灿若莲花,他们脚踩睡莲,由天国向人间超度。

和尚说:"你多大了?我一点也看不出你多大。"尼姑眨着眼想了想,摇摇头,笑道:"我哪里知道,菩萨的事,我怎么知道?"和尚说:"师父出家几年了?"尼姑说:"我没有出过家,我一生下来就在清月庵。"

和尚说:"我出家的那年十二岁。我爹是个铁匠。我出家的那年家乡发了大水,我爹带着我四处要饭。那天我爹给我讨了一只狗头,等我啃光了,爹对我说,儿,这是你最后一顿肉,我供不起你了,你做佛去吧。"

尼姑望着水印,只是笑,结实的牙齿缓缓放射出瓷质光芒,佛香一样敷散开来,渲染了植物世界。尼姑觉得这样在男人面前太不体面,眼里生出许多羞。但尼姑突然记起来面前的男人到底不是男人,只是和尚,作为佛门信女,自己原也不该害羞的。我怎么能羞？我羞什么？但小尼姑脸上的女性光芒照亮了水印。水印望着小尼姑,夕阳正无限姣好地晃动在小尼姑的脑后。小尼姑的光头顶部笼罩了一层弧状余晖,她的两只耳朵被夕阳弄得鲜红剔透,看得见青色血管的精巧脉络。水印伸出手,情不自禁,用指尖抚摩小尼姑的耳部轮廓。小尼姑僵在耳朵的触觉中,胸口起伏又汹涌又罪过,眼里的棉花顿时成了大片的抽象绿色。小尼姑没有抗拒,柔桑一样摇曳,弹性饱满,用风的姿态半推半就。小尼姑随和尚进入棉田腹部,被平放在棉苗上头,天上的浮云群狗一样四散。小尼姑感觉到身下的泥土华丽细腻地松散开去,她一点一点往下掉,棉苗压断了,断口流出汁液,压扁的棉桃吐出了乳色桃蕊,宛如水下的蚌类舒筋活血。

小尼姑睁开眼睛就此成了棉桃。

和尚说:"你跟我走。"

尼姑说:"好。"

和尚说:"我们还俗。"

尼姑说:"好。"

和尚说:"你就叫棉桃。"

棉桃说:"好。"

还俗没有仪式,比遁入空门来得简洁。

还俗后棉桃的头发一个劲地痴长,转眼即葳蕤四溢,棉桃躲在自己的长发下面,安安静静做起了女人。棉桃的长发或盘踞脑后或散披后腰,她以这种常见的发式伫立在风箱旁边,有节奏地推拉风箱。她的脸上时常带有房事后的疲沓神情。火苗照耀着她的面部轮廓,随风箱的节奏有规则地一明一暗。棉桃就那样成了最具画面感的世俗女人,偎依在铁器时代。许多男人拥坐在大槐树旁,交口称赞水印的铁匠手艺。他们吸旱烟,擤鼻涕,笑声犷放快活,用目光搓棉桃的胸脯和手臂。作为一种生活补充,一条狗落荒而至,棉桃收下了这条狗,以慈爱的佛肠与母爱收下了这条狗。这条黄色落荒狗就此翘首在槐树下面,装点了铁器时代的每一个黄昏。水印的铁匠铺有了橘黄色炉火,有了铁砧上四处纷扬的金属火花,也有了狗尾上温馨动人的夕阳光圈,这样的画面感动过所有路人,甚至包括许多行脚僧人与化缘尼姑。所有的路人都注意到了这样一个事实:佛性和佛光最终寄托给了男女风情与一只家养走兽。这句话换一个说法等于说,佛的产生即部落生成。

棉桃发现水印对铁匠手艺天生就有一股激情。他的气力使铁块变成了锹,变成了铲,变成了丫杈、铁犁、船链、铁锚。水印不关心这些农业铁器的最终用途,他只关心锤子的打击与铁砧的反弹力。他在锻打过程中嘴里发出吱吱声,像被大块肥肉烫着了那样。事实上,又硬又黑的铁块从炉膛里夹出来之后在水印的眼里已经是一块红烧肉了,在炉光的照耀下发出接近半透明的橙红色光芒,变得柔和鲜嫩,在烈火中色、香、味俱全。水印在这样的时刻兴奋不已,他抡起铁锤,当的就一下,满铺子绽开了耀眼花瓣。水印流着口水,他想象中红烧肉的气味与晚霞一起弥漫了大片棉花田,只有棉桃与狗在想象之外。随后铁又成了铁,而铁块却不再是铁块,成了水印的手艺。水印不在乎铁块变成了什么,他只在乎铁块被烧红后那个华美、梦幻的有限瞬间。这个瞬间里铁块完成了他的愿望,这个瞬间无比阿弥陀佛,弥漫了红烧肉的气味。

棉桃问:"你怎么弄得那么利索?你怎么把铁块弄成了这么多东西?"

水印说:"我在庙里只想着打铁,别人诵经我在脑子里打铁,都打了一万遍了,我现在只是从火里头把它们拣出来。"

棉桃说:"你哪来那么大力气?"

水印说:"我不费力气。只怕想不到,不怕做不到,只要你想到了,再硬的东西都听你的话,都软,都巴结你,你把它弄成什么它就是什么。"

棉桃没听懂水印的话,水印的话在棉桃的耳朵里像经书,听了一辈子,没弄懂一句。

而棉桃又发现了水印格外偏爱铁钉,几乎所有的下脚料全被水印打成了钉子。棉桃注意到水印锻打铁钉时有一股更为奇特的冲动神态。他弓着背脊,脖子伸得很长,把长长的铁钉打得棱角分明,是那种时刻准备切入木料的庄严模样。那些铁钉码得整整齐齐,放在木箱里头,上了一层铁锈,终日心怀鬼胎。棉桃在一个下雨的午后终于问水印说:"你打这么多铁钉做什么?"水印没有回话,却拿起一把铁钉重新放进了炉膛。他亲自拉起风箱,火焰在空中活蹦乱跳,他把回炉铁钉烧得通红透亮,用火钳夹起一颗,透过这只半透明的铁钉注视远方,整个世界交相辉映起铁钉的玫瑰红。水印微笑着满足地回答了棉桃的话,只用了三个字,说:"钉棺材。"水印随后拿起锤,整个铺子里随即飞扬起死亡星火,蓬蓬勃勃,到处都有迷人的菊形弧光。

水印顺手把火钳塞进了淬火水缸,"吱"的一声,玫瑰红即刻消亡。水印脸上的微笑随之消亡。钉子死了。从头到脚全是死相。钉子死了更像钉子,正如人的尸体越发像人。

棉桃想得出铁钉被水印挑着前往集市时的模样,那些铁钉被装在草包里头,一路发出死亡的召唤,而后探出头,表情古怪地盘算天空与远方。

那个货郎第一次路过铁匠铺是在某年的六月,这个季节大地以夏麦作为标志,满眼金光灿烂。麦地的黄色变得饱满,每一颗麦粒都带了一根芒刺,这是麦子的炫耀性姿态。货郎从麦地里走了过来,他的整个行进过程只看得见上半身,这使他的出现带上了虚幻性。货郎走到大槐树下面,看到铺子的茅草屋顶长满了杂草,玉立在没有风的六月。货郎坐在铁砧的对面,向水印要了一碗水,送水来的却是棉桃。水印与货郎共享了一壶清水,作为报答,货郎把手伸进褡裢,摸出一面小圆镜,巴掌那么大。棉桃隔着铁砧接过镜子,惊奇地从镜子里发现了自己。也就是说,棉桃惊奇地发现自己的一只手把自己提了起来,放在了自己的对面。棉桃慌忙转动手弯,阳光与麦地一齐向她汹涌过来,天地间一大堆难以表述的现状顷刻间昭然若揭。

这只镜子彻底紊乱了铁匠铺,水印和棉桃交替着钻到镜子里去,在镜子里打量自己。水印注意到头上的戒疤被头发掩盖了,就像太阳升起之后阳光掩抑了满天星辰。

货郎的出现使铁匠铺的进程落入了俗套。这是水印还俗之后无可规避的世俗真意。世俗生活不外乎几种套路,世俗对此无能为力。在这个问题上人们应当学会概括,概括起来说就是这样:水印在某个清早赶集之后,货郎把棉桃带进了麦地。

这个精巧的时间顺序体现了优秀商人的观察与思考。

货郎来到铁匠铺时棉桃一个人在门前洗头发。她的木桶搁在铁砧上面,地上扔了皂角的茎丝,棉桃一直坚持用皂角漂洗她的长发,棉桃低着头,弓着腰,从脑下看见货郎倒着身子从麦芒中间翩然而至,货郎的这种行走姿态在棉桃的审视里神韵盎然。货郎走到棉桃的身后,棉桃直起身,只是不住地梳头,满头的梳齿印水水亮亮的。货郎望着棉桃,她的目光像麦芒那样有许多杈,散发出难以确定的忧郁。货郎对棉桃点过头,伸手到上衣的口袋里摸东西,掏出一块小纸包,撕开包装纸,递过去,棉桃说:"什么?"货郎说:"洋皂。""哪里来的?""东洋人的。"棉桃接过来,对着阳光照了照,半透明,像另一种烧熟了的红烧肥肉。棉桃说:"做什么用?"货郎说:"洗头。"货郎想了想又补了三个字:"洗身子。"棉桃深吸了一口气,就着洋皂闻了闻,认不出陌生的香气属于哪一个季节。货郎指了指棉桃的头发,说:"你重洗。"棉桃把头发弄湿了,用洋皂擦了一遍又一遍。棉桃把头发捂在掌心才搓了两回,雪白的泡沫蓬蓬勃勃地竟涨了开来。泡沫带着一种娇贵的响声令人欢欣鼓舞。棉桃甩甩手,皂泡在阳光下纷纷扬扬,分解出阳光的各色成分,棉桃的脸上即刻五彩缤纷。她的眼里放射出对富贵温柔乡那种真正俗世的无限憧憬。货郎提起水桶,让棉桃低下来,桶里是潭水,倒出来的那条弧线净得有些发乌,只在溅开来之后才白白花花。泡沫冲开后棉桃捻了捻头发,手指一股爽朗感。棉桃说:"干净了,这样全干净了。"棉桃把头发摊在巴掌上,她看见了发面上有一道拱状彩虹。货郎看了看四周,说:"你住在这里做什么?"

棉桃说:"还俗。"

货郎听后没开口,过了很久才笑,笑得也很缓慢,植物的生长一样不留痕迹,轻声说:"这算什么还俗? 这里还不是庙,还不是庵?"

棉桃说:"俗世到底在哪儿?"

货郎说:"除了佛,样样有。"

棉桃静静地听了,心里有些怕,又有些不甘,只是把目光往远处送。远处是麦地。麦的外头还是麦。棉桃头发里的皂香就在这时感伤了,有一种丝状缭绕,长在她的头皮上。货郎随后把目光也移到麦地里去了,这里的机巧狗都看得明白。它卧在风箱下面,一直在严重关注。

阳光在麦芒尖上,遍地猛凶灿烂。泥土烤出了气味,在脚下松松散散。货郎不像是外行,一上来就孟浪,大呼小叫说:"想死我了,你想死我了。"货郎是里手,在大汗淋漓中却能保持从容不迫。货郎说:"头一回见你我就伤心。"棉桃听了这话却春心大动,说不出地难受。棉桃记得棉花田里的那一次不是这样的,什么也没有说,自己的手忙脚乱遇上的是水印的手忙脚乱。棉桃刚想问货郎伤心什么,嘴巴让货郎的嘴巴堵上,舌头不说话了,在一起搅。棉桃无端地难受,泪水一个劲地往外涌。货郎喘着气说:"我带你还俗!"

棉桃闭着眼大声说:"你带我走。"

随后雪亮的天空把她的眼睛刺疼了,她闭了眼睛,多种鲜丽的颜色开始撞击她的眼睑。作为事情的结束,货郎给了棉桃另一面镜子,海碗口那么大,镜的背面有两只鸭子,棉桃到死也没能明白鸭子和鸳鸯的区别。

棉桃在河边埋好镜子,回到铺子时一身的疲惫。她藏好洋皂,一个人倚在大槐树上追忆当天的事。做爱后的疲惫使她无限恍惚,好像今天的事发生在好几年之前,如身上的古怪气味一样有一种陈旧感。她望着远方的路,直到水印头顶暮色从远方归来。

水印一回来就从箩筐里往外摆东西。他在桌子上放满了盐巴、油、蜡烛、豆瓣酱,而后用两块竹片夹好余钞,塞到土基墙的缝隙里去。水印就着酱扒完两大碗米饭,躺在了竹床上。狗伸完懒腰的工夫竹床上就鼾声如雷了。床沿的小竹片被他的鼾声弄得不停地颤抖。棉桃望着这只竹片,在这个夜间开始了遐想,心思在尼姑庵、棉花田、麦地和尘世间无序地绵延。寂寞如天上的星辰,互不答理,互不打量。棉桃一遍又一遍想起货郎的话:这算什么还俗?棉桃弄不明白到底能把自己还到哪里去。棉桃看见许多萤火虫闪烁在她的心思里头,夜就是被这群萤火虫弄得深邃而绵长的。

第二天一早水印点起了炉火。四周过浓的露水透射出凉意。棉桃从水印的手里接过风箱把手,想对水印说,把铺子安到城里去。但棉桃立即发现水印在这个早晨第一样活计就是铁钉。棉桃说:"怎么又是铁钉?"水印说:"城里头开始杀人了,棺材涨价了,棺材钉也跟着涨。"棉桃说:"城里头杀人做什么?"水印说:"这不关我们的事,我只管棺材钉的价格。"棉桃披着头发,手把风箱,停下了手脚,嘴里没有下文。这时候红日初升,远方城市在棉桃的想象中被照成了一片血腥色。

整个麦收季节货郎再也没有光顾。但货郎的风流体态在棉桃的愣神中时隐时现。货郎所说的真正俗世在棉桃的胸中风光无限又搔首弄姿，它们在棉桃的胸中没有款式，如她的头发，纷乱而难以成形。

那个夏末的雨后，棉桃带了把铲刀去找镜子。挖出来的镜子粘满污泥。棉桃用铲刀贴在镜子表面认真地铲刮。刮出了一层又一层银亮的东西，而后在水里冲洗干净。冲干后棉桃大惊失色，这块镜子透明了，照不出任何东西，成了一块玻璃。不祥的预感笼罩了棉桃。棉桃眺望远方的铺子，自语说："镜子死了。"

水印就在这天的傍晚发现了洋皂。天黑下来，乳色洋皂胖胖的，发出柔嫩光芒。水印的手体验到了极细腻的手感，闻一闻，想起了棉桃头发与奶子之间的芬芳气息。水印在白蜡烛的烛光下向棉桃摊开了巴掌："这是什么？"口气里有了极大问题。

白色烛光照着棉桃的半个面部。这样的明暗布局适合于回答上述话题。棉桃盯着水印伸过来的洋皂，脸上的烛光晃了一下。棉桃慢腾腾地说："洋皂。"

"哪来的？"

"人家给的。"

"谁？"

"货郎。"

水印停止诘问的时机恰到好处。优秀男人都有这种本能，盘问女人适可而止。棉桃毫无意义地梳理头发，她的梳理模样心不在焉。水印注意到棉桃的胸脯有了很细微的起伏。这个残酷的细节激怒了水印。水印一把抢过棉桃手里的桃木梳,冲进院子,把梳子放在铁砧上,"当"的一声,许多梳齿向夜的各个方向飞蹿而去,带了一股哨音。随后水印在铁砧上头放上洋皂,抡起铁锤又一下。这回没有"当"的一声,飞出去的也不是哨音,而是白花花的碎颜色,水印扔了大铁锤走到棉桃面前,抬起胳膊把她撕了。棉桃在水印撕她的过程中想起了货郎撕那块洋皂,一转眼棉桃发现自己真的成了洋皂,胖胖的,白花花的。水印把棉桃摆平,棉桃不接受也不反抗,任他在身体内外拼命。后来棉桃的鼻息也粗了,像风箱,水印顿时就被风箱弄成了炉膛,大声叫道:

阿弥陀佛阿弥陀佛阿弥陀佛

棉桃的叫声更为匪夷所思,她叫道:

你——你——你——

后来"阿弥陀佛"与"你"一同平息了。彼此的安眠风平浪静。所有的日子将归结于斯。

雨下在后半夜。一个闷雷惊醒了棉桃。棉桃跨过水印,披上水印的外衣走出了木门,她站在大槐树下,满耳是狂放雨声。这时候天上扯过一道雪亮闪电,闪电在铺子里所有的地方疾速游走。棉桃立即看见风箱的把手、铁锤的把手以及铁砧表面在闪电的照耀下放出一种狰狞的光,随即又归于黑暗。棉桃吓坏了,好半天才想起来,那些被闪电照亮的部位都是让手掌磨亮的。棉桃怎么也没有料到吓坏自己的是世俗生活中最基础与最日常的部分。

下一个骇人的雷电与棉桃紧密相连。但棉桃对它却浑然不知。这道闪电从大槐树上直落而下,沿着棉桃的双腿向上升腾,棉桃的一头长发在某一个可怕瞬间全部站立起来,僵硬笔直,在头的顶部张开一道黑色巨伞。随后头发的末梢燃着了,迅速向发根萎缩。眨眼间她的一头秀发半丝不剩,只给棉桃一头的光头皮。这一切发生得如此迅疾,肉眼看不见,只有佛的眼睛才能分解出若干细节。

这个雷雨之夜水印做了很多梦。他梦见了十二岁出家那年的著名狗头。狗头的肉香使十二岁的水印兴奋不已。还俗后水印从来没有做过这样的梦。他只在庙里梦见狗头,还俗后他常梦见的是受戒。水印受戒时头顶的灼痛尖锐无比地钻进了肉体深处。水印侧着头歪着嘴,嘴里一片乱语,他想起了师父的话,把自己的脑袋想象成一只狗头,这个主意立即减轻了他的苦痛,同样,水印就此顿悟:最基本的方法往往正是佛的方法。

一早醒来,水印依然闻见肉香。是烤肉的那种香。水印完全没有明白现实与梦的内在关联。狗在门外走动,吐着舌头,流淌口水。

水印一出门就看见了尸体。他从尸体的光头一眼认出了是一位尼姑。尸体的背部一片焦糊。水印伸手去扶,却撕下了一块肉,肉下面是白骨,洋皂那样有一种圆润冷清的光。

殓尸过程水印与老狗一起沉默。中午时分事情就传出去了。人们像苍蝇一样没头没脑地飞来。水印不能知道世俗部落对死亡故事为什么这样津津乐道。事实上,棉桃的死既是世俗套路的另一款项,又具备了神话特征,它联系了天上与地下。人们七嘴八舌,道出了棉桃之死的种种原因。三十里外一位九旬老者的话很有代表性。他说:他早就看出来有这一天。而他与棉桃未谋一面。

水印请来了木匠,他拆了铺子里最好的木料,为棉桃预备棺材。木匠把木料新刨了一遍,在这种时候木头气味很必然地成了棺材的气味。新刨的木料像大块肥肉。看热闹的人很多,水印被弄得神志恍惚。一切都来得过于草率,所谓盖棺定论总脱不了草率。棉桃入棺后水印挑了八颗最好的铁钉,每一颗都眉清目秀。水印钉棺时用的是铁匠锤,钉子一点一点陷入木头,宛如牙齿一点一点切入肥肉。随后整个旷野响起了棺材的空洞回声。这种回声不悠扬,不悦耳,没有神韵,缺少起码的金属感,听上去丧心病狂。

水印把棉桃埋在槐树下。一同入土的还有铁砧、铁锤与风箱。坟头正对着铺子的大门。做完这一切有人问:都埋了,你怎么活?

水印的回话平静如水,声音带有一种大觉悟后的空旷回音。他对着满世界的风说:

我出家。

水印的举动载入了史志。修志者曰:信仰沦丧者一旦找不到堕落的最后条件与借口,命运会安排他成为信仰的最后卫士。从这个意义上说,出家俗人水印出家后重新做了和尚,为正反两方面的人都预备了好条件与好借口。

1995 年第 5 期《作家》

8 床

当爹的决定去住院,那天有一颗上好的太阳。当爹的看见阳光把他的身影复印在水泥阶梯上,一折一折拐了好多弯。当爹的看见自己的身影往医院去,就像从复印机里一点一点往外吐。

当爹的住院不同于常人所说的住院。他的健康没有问题。也就是说,他的身体在医院里不接受内科及外科疗治。他只是住院,即居住或下榻在医院里。做出这个决定的是他自己。那时候当女儿的正捧着一摞子牛皮信封回来,七零八落捂在胸前,当女儿的喜气洋洋,倚在门框上对当爹的说:"批下来了。"这句话往细处推究有很复杂的人情世故,往粗里说,就是她到欧洲"考察"的申请终于批下来了。同去的还有她的丈夫,即当倒插门女婿的。当爹的听完女儿的话也喜气洋洋了,从沙发里撑起身,背着手在拼木地板上踱步,连声说:"批下来就好。"当女儿的放下信封后说:"你怎么办?"当爹的鳏居多年,并不畏惧独处,对这个问题似乎早有准备。他从后腰抽出左手,举过头顶,手背向外掸了掸,恢复了当年的领导者风姿,大声说:"你们去。"当女儿的说:"要不你到他们家将就两个月。"当爹的不肯和亲家一起将就,喜滋滋地说:"我早想好了,你们出国,我一个人去住两个月的院。"当女儿的有些吃惊,说:"你哪里不好,怎么要住院?"当爹的脸上露出了孩子般的顽皮笑容,是那种乡下孩子才有的好奇与新鲜。当爹的说:"进城都四十年了,还没像城里人那样住过医院呢。"当女儿的望着当爹的粗矮身段,心里头一下就明白了。这个城市是当爹的亲手解放的,他哪里没去过?就是没住过医院。医院是他心中渴望已久的圣殿,是他的欧罗巴大陆,许多人都住过了,他怎么能不住呢。当女儿的望着爹,幸福地说:"爹也肯浪费国家的钱了。"当爹的只是顺着女儿笑,又纯明又邪乎,又幸福又腼腆,真是越老越小了。当爹的关照说:"你把小蕾子送到她奶奶家。"当女儿的点点头,微笑着与当爹的默然对视。幸福到了尽头,却有点酸楚了,叫人想哭。真是好事成双来。

　　当女儿的办事利索。她用改革开放的速度把当爹的安置进了医院。4病区,9楼,朝南,靠窗,8床。当爹的手持当天的日报走进了病房。窗外是上好的太阳,当爹的步伐矫健,神采奕然,举手投足里夹杂了昔日顽童与昔日领导的双重性质。9楼的甬道刷成了苹果绿,是一个干净、漫长的长方体空间。甬道的那头是一扇对门,落了一把大铁锁。锁的表层一尘不染,但老得不行了,早就遗忘了钥匙,也可以这么说,老得让钥匙废弃了。光顾它的只有病人的无聊抚摩。当爹的一直走到甬道的尽头,捏住锁,掀起来看一眼锁屁眼,这是常人对待弃锁的必然态度。当女儿的站在病区房门口,"嗳"了一声。当爹的望着锁屁眼,目不斜视,嘴里却说:"知道了。"这样的对话没有逻辑性,是家族内部依照家庭秩序建立起来的对话模式与体系。当女儿的和身边的白大褂女人相对一笑,有些尴尬,解释说:"父亲对你们医院一直很关心。"白大褂女人笑着说:"是啊,老首长对我们确实一直很关心。"当女儿的走上来,给当爹的耳语了一句什么,当爹的放下锁,一边点头一边迈开粗壮短腿,上了8床。

当爹的只看完日报第一版,1床的病人就撑起了上身。整个立方体白色空间里就他们两个人。1床与8床处在对角线的两极,他们对视的视线构成了对角线。这种对视方式适合于表达仇恨、存疑、嘲讽或窥视等负性心理。1床是个干瘪老头,看不出岁数,两腮凹得厉害,健康状况比奄奄一息强不了哪里去。他的嘴抿得极努力,但有一只牙龇在外头,又脏又长,形状离奇古怪,类似于童话中的猛恶兽类。那只牙与他的目光一起,斜开四十五度角,严厉地指责8床,透出一股大不善。当爹的避开他的目光,打开报纸的二版。二版有一条街心凶杀案。当爹的把凶杀案无端地联系到了1床头上,至少,在当爹的内心,已经把杀人的罪名推到那只独牙上去了。

推送药车的是一个小丫头。脸上蒙着一只大口罩,这使她的表情成了一块干净纱布。小丫头把车推到1床,端起一只焦木瓶盖。1床很安稳地伸出手,接过药,几乎在同时张开嘴,呼噜一声捂了进去。1床鸭子那样伸了伸脖子,他的脖子和他脖子上的皱皮极不配套地乱动。他就这样把一把药片干吞了。吞下药他抿好嘴,那只牙齿却歪在一边指着8床,像在揭发:还有他!

小丫头来到8床,说:"吃药了。"

当爹的抬起头,想了想说:"我没病。"

"吃药了。"

"你去问我的女儿,我好好的,我没病。"

小丫头拿起另一只焦木瓶盖,动作与眼神不锈钢一样充满了医学精神,"吃药了。"

"我吃什么药?"当爹的坏脾气一下就上来了,"我有什么病?你怎么能逼我吃药,你去问我的女儿!"

"这是哪儿?没病你躺在这儿做什么?"

当爹的下了床,"我走,"他说,"我走总可以吧!"

"你当这是宾馆了?说进就进,说走就走?不把你的病治好,我们怎么能让你走——吃药了。"

当爹的软了。他没有说不,也没有说岂有此理。当爹的伸出巴掌,接过药。他仔细打量手里的药片和药片鼓形平面上的外文字母。当爹的用温水把药片咽下去,吐了吐舌头,没有吐出一个外文字母。

夜与玻璃一样黑,与玻璃一样恪守阒静。当爹的坐在床上,背倚墙壁,睁着一双老花眼静静地失眠。老人的眼睛在失眠之夜会再一次清晰,看见的都是旧日时光。当爹的把自己的一生粗粗看了一遍,有些怕,尽是些需要借口和附加条件才能讲述的故事。当爹的叹了一口气。回忆是上帝对人的终极惩罚,人的最后噩梦将终止于自我追忆。

1床上同样坐着一团黑影,熄灯之前他就那么坐着了,一言不发地打量8床。当爹的疑心1床也没有睡,张大了贼眼,始终在浓黑之中冲着自己炯炯有神。这个推测让当爹的极不放心,他悄悄伸出手,摸到墙上的电灯开关。当爹的一开灯就看见了那双眼睛,在斜对面,目光呈四十五度角,盯着他,看。当爹的心里就咯噔一下,慌忙关上灯,屋子里一片黑。夜间绵延不断的尽是数不完的瞳孔与瞳孔。人在失眠之夜才会明白,夜是一只最疯狂的独眼,盯着你,让你无处躲藏。眼睛最怕看见的东西是眼睛,追忆最怕想起的正是追忆,失眠之夜老人对此坚信不疑。

远处响起了哭声。是医院的夜间最为日常的那种放声尖号。几个女人的号叫爆发在底楼,尖叫声跟随在一辆移动车辆的身后,朝9楼疾速靠近。不久当爹的听到一扇铁门的启动声,铁门很大,启动起来吃力而又缓慢,但铁门上拴着的那根链子却灵巧异常,在铁门的开启过程中不断地撞击铁门框,发出清洌冰凉的冥世召唤。随后"咣当"一声巨响,大铁门合上了。整个夜空响起了那阵金属撞击声,由粗往细传递,夜空就是被这样的声音弄成邈远无垠的。

"又死了一个。"浓黑中1床冷不丁这样说。这五个字听上去特别。当爹的觉得一脚踩进了沼泽,深处蹿出了五个气泡。

当爹的就这么坐到了天亮。

天亮后当爹的气浮心虚,眼皮和脚背好像全肿了,体内贮满了一种胶状物质,又沉重又浑浊。当爹的瞄了一眼1床,他睡得很稳当,胳膊和腿扔得东一件西一件。那张大嘴巴张开了,独牙翘在一边,很炫耀的样子,很胜利的样子。整个病房弥漫了他的酸恶口臭。当爹的走上阳台,做了几个深呼吸,总是吸不到位,呼出来的气味倒是带上了酸恶口臭。

这是一个阴天。太阳光也没劲,不足18K的样子。天空和当爹的身体一样,贮满了沉重与浑浊的胶状物质。

当爹的决定下楼。他要找到那扇门。这个决定没有任何理由,和他一生中做过的大部分决定一样,说不出理由与出处,仅仅是一个决定。

找那扇门花了当爹的半个小时。当爹的有的是时间,但当爹的找得急,步履里头看得见争分夺秒。那扇铁门离9楼实在有些距离,怎么在夜里听起来就那么近。当爹的走到铁门面前,门与门之间错开了一条缝,当爹的堵在这道缝隙中间,顺手拿起拴在门上的那根链子,上头也有一只锁,大大方方开着。当爹的望着锁,心思走远了。锁真是个怪东西,和人一样多,各有各的心思,各有各的来头,各有各的缄默状态,越是没用,越是忙碌风光。

里头走过来一身白的老男人,又宽又胖,步行动态愚笨而又吃力,他的手上提了一只消毒喷雾器,在口罩后头含含混混地说:"找谁?"

当爹的没听清。那人用小拇指勾住口罩的一角,瓮声瓮气地说:"找谁?"

当爹的往后退了一步,"不找谁。"

那人的眼睛从头到脚打量当爹的,眼珠动得极慢。他的目光很怪,像喷雾器的喷嘴,只会弄出雾状烟霭。只有终年与死亡对视的人才会有这样的目光:从来不相信你是活的。这次对视以当爹的撤出视线而告终。当爹的在眼睛上已经两次被目光打败了,严格地说,向目光投降了。这可不是好兆头。当爹的把目光移向身边的电线杆。电线杆上没有电线,从上到下有许多铁锈。

小护士送来了开水。1床和8床一家一只热水壶。塑料壳,绿色。1床睡在床上,既像生命垂危,又像日渐好转,说不好。当爹的正无聊,望着这只绿色塑料壶,失神。水壶的软木塞跳了出来,在水磨石地面上转。当爹的下了床,捡起来塞上。当爹的顺便打开微型收音机,一个女的在唱,太快,听不明白,像烫着了那样。水壶"啵"一声,塞子又跳出来。当爹的又捡,又塞好,用力摁了两下。这一回软木塞反应极快,当爹的都没来得及回头,塞子就歪在壶口了,有点撒娇的样子。当爹的关上收音机,像看见外孙女了,心里头一高兴,决定和水壶玩。当爹的双手捧住壶,移到地面,蹲下去,扶正了塞子后就撑住膝,弓着腰仔细地看,仔细地等。当爹的心里想,要再跳,我就有病;要不跳,我就没病。当爹的蹲累了,站起了身子,背着手,像当年视察时给摄影记者摆造型。结果当爹的赢了,塞子证明了他的健康状况。当爹的把水壶移到茶几,在卫生间里很高兴地撒了一泡尿,非常流畅,非一般人所能为。

当爹的回到病房,1床正冲着他笑。皱纹极不讲究,东一榔头西一棒。当爹的见到这种笑心里就虚。一回头,水壶上的塞子不知滚到哪里去了。当爹的顿时觉得自己真的病了。当爹的坐上床,叹了口气,后悔刚才不该走。真是人在人情在。

　　院墙外是一个菜场。一早就有人叫卖了。当爹的吃完药绕了一个大圈,走进了农贸菜场,当爹的走得很慢,在一片嘈杂声中到处细看。芸芸众生在菜市场里显得很有活力,每天的生活就在讨价还价中开始了。当爹的背着手,亲切地问问价,亲切地点点头。

　　肉摊上挂满了鲜猪、鲜羊,它们半片半片地挂在半空,是丰衣足食的富裕景观。当爹的望着满眼的肉,感觉到了世俗生活的可亲可爱。当爹的很客气地和一位买肉的说了半天话,想起来自己实在应该出院了。

　　这时候不远处响起了一声金属声。是关铁门的金属声。没有得到市场上任何人的关注。但当爹的耳熟,一抬头,看见了那根电线杆,上头锈迹斑斑。当爹的重新低头时眼前尽是动物的尸体。人类的尸体躲在大墙内,是他们点缀了庄重、沉痛、悲戚这些美好话题,而动物尸体标志了世俗丰盛与繁荣。所谓好市场,即尸体的好买与不好卖。这个文不对题、狗屁不通的想法打垮了当爹的。当爹的逃回医院,好不容易甩掉了满世界白花花的尸首。下半夜当爹的被一个噩梦惊醒了。当爹的看见一片黑,想不起在哪儿。他的手在墙上摸,碰到了开关。叭一声,亮了。几乎在同时1床撑起了上身,他撑得很吃力,惊恐地四处打量,那只牙成了一只蛇芯子,在下半夜叉来叉去。当爹的吓了一跳,那个噩梦再也没能想得起来。他能肯定的只有一点,噩梦与他年轻时的风光紧密相连。年轻时的风光就这样,上了岁数会用噩梦再现出来。

当爹的突然发现了一件事,1床除了药,几乎不吃任何东西。他不下床,不上厕所,但就是活着。当爹的奇怪怎么现在才发现这件事,1床都快成精了。当爹的怀疑他这样半死不活,至少能拖一千年。这个想法生出许多冰凉,砭人肌肤。

但就在这个下午1床开始了进食。他从柜子里取出了一只大纸包,里头全是蛋糕。他从下午三点一直吃到下午六点。他没有牙,咀嚼时下巴夸张地上去下来,显出穷凶极恶,而那只牙这时反倒与世无争了,无所谓的样子。他在三个小时之内一共吃完了二十四只蛋糕(含六杯开水)。他吃出一头汗,累了,嚼不动了。六点十分,1床叹了口气,自语说:"还饿,吃不动了。"

这个漫长的过程之后,1床终于下床了。他用脚找鞋时,当爹的目睹了他的腿和脚,像腌过了晒干的一样。这等于说,他的步行完全像行尸。而他的步行出奇成功,称得上飘飘欲仙。

1床走到当爹的面前,他的胃部凸在那儿,一眼可见二十四只蛋糕与六杯水的膨胀体积。1床把脖子伸过来,客客气气地对当爹的说:"你见过回光返照没有?——你看看我现在。"

当爹的摇了摇头,舌头硬在一边。

1床笑了笑,悄声说:"你别告诉医生。"

1床望着当爹的,只是笑。他的瞳孔里头死亡闪闪发光、神采飞扬、活灵活现,处处洋溢出死亡的健康活力。

当爹的往后挪了挪身子,说:"我不说。"

1床大约死于第三天夜间三时二十分。那时候当爹的还没有人睡。当爹的在那几天里几乎被他弄疯了。1床不停地说，都是当爹的听不明白的话。几个夜间当爹的一直坐在床上，这种时刻清醒尤为宝贵。但清醒一旦宝贵，就必须承担恐惧。当爹的觉得自己也耗得差不多了。世界在他的眼前出现了重影。

第三天夜间三时二十分，当爹的打开灯。他做好准备了，知道1床会撑起上身看他、吐蛇芯子的，但1床没有动静，当爹的开始怕。等了一会儿，还是没动。当爹的慌忙关上灯，把自己裹到白被单里去。白被单就那么颤抖到天亮。这种状况客观上使当爹的信守了诺言，他没有叫医生。1床空下来之后当爹的生出了许多毛病，其中有一条就是怕大量吃东西。当爹的就此认定那是一种回光返照。当爹的整天饿，用了个把月才习惯，吃不吃无所谓了。当爹的整天躺在床上，少吃，少喝，少走动，少说话，耐着心等待女儿。他要对女儿说："带我回家，我要出院。"

当女儿的是如期归国的。说起来真是弹指一挥。当女儿的一见到当爹的放声就哭。但随后当女儿的自己用手捂住了，五只指头在脸上无序乱动，泪水只是夺眶。当爹的从床单下面伸出手，一把握住了当女儿的。当爹的竟也哭了，说："乖，带我回去，快。"

当女儿的使劲点头，她当即找到了医生。医生和她寒暄了两句，把当女儿的拉到了一边，小声说："还是住在这里好。你要转院我帮你找朋友。"

1995年第5期《作家》

武松打虎

说书人说,武松跨进小酒店的门槛,大声喊道:"店家,酒!"我们全听出来了,打虎的故事离我们不远了。喝酒是打虎的前奏,虎打得好不好看,全要看酒喝得好不好看。我们没有喝过酒,可我们见过施家阿三撒酒疯。阿三是村子里最温吞的男人,人见人欺的货。但四两酒下肚你就不认得阿三了。有酒撑腰,阿三一反常态,立马豪气逼人,所到之处鸡飞狗跳,满村子无风就是三尺浪。

酒壮脓包胆,更何况酒入英雄肠。所以,说书人在武松的酒桌上做足了书场。这顿酒喝得大起大落,大开大阖,处处是大模样。武松这顿酒喝出了草莽气、江湖气、英雄气,恣意狂放,痛快畅酣。你说三碗不过冈,爷爷我灌十八碗给你看。你要不拿酒来,我把你这鸟店子粉碎了。大英雄想做什么,凡世休想挡得住。武松把十八只空碗撂在一边,站起身,他一抬腿就地动山摇,十八只空碗摇摇晃晃。武松手提了哨棒,直往景阳冈去。

武松手提了哨棒,独自往景阳冈走去。说书人在月光下拿起醒堂木,中止了月光下的打虎故事。说书人秃顶,满头满脑的月亮反光,下巴上却长了密匝匝的一把银须。他有一口地道的扬州口音,"武松"两个字念得浩气跌宕,充满了酒意,唱出来一样:吴——松!他在每年秋天来到我们村,每年只说一出书,就是武松打虎。他的书场摆在秋夜的打谷场上,打谷场月光如洗,打谷场的背后是一条河,河面的月光平整而又安静。新稻草在场上垛成垛,稻草的气味和月光一起笼罩在夜的四周,然后,说书人喝了酒登场。他穿着一身白,白胡须在月光下面银银闪烁。月夜阒然无声,扬州口音带着五成酒意横冲直撞,在秋月下面虎虎生风。

大英雄武松的事家喻户晓了。我一直以为,武松故事的发明者是那个白胡子说书艺人。很久之后我才知道,其实不是。最早传播武松故事的是那个叫施耐庵的才子。施耐庵乃扬州府兴化县人氏,他的墓至今静卧在兴化县大营乡施家桥村。我说这些可不是废话。我的老家就在大营乡施家桥村。我在家乡的打谷场上听说书人演义武松,那时候施耐庵就安息在打谷场边,他的墓离书场只有十几步。

从空间上说,书场与墓地近在咫尺。但距离不能说明任何问题。事实上,我们不知道墓地里埋的是谁。我们只关心现世。施耐庵躺在墓里,他可听不见几百年之后的扬州口音。施耐庵的墓很大,看上去像一座小丘。我们时常聚集在墓顶上做打虎游戏。施氏坟墓成了我们的景阳冈。

我们的游戏很简单。说穿了就是相扑擂台。两个好汉站在墓的顶部,把对手往下推。输掉一个再上一个,最后的胜者就是当日武松。相对说来臭虫的赢面大些。臭虫有一身好力气,臭虫成了我们的常任武松。他和他的铁匠父亲一样,口臭、脚臭、放屁臭,他们一家人一年到头都臭气烘烘。但是他有一身好力气。他只能是武松。规则就是这样的。

这一天秋高气爽,村子里的老老少少都很开心,真的像过节那样。武松昨天晚上往景阳冈去了,今天晚上他要同大虫摆阵厮打的,我们都很开心。白胡子老头打虎这一段说得绝好,他就靠一张嘴,能把武松和大虫弄得历历在目,你可要听好了,是历历在目,和看在眼里一样,逼真鲜活。这天黄昏我们一起到景阳冈,我们怎么也没有料到,今天的武松打虎会打成这样。

鼻涕虎过来时臭虫正站在墓顶。臭虫今天又赢了,举着两只胳膊朝我们挥舞。鼻涕虎是施家阿三的儿,一年四季鼻孔底下挂着两根黄鼻涕,我们从来不和他玩的,赢了他也是一手脏。但鼻涕虎今天自己找上门来了,他放了两头猪。鼻涕虎扔下手里的赶猪棍,兀自往施耐庵的墓顶上去。臭虫看到了鼻涕虎的目光。鼻涕虎虎视眈眈。臭虫对突发事件显然缺乏镇定,大声说:"你来干什么?下去!"鼻涕虎什么也没说,大叫一声扑上去,一下子就将臭虫掀下去了。鼻涕虎站在施耐庵的坟头擤了一把鼻涕,然后叉着腰,弄出一副武松样。我们不愿意看到鼻涕虎当武松。他的一脸鼻涕哪一点像?我们一起沉默,很严重地关注臭虫。这样的关注使臭虫没有退路。臭虫只能冲上去,他冲得太猛,收不住脚,自己把自己摔到坟墓的另一面去了。臭虫的脑袋撞在了墓碑上。墓碑上有九个字:大文学家施耐庵之墓。

臭虫的额头涌出鲜血了。他的血同样有一股臭气。

臭虫捂着头站起身,他一定会像个好汉那样再冲上去的,他至少会说:"你等着。"当然,臭虫可能什么都不说,一声不响地离开,那就更厉害了。鼻涕虎待在家里一定会后怕的。但臭虫的举动一点都不像英雄。他竟哭了,拖着哭腔说:"鼻涕虎,你妈妈和队长睡觉!"

这个黄昏全臭掉了。秋高气爽却臭气烘烘。这个傍晚说书人一直在喝酒。说书人登台之前总是要喝酒的。但是,哪一场书喝多少,说书人很讲究。说书人总是在打虎的这个节骨眼上喝得很多,把自己喝足了,喝开了,但不能醉。说书人说,武松的那身精气神,凡人的嘴巴要想说出来,没有酒拉一把,做不到。武松是谁?八百里英雄,有人硬要把武二爷打虎弄成除害,俗大了。大英雄本色,你真的让他上山来打,他不一定肯,不一定敢,大英雄就这样,潦潦草草,混混沌沌,莽莽撞撞,碰上了就碰上了。那只大虫是谁?也是个英雄。两个英雄一见面,什么也不为,这才有了千古绝唱。李逵同样是杀虎,杀得急,报仇太切,味道上就差;武松打完了虎也杀过人,先是怒杀潘金莲,后是醉打蒋门神,再后来大闹飞云浦血溅鸳鸯楼,弄来弄去总不如景阳冈上惊天动地。

说书人喝酒时施家阿三得到了儿子带回的消息,阿三听完鼻涕虎的话顺手就给了儿子一个嘴巴。阿三低着头不语了,拿着酒瓶闷闷地往里灌。阿三知道老婆和队长睡觉的事,但是,只要没人挑明了,他可以装得不知道。这不丢脸。现在别人就是不让他装,一点余地都不给,你说这是什么世道。阿三闷头灌了几大口,回来拿一双红眼找儿子:"你他妈的不去打虎哪会有这样的事!"阿三操起烧火棍就往儿子的屁股上抽,鼻涕虎大呼小叫,活蹦乱跳。邻居四婶没有过来拉劝,她站在天井的凳子上,细心地理丝瓜藤。四婶慢悠悠地说:"阿三,这种事怎么能怪儿子。这种事打自己的儿做什么?"四婶的话听上去句句是理,调子里头还有语重心长。阿三弓着身子,静了好半天,听出门道来了。阿三把酒瓶喝得底朝天,带着一身豪气直往队长家门口走,阿三站在院子外大声吼道:

"凭什么!凭什么!队长,你凭什么!"

队长从院子里出来,叼着一根火柴枝。队长一脸不高兴。队长说:"阿三,晚上还要听书,今晚上打虎了,你瞎闹什么?"

队长站在石阶上,一只手叉在腰间。队长的老婆从院子里跟出来,说:"什么事?"

队长说:"没你的事,回去!管我的闲事,欠揍!"队长对阿三说:"阿三,回去吧。"阿三站在石阶下面矮了一大截。阿三回过头。身后围了一帮闲人,阿三舞着两只瘦胳膊大声吼道:"回去,回去!"今天晚上打虎了。天上一轮满月。这样的月夜适合于饿虎下山,这样的月夜更适合英雄独行。月光无际无边,月光构成的大背景浩气绵延。武二郎的月夜正是今天的月夜,村子里空了,打谷场上人头攒动。我们都知道说书人快来了,那只吊睛白额大虫和武二郎沿着不同的道路往景阳冈去了。龙生雨,虎生风。我们全听见了,虎虎生风。这阵雄浑浩荡之风响了一千年了。

书案空在月光底下。说书艺人快来了。他即将站在书案面前让武松与老虎会面，他的白胡子使他的话句句有来头。他的牙一定很好，每个字都咬得结结实实。白胡子老头打虎这一节说得脆亮，一定是他的酒喝到了好处。酒使他成了武松，也可以说，酒使他成了饿虎。他自己冷冷地与自己对视，武二郎和老虎的事静静开始了。你分不出胜负。说书人说到武松时气压河山，提到老虎却又神采飞扬。他谁都不让输。武松和老虎交替着占优，整个月夜被他的扬州话搅得浑浊了，处处是尘垢、断枝，处处是草丛狼藉。最后，说书人的酒力涌上来了，完全靠着十八碗透瓶香，说书人大喝一声。这一声是武二郎的吆喝在千年之后的回声。说书人提起了拳头，这个造型是武二郎千年之后的月下身影，"当当当"武松只顾打，打到了七十拳，那大虫便不动了，口里、鼻子里、耳朵里，都迸出鲜血来，更动弹不得，只剩口里兀自气喘。打谷场上所有人不敢呼吸，一起张大了嘴巴。说书人不语了，他的秃脑门上汗珠细密。说书人叉开五指，一上一下捋自己的胡须。而后，他呼出一口气，我们跟他一同呼出一口气。月亮还是那个月亮，星星也还是那颗星星。武松站起身，摇摇晃晃。浩瀚的天体里处处是武二爷的英雄气。这股英雄气重新涤荡了秋夜，月夜纤尘不动，朗朗乾坤万里无埃。

　　但是，说书人迟迟不来。武松手提了哨棒，迟迟不往景阳冈去。我们等得太久了。去找的人都走过三趟了，回话都一样，说空酒壶还在，就是不见人。人们坐在打谷场上开始焦急。阿三的邻居四婶站起了身，四处看了看，大声说："凭什么，凭什么，说书的，你凭什么？"这句话，很有嚼头，分量也足，每一只耳朵都听出意思了。打谷场静下来，四婶的脸在月光下一副天真样，好像自己都不知道自己说了什么。阿三老婆坐在人群里,人们注意到她脸上的月光变色了,青了,爬过好几条小青蛇。阿三的老婆很突然地尖叫说:"臭婊子。"阿三的老婆把指尖指向了四婶,大声说:"臭婊子!"四婶很沉着。她知道队长坐在哪儿,她把脸朝那个方向侧过去,不解地小声说:"谁是臭婊子?"打谷场一阵哄笑,猛虎就是在这阵哄笑中下山的。猛虎伸直了两只胳膊,朝四婶扑将过来。四婶一闪,闪在猛虎背后。那猛虎背后看人最难,吼一声,却似半天里起个霹雳,四婶一个愣神时,那猛虎早揪住了她的头发。原来那猛虎拿人,只是一扑、一吼、一揪。阿三的老婆揪紧了四婶的头发,批了一个嘴巴,大喊道:"撕烂你这×嘴!"四婶有些慌神则个,不住地说:"母老虎,骚老虎,母老虎,骚老虎。"打谷场全乱了。队长的老婆却从身后杀将上来,提起拳头打在阿三老婆的背上,一边打一边说:"打,打,打,打死你这母老虎!"

队长老婆的介入使事态复杂化了。这等于说,她默认了一件重要事实,一个潜在事实。队长的脸虎下来了。人们退开去,留下一块空,只把队长留在中间。队长的脸有点像吊睛白额。队长一把拉开老婆,厉声说:"说过多少次了,不要管闲事,不要干涉我的领导工作。——你们也别打了!"队长老婆"呸"了一声,说:"你也就是在外头硬,到了家就软成吊吊虫了!"队长给了老婆一耳光,命令说:"滚回去!"队长的老婆立马回敬了一句:"你滚回去!你滚到小婊子的洞里去!"

说书艺人的光头第二天一早浮出水面了。他淹死在打谷场边的木桥下面。他的白胡须在水面泛起波涛，许多小鱼在他的指缝中间一上一下。普遍的看法是，他喝多了，过桥时掉进了河底。这个说法有疑点，这么多人在打谷场上，他掉下去，不该听不见的，他又不是一阵风。富于想象的解释应运而生了。说，说书人肯定是喝多了，误拿了自己当武松，过桥时看见了水中的满月，以为是大虫的前额，兀自迎了上去。这种说法当然解得通，但过于精巧，过于精巧离事体的真实性总有点远。

能肯定的只有两点：一是他喝多了，有他的空酒壶为证；二是他死了，有他的尸体为证。这两点又可以引发出一点，武松提了哨棒没有上山，他没有与大虫相遇，也就是说，他没有打虎。从这个意义上说，武松没有打虎，武松其实也就不存在了，这个英雄传说是一次虚设。至少可以这样认为，武松在扬州府兴化县大营乡施家桥村的小水沟里已经淹死了。武松死于兴化。死在施耐庵的故土。这是理所当然的。但故事没有完。我现在坐在南京的书房，想起了当年的秋夜，当年施氏墓顶的游戏。我们不知道武松与施耐庵的关系，这让我喟然长叹。是那个说书艺人把武松的事从《水浒》这本书里带到了兴化。他差一点让英雄传说成为事实。他为武松出台做好了全部预备，然后，一撒手，把好山好水好酒好肉全留下了，丢给了满世界的泼皮与小喽啰。我只好从书架上抽出《水浒》来，抄下最关键的一段：

> 武松正走，看看酒涌上来，便把毡笠儿背在脊梁上，将哨棒绾在肋下，一步步上那冈子来。回头看这日色时，渐渐地坠下去了。此时正是十月间天气，日短夜长，容易得晚。武松自言自说道："那得甚么大虫？人自怕了，不敢上山。"

武松走了一直,酒力发作,焦热起来。一只手提着哨棒,一只手把胸膛前袒开,踉踉跄跄,直奔过乱树林来。见一块光大青石,把那哨棒倚在一边,放翻身体,却待要睡,只见发起一阵狂风来……

——《水浒》第二十三回

1995年第5期《花城》

受伤的猫头鹰

时值正午,那只猫头鹰出现在我们村的上空。磨房里劳作的人们很快注意到地面移动的阴影了。磨房的四周晒满粉丝,粉丝在正午阳光下发出半透明的银光,整个村子都映得一片皎白。猫头鹰的阴影盘旋在粉丝上,相当显眼,格外引人注目。人们抬起头,看到了猫头鹰。没有人认识这只庞然大物,后来猫头鹰俯冲下来了,栖息在一棵苦楝树上。猫头鹰的俯冲带了一股侵略性,威严、阴森,但是无声无息。人们放下手里的活,十分清晰地看到了猫头鹰:它既是一只会飞的猫,也是一只长着兽面的鸟。看完了猫头鹰人们就面面相觑,他们瞳孔的深处都出现了一块大阴影,长了翅膀,以鸟的姿态滑翔并且盘旋。

第二天得知,这只猫头鹰受伤了。它的左肩有多处鸟铳子枪伤。这只猫头鹰来到我们村时已经精疲力竭了。它栖息在那株苦楝树上,怎么赶它都不走。它就那样静坐在苦楝树的枝头,睁大了猫眼,冷冷地打量,以猫的表情看着全村老少在恐惧中鼠窜。村里人很快就受不了了。没有人能够承担受伤者的沉默。后来村支书兼民兵排长取出了他的步枪。这位残废军人只有一只眼,他的另一只眼睛留在了部队。民兵排长在第二天上午端起了枪,他闭起那只并不存在的眼睛,寻找"十环"那个中心,他用独眼和准星作为两个基本点,使中心与基本点构成了"三点一线"这个关系。这个关系建立的刹那他扣动了扳机。"叭"的一声,猫头鹰溅起了满身羽毛。它的羽毛喷涌飞扬,像自己为自己撒播的纸钱。人们看见了漫天纷飞的羽毛,反而忽略了地上的那摊血。血汹涌在砖头的缝隙里。血沿着缝隙四处流淌,使砖头四周呈现出鲜红勾勒。

这个秋季我们村的收成不错,最丰收的首推红薯。红薯堆满了打谷场,真的像一座山。那些日子里小猪与母猪过上了好日子,它们整天卧在猪圈里,安闲地嚼那些红薯。我们村养了很多猪,猪的数量差不多等同于人的数量。那些猪望着成堆的红薯,脸上的表情一个个欣欣向荣。但我们村的头头脑脑们很伤脑筋,这样多的红薯怎么说也是灾难,民兵排长忧郁地盯着红薯,一只眼看到的其实和两只眼看到的一样多。村里专门召开了诸葛亮会,会议做出了决议,把村里的红薯加工成粉丝。这个决议得到了村民的支持。人们把红薯一筐一筐抬进磨房,去皮,磨碎,提取淀粉,然后制成白色粉丝。这是一个很现实的魔术,粉条就那么从红薯里抽出来了,绵延不绝。打谷场的四周,巷头巷尾乃至养猪场的旁边都让粉丝挂满了。那些粉丝成了风景。村子里银光闪烁,到处洋溢着非人间气息。大人孩子都快成鱼了,在白色海藻间鱼翔浅底。人们忙得很起劲,在白花花的世界里仿佛赶上了百年不遇的喜丧。

猫头鹰就在这样的时刻出现了。它那种不吉祥的样子给人们带来了灾难方面的想象力。它中止了人们对粉丝的激情,中止了粉丝构成的白色童话。人们对粉丝的剔透、光洁与晶莹失去了兴趣,说到底它只是红薯,也可以称之为山芋或地瓜。在这个只有麻雀、燕子、喜鹊、鹁鸪的村庄里,猫头鹰的出现绝对不是好兆头,道理很简单,没有人见过它。对没有见过的东西多加警惕,多加防范,多加小心,总是不会错。人们围在苦楝树下,静静地与猫头鹰对视。猫头鹰的表情像猫,它绝对会给村子带来厄运的,它的表情在那儿。古人早就说了,来者不善,善者不来,说得很明白了。

　　整个傍晚村子里没有声音。人们用眼睛四处打听、询问。在可能出现的大祸来临之前,人们的眼睛活灵活现,能够捕捉任何苗头,再把它们播送出去。人们学会了这一做法,使眼睛成了宣传工具,整个黄昏只有磨房的公驴大叫了几声,别的什么也没有发生。人们预感到夜里要出事。人们最放心不下的正是这一点。天黑下来,人们早早关上了门窗,外面只有大片悬挂的粉丝和那只猫头鹰。现在它们也呈现出夜的颜色。

　　但夜里人们并没有睡。所有黑色的窗口都有一双黑眼睛。人们在黑夜里蹑手蹑脚,严密地注视猫头鹰。猫头鹰的瞳孔由白天里的直线变成了圆,它双目炯炯,目光如电,放射出严厉骇人的绿光。猫头鹰是白昼与黑夜的双栖动物,它静坐在苦楝树上,它的目光无所不能无微不至,它使人们的蹑手蹑脚最终成为掩耳盗铃。村里所有的人都看到了苦楝树上的绿光,人们想象中的粉丝也一根根发绿了。这个夜无声无息,充满张力,洋溢着危险性,即使磨房里的公驴也没有再说什么。

其实日子很平常。第二天一早人们发现,初升的太阳还是那样鲜红。朝霞满天。朝霞映照在村里的粉丝上,大片大片的粉丝被照得多彩绚烂,发出天上的光,但粉丝没有能够消解深夜的恐惧,人们走到磨房,悄悄议论起夜里的事。

人们的谈话当然从猫头鹰眼里的绿光开始。几乎所有的人都看见那两道绿光了。一个年轻的女人很不放心地问,不会出什么事吧?男人们就一起沉默,一个中年男子回答说,谁知道呢?那个女人随即宽慰自己说,说不定也没事的。中年男人还是说,不知道,谁知道呢?这样的对话一正一反,加在一起等于什么也没说。一位老者似乎找到了事态的根由,他原就不赞成村里做粉丝的。老者说,满村子都白花花的,像死了祖宗八代,还能有什么好。他的说法立即遭到了年轻人的反对,年轻人说,这不关粉丝的事。老者很不服气,老者大声反诘说,不关事,那东西怎么飞到我们村里来了?年轻人没有说出话来。这时候有人调解说,不要吵了,眼下最关键的是想一想,下面的事怎么弄。这句话得到了一位和事佬的支持。和事佬一开口就是谚语,谚语实际上也正是和事佬的专题格言。和事佬说,没有不散的席,没有不飞的鸟,别理它,它自己会飞走。但事态的要紧关头和事佬的话受到了顶撞。顶撞者说,谁说那东西是鸟?谁敢保证那东西一定是鸟?

这句话使磨房的气氛愈加紧张了。谁也不能保证那东西是鸟。谁也不能保证,事态的要紧关头谁也不会担保什么。当然,在事态平稳之后,和事佬会这样补充:我早就说过,那东西是鸟,它不是鸟还能是什么?然后,顶撞者会用另一句谚语表达自己对和事佬的敬意,顶撞者会说,不听老人言,吃亏在眼前,真的是这样。

但事态没有平稳,猫头鹰依然静坐在苦楝树上。太阳都已经升高了。太阳的样子也像一张猫脸。不久之后事态进一步恶化了。恶化的源头是一只老鼠。在红薯与粉丝富足的村庄里,田鼠从野外走进了村庄。田鼠的活动也从黑夜蔓延到了白昼。一只巨大的田鼠公然走到磨房旁边的巷口了,许多人看见了这只田鼠。这只田鼠气宇轩昂,它的从容步态完全背离了鼠类,像一只猫。它的样子激怒了所有的人,但人们无可奈何。人们明白一个常识,所有的人对老鼠的追逐都将是一场徒劳。然而这时候人们听到了哨音。是俯冲的哨音。人们抬起头看见一双硕健修长的翅膀从天而降,冲向那只田鼠。人们看见了翅膀上张开的羽毛,灰色,带了褐色斑点。那双翅膀随即又飞向高空,像一个闪电,迅雷不及掩耳。人们回过头,猫头鹰在原来的地方又坐稳了。它的尖喙叼了一只硕鼠。人们看见猫头鹰把那只肥硕的田鼠抛向了高处,随后接住。人们看见猫头鹰把那只田鼠整吞下去了。没有咀嚼。整个过程鲜活而又困厄,所有的眼睛目睹了这一实况。人们在苦楝树下一起凝神屏息、心惊肉跳。

村民们知道事情闹大了。一件应当由猫做的事情被猫头鹰做了,事态的严峻就在这儿。事态的复杂和危险也在这儿。几个人立即跑到支书兼民兵排长的家里,通报了事态的最新变化。民兵排长正在吸旱烟,旱烟锅和他的独眼一样若有所思。民兵

排长吐出一口烟,镇静地说:

知道了。

人们看见他的独眼和旱烟锅一样升起了一缕青烟。

有人说,怎么办?

民兵排长说,你们去磨房做工,不要乱。最要紧的是镇定,不就是有个东西坐在那儿吗?

敏锐的人立即看出了,民兵排长的独眼不是旱烟锅,是那只蓝幽幽的步枪枪口。吸烟只是射击前的预备仪式。

民兵排长赶走了那些胆小鬼。他放下旱烟锅,从老婆马桶的背后取出了那支老式步枪。民兵排长端着枪,从枪管里挤出牛油,用擦管擦了又擦。民兵排长把枪管对准太阳,枪管亮堂堂的,新的一样。许多美丽干净的螺纹一圈一圈转出去,枪管被错觉拉长了,一直延伸到天上去。民兵排长从床下拿出子弹,这是他退伍之前顺带回来的。民兵排长把铜壳子弹压进去,想了想,真是杀鸡用了牛刀。就这么一点小事,他们就慌成这样了。要不是担心他们误了上工做粉丝,民兵排长绝对不肯浪费这颗子弹的。民兵排长端着枪,走到了巷口。许多人看见民兵排长趴在墙角瞄准的样子了。人们兴高采烈,于惊恐之中企盼那声枪响早点来临。

民兵排长闭起了他的废眼。然后,扣动扳机,枪声响了。猫头鹰的故事到此结束。

最早对枪声做出反应的是那只田鼠。猫头鹰的身上被子弹穿了一个大窟窿。田鼠找到了这只窟窿。它和猫头鹰的血一同飞蹿出来。人们看见一只鲜红的田鼠从猫头鹰的尸体中逃出来了。它慌不择路,一路上留下了它的鲜红爪印。没有一只猫敢碰它。事实上,没有一只猫能够认出这只鲜红的田鼠到底是什么。

枪声同样得到了磨房里的驴以及猪圈里猪群的注意。它们被枪声吓坏了。枪声给它们带来了负面激情,它们大声尖叫,四路奔跑,没有人能够挡得住。打谷场与村里雪白的粉丝被它们撞翻了。粉丝遍地狼藉。粉丝挂在它们的身上,满村子都有雪白的动物撒腿狂奔。粉丝顷刻间成了最纷乱的风景,粉丝有了生命,在道路上狂飞乱舞。枪声给粉丝带来了这样的后遗症,或节节断裂,或纷乱如麻。

1995 年第 11 期《山花》

婶娘的弥留之际

那种病在医学上怎么说,我至今不知道。民间习惯于称作痴呆症。婶娘死于这种病。她体面了一辈子,却死得那么脏。她的死法比死亡本身更叫人揪心。父亲说,婶娘死的时候胳膊腿没有一样放得齐,连死的样子都没有。

送进敬老院之前婶娘就有病兆了,记忆力越来越硬,黏不住东西。婶娘在敬老院共住了三百二十九天,这些日子她没有一天过得明晰,其实是她的弥留。她的病没有皮肉苦,婶娘没有一句抱怨,没有一声呻吟。但她的样子却叫所有活着的人心酸。她总是那样笑。她当了一辈子聋哑教师,对那些失聪失语的孩子微笑了一辈子,笑得总是那样和善慈爱。等她进了敬老院,她的笑容里已经没有什么内容了,只是一种皮肤组织或皱纹走向。看见她老人家笑,我就忍不住难受。过于善良的人其实不宜在世上活,对亲人来说,他们永远是灾难;温良慈祥的人活不出什么滋味来,一生只不过在为悲剧作铺垫。

婶娘没有子嗣,一个人在世上寡居。退休之前她有过一群聋哑孩子,退休后也一度有我的叔父,但不久叔父就下世了。那么多年来婶娘一直拿我当儿子,只是不好说出口。叔父咽气的那一天我赶到医院,婶娘正握着叔父的手,静静和叔父说话。我不敢惊动她,一个人站在氧气瓶旁边。后来婶娘看见我了,她抓住我的胳膊,对我说:"这世上我只有你一个亲人了。"婶娘的手上全是叔父尸体的温度,还没有还过阳来。婶娘说话的时候脸上有一层青白颜色,类似于冰面上的那层白光。我说不出话,就那么怔怔地望婶娘。后来我们一起看叔父。叔父死于绝症,生前五大三粗。他的身躯让他的生命耗尽了,留下来的尸骨瘦得只剩下一把。

婶娘曾是一位好老师。那些可怜的家长都愿意把孩子交给她。这样的时候婶娘总是很欢喜。家长们都说得出婶娘的好。其实家长们不懂得婶娘,婶娘不是给孩子们当老师,是当妈妈。婶娘胖胖的,双眼皮双得很宽,笑起来她的好心肠总能钻到人的心里去。孩子们都懂,人前人后用大拇指头夸她。这种时候婶娘的表情格外复杂,粗一看是幸福,细一看却是忧伤。

婶娘进敬老院之前已经发现自己病了。就在那年的开春她把自己送到了敬老院。婶娘预料到往后的日子,不想麻烦我们,趁着脑子清爽,自己料理自己的后事了。

婶娘走进敬老院不久就出现异态了。脑子一天比一天坏,和人说话越来越喜欢用手语了。婶娘在她的教师生涯中说了一辈子手语,手语和她的呼吸与步行一样,成了皮肉,忘不掉。好多事她记不得怎么说,却能够脱手而出。她的手语在孤寂的日子里越说越流畅。手语越流畅,日子也就更孤寂。没有人听得懂她的话,人们都说,那个疯婆子又在装神弄鬼了。

婶娘在敬老院不讨人喜欢。人们不喜欢装神弄鬼的人。记忆力衰退后,婶娘再也不关心自己是谁了。时间在她身上倒过来流,她越过越小了,做母亲的欲望一天一天地抬头,最后把她缠紧了,裹住了。婶娘天生对人好,进了敬老院就争着给别人做好事,后来越闹越大,拿了自己当大伙的母亲了。她整天拿着小塑料盆、肥皂、小剪刀,逼着人家,要给人家洗手,剪指甲。她批评这个手脏,批评那个耳根不爽洁,闹得人人都不喜欢她了。后来她又管到人家的作息时间上去,一清早拿着一块砖头,挨户挨户地敲,叫大伙起来,活动活动。敬老院给她弄乱了,大家劝不住她,就把她关起来,反锁在一间小屋子里。婶娘一心想着关心别人,这不是她的记忆,是母性的天质。她得了痴呆症,再也不会掩饰了,一心一意往别人那里送母爱。但没有人领她的情,她的爱也就无处落实,她就是这么疯掉的。

那些日子婶娘惦记着我。我远在南京,一点也不知道她已经那样了。婶娘整天在屋子里,拿手语和自己一问一答。

她用手语问:你几个孩子?

婶娘说:"一个。"

她又用手语说:男的还是女的?

婶娘高兴地说:"男的。"

他在哪儿?

"南京。"

他怎么不来看你?

婶娘自己把自己问住了,她就追忆,想。想不起来,就不好意思,一个人笑。婶娘笑着对自己的手指说:"记不得了,记性坏,一点也记不得了。"

那些日子我远在南京,一闲下来我就会想起那个午后。那个午后婶娘去取叔父的骨灰,我陪她去了。叔父的身材高大,高出婶娘一个头。当他变成骨灰之后,婶娘能够抱动他了。那一天赶上天阴,没有一个人脸上有阳光,满街的人都像行尸和走肉。婶娘解开自己的上衣,把叔父裹在怀里。婶娘的下巴抵在骨灰盒上,样子像抱着一个婴孩。我怕她太伤心,说:"我来吧。"婶娘不肯,摇了摇头。婶娘说:"等我过世,你要这样接我回家。"婶娘的话叫我心堵,我把目光移向她的身后去,没有太阳,地上也就没有她的身影。婶娘在殡仪馆走了长长一段路,身后就是没有身影相随,婶娘走过的地方空空荡荡,不留任何痕迹。这很像婶娘她的一生。种豆不能得豆,种瓜不能得瓜,的确也是难免的事。我总觉得那一天不出太阳事出有因,其中隐含了某种征兆。

接回叔父的那些日子我住在婶娘家里。每个晚上婶娘都要对着叔父的骨灰发呆。我陪婶娘,婶娘陪叔父。婶娘的记忆力真的太好了,连续三四天她向我追记叔父和她的婚姻岁月。叔父的灵魂这时候会从盒子里爬出来,变成举手投足,和他生病以前一样逼真。偶尔说到高兴的事,婶娘就不语了,样子格外忧戚。但婶娘的这种状况也只持续了四五天。人的一生真的太短,三四个晚上就能把人的一生说光了。这样一来活下来的人越发难了。岁月之所以漫长,长就长在说剩下来的东西太缠人。那时我真的太年轻,过得粗,没有几天就回家去了。我对父亲说:"看来好些了。"父亲没有说什么,脸上有许多言外之意。现在看来,父亲的缄默是一种大觉悟。对长者的言外之意,我们所有的人其实都无能为力。

就在这年的腊月婶娘有了变化。年底我从南京赶回故里过春节,父亲说,婶娘大不如从前了。我去看她,她的眼神和手脚果真都慢,婶娘慢慢地认出我来,一认出来就怪我瘦。婶娘一个人寡居在家里,她把自己各个时期的相片都放大了,挂在墙上。全是黑白照。老老少少一屋子。我说:"婶娘,你挂这么多相片做什么?"婶娘笑着说:"陪我。"时光真是无情,婶娘在黑白相片里一张一张往前老。能变的全给时光变掉了,只是一脸的和善慈祥还是旧样子。人身上总有一些东西时光不愿意改变,时光对它们肃然起敬,想方设法绕着它们走。父亲说得不错,婶娘真的大不如从前了,但我以为父亲也是多虑。人总是越活越老,这也是没有办法的事。

大年初一我才知道事情严重了。中午父亲请婶娘过来吃饭,我的母亲为她做了鸡块烧板栗。但鸡块和板栗没有为我的婶娘带来"吉利",在我的记忆中,这是婶娘一生中最后的午餐。午饭后天气变坏了,婶娘不肯久坐,要回家。我起身送她,婶娘她不肯,婶娘她坚持自己回去。婶娘她从来不肯麻烦别人的。差不多在黄昏时分我出门租录像带,在路口我意外发现了我的婶娘。她站在电线杆底下。这时候下了小雪,婶娘的白发像雪花那样纷飞,能看见风的坏脾气。我走到婶娘面前,说:"婶娘,你站在这里做什么?"婶娘看见我,只管笑,笑的时候有许多不好意思。我又问了一遍,婶娘说:"不认识了,我不认识回家的路了。"婶娘的这句话把满巷子的雪花弄得分外寒冷,婶娘的乱发在雪花中间无限苍茫。她的生命快到尽头了,过剩下来的日子只不过是她的弥留。我扶了婶娘送她回去,她走路的时候只有一只脚留在阳间,另一只脚已经踩到阴府里去了。

婶娘只有一只脚留在人间。她利用最后的回光返照料理了自己。她把自己送进了敬老院,而叔父的骨灰在这段日子里最终成了一个谜,谁也不知道被婶娘遗忘在什么地方了。这很像某种谶语,生和死,说到底就是记忆与遗忘——当记忆不能再记住记忆的时候,遗忘也只能遗忘一切遗忘。这很叫人伤心,甚至找不到伤心的由头与借口。叔父彻底湮灭了,生存与死亡里头都没有他。他的一生把他自己的一生全弄丢了。

婶娘在敬老院不久就被关起来了。在此之后婶娘的生命就成了一个梦,睡在她自己的身体里了。婶娘的身体只是她生命的一只茧子,身不由己,己也不由身。我在夏季得到婶娘被锁的消息,我专程赶回老家,隔着铁窗我望着我的婶娘,她坐在床沿,正和自己的手指头说话。我找到院长,命令她打开。我说再不打开我把你眼珠子抠出来。

婶娘坐在床沿迎接了我。她脏得没形了,一举一动伴随着厕所的气味,夏季把这股气味放大了,使婶娘很不体面。婶娘微笑着拍拍床沿,让我坐,床框上有一块压扁的大便,干了,痂一样结在木头上。我用指甲抠掉一块,坐在婶娘身边。我说:"婶娘。"婶娘望着我文不对题地说:"学生的作业本你发下去没有?"我愣住了,望着我的婶娘,只好说:"发了。"这两个字说得我肝疼。婶娘说:"还有几天开学?"我不死心,我说:"婶娘,我是谁?"婶娘向左侧过头,又向右侧过头,婶娘她认不出我来了。婶娘她都认不出我来了。婶娘很歉意地说:"上了岁数了,都记不清了。"

"我是小三子。"我说。我的声音都变掉了,我自己听得出来。

婶娘没有恍然大悟,也没有大喜过望。婶娘只是尴尬而又不好意思地笑,说:"上岁数了,记不清了。"我一把拉住她的手,用力一拽,拽皱了她的一把皮。我的心里和她手上多余的皮一样,皱起来了,说不出的难受。我说:"你有儿子吧?"婶娘想了想,说,"有。""——在哪儿?"婶娘说:"在南京。"我变得十分激动,大声说:"就是我,就是我!"

婶娘审视我,看了老大一会儿,又不好意思了,脸上浮上了一层大希望。婶娘讪笑着说:"你骗我。"婶娘笑了笑,很坚决地说:

"你不是你。"

婶娘把嘴就到我耳边,神神叨叨地想说什么,却什么也没说。她打了一通手语,问我明不明白。我说我不明白。婶娘说,小声点,她的孩子在隔壁睡觉,刚断了奶的。

我的脑袋僵在那儿,答应了。我想我也快疯了。我想不出能为我的婶娘做点什么,婶娘在遗忘、幻觉之中重新开始了她的生命。而我太具体了,我不能成为婶娘的幻觉。这是一个错误,是上帝才犯得起、是上帝才犯得起来的错误,当事人无能为力,当事人只有掉过头去,把一切留给上帝。可是我太难受。晚上我对父亲说:"婶娘怎么连我都不认识了?"父亲说:"她怎么能认识你,她连她自己都不认识了,保健员给她梳头,她对着镜子给自己打招呼,让自己进来坐坐,她那种样子,怎么能认得你。"

在那个夏日午后我花大价钱请了两个女保健员,她们帮我的婶娘冲洗了房间,并给婶娘洗了一个热水澡。婶娘洗完澡由女保健员搀扶了过来,新浴后的婶娘神清气爽,至少看上去是这样,像一个体面文雅的退休女教师了。许多孤寡老人围过来看,他们凝视我的眼睛既不转动又不眨巴,他们的目光除了"看"之外丧失了一切功能。他们走路的时候身体内部发出骨头的碰撞声。他们就那样围过来,他们一点意识不到自己的瞳孔里有目光。

我再也想不到婶娘会那样,婶娘让我不知道怎么做才好。婶娘走到我的面前,抚摸我的头。她的目光里充盈了慈祥与母爱。婶娘的抚摸让我很窘。我不习惯这样,我都三十岁的男人了。我看了看四周,全是孤寡的眼睛,不转动也不眨巴。

婶娘突然说:"乖,喝妈妈一口奶。"

婶娘的手抬起来,要解她的前襟了。我慌忙摁住她的手,婶娘却无端起固执起来。"喝妈妈一口奶。"我不知道说什么好。我的脑子里空了。我说:"婶娘。"

婶娘没有坚持。她望着我,没有表情,甚至没有忧戚与失望。我不知道我伤害了她没有,看不出来。这个院子里的人都这样,目光和内心世界没有一点关系。我疑心婶娘已经认出我来了,这让我惶恐,让我万分内疚。我倒是希望她就此把我忘了。老人的记忆似是而非,实在是下人的大不幸。我甚至不敢正视婶娘的眼睛了,一无所有有时恰恰就是无所不知。

我只能匆匆逃脱。我悄悄离开了敬老院,悄悄离开了老家,当天夜里我就赶往南京去了。一路上我很悲伤,生命之旅这样漫长,至少有一半用作了逃跑。这个比例相对于动物来说,人类已经是相当进化的了。

回到南京后我给婶娘的院长去了电话,我恳求她把我的婶娘放出来。院长说:"不行的,这几天她又多了一个毛病了,动不动就解开上衣,让自己的乳房喝另一只乳房的奶水,——这叫我怎么放?"我想了想,把话筒放下了。

我从父亲那里得到了婶娘的死讯。婶娘的死讯又突兀又顺理成章。我得到消息时婶娘的丧事已经完结了。父亲说,他也没有见到婶娘的最后一面,就知道她死得又脏又乱。父亲说这话时样子很茫然,我们这个家族的人历来看重人的死法。死法比活法更重要,死不仅是活的总结,也是活的实质。可婶娘不知道怎么弄的,死法和活法出现了这样大的逆差,不知道是哪个环节出了毛病。

得到婶娘的死讯后我反而记不得婶娘生病的样子了。我就记得她怀抱叔父从火葬场回家时的模样。婶娘对我说:"等我下世,你要这样接我回家。"婶娘的容貌犹如昨日。我该把婶娘接回来了,我不能再欠婶娘了,这是我完全可以做到的。我选择了一个暖和的冬日赶回老家,没想到到了家天竟阴了。我叫了一辆马自达三轮车,穿着黑色呢大衣,一个人往火葬场去。我有些悲痛,但到底又有些轻松。我在内心安慰自己,似乎可以还去一笔大债了。我很方便地找到了婶娘的骨灰,把她捂在胸口,用呢大衣裹好。我沿着冬青路往回走,天竟下起小雨了。这时候我不免想起我的叔父,不知道他现在安息在哪里了。对逝者来说,无人知道的归宿到底算不算归宿,很让活着的人伤神。天上下着小雨,我抱着婶娘走上了大街,街上的人正用两条腿行走,一个个有血有肉。我突然想起来,我到底要把婶娘的骨灰安放到哪里去?这个最要害的问题居然让我忽略了。叔父的骨灰没有了,合葬是不可能的;放在我家显然也不合适;婶娘她自己的老家早就没有了;带回南京似乎更不妥当。我站在十字路口,有些慌,看了看脚下,地上没有我的身影,我突然就觉得自己行走在梦里,没有身影相随,我的每一步仿佛都离开了今生今世。我抬起头,无限茫然。道路四通八达,我的手却无端地沉重起来。我想起了父亲的话:"不幸的人从来就不会死去。"大街上纷乱如麻。只有冬雨下得格外认真,它们一丝不苟。

1995 年第 6 期《钟山》

美好如常

仙人李有眼无珠,照他自己的说法,他的双眼是两口枯井,见得深,见不得水。仙人李不肯和村里人群居,他的茅屋远离村落,卧居于稼禾中间。仙人李解释说,和庄稼住在一起他什么都看得见,他的一双眼睛就在庄稼的不同气味上。什么季节?什么时辰?天上的太阳多重?地上的雨脚多粗?全在庄稼的气味里头。棉花的热烘气味飘拂起来之后,仙人李自破戒规,收了一位徒弟。人们都知道仙人李不收弟子的,这是他自立的规矩。仙人李这一回却自找了一位。相传收徒的仪式完成得十分简单,都近乎神秘了,就在通往荷塘庄的独木桥墩上。仙人李刚走到独木桥头,听见桥面上传来破裂的竹竿声。仙人李立在桥头,很幽静地听桥上的声音。声音徐徐而来,一直近到他的身边。仙人李说:"师傅留步。"那人果然站住了,听上去有点内八字。仙人李说:"没长眼睛?"回话的声音不足十四岁,说:"没长眼睛。"仙人李说:"我是仙人李,我收你做关门弟子。"回话的声音矮了一茬,在地上说:"谢恩师为徒儿开山。"

仙人李带弟子回到茅屋,茅屋的四周布满棉叶与棉桃的浑厚气味。茅屋没有门,只在进屋的缺口横了一张木凳。徒弟说:

"师傅怎么不锁门?"仙人李说:"我只有一样宝贝,光亮,可我把它们全藏在暗处。——我怕谁偷?"徒弟一进门就闻到了一股熏烟味,积了很久了。仙人李的土灶不用烟囱,他一生火墙壁的缝隙里就会往外漏烟。那些烟是纯正的人间烟火,但有眼睛的人大多不这样认为,那间茅屋在棉田里袅袅生烟,看上去翩翩欲仙。人们说,仙人李就是受罪也受得有些仙气。仙人李的茅屋里不生蚊蚋蛆蝇,仙人李因此百病不侵。

仙人李安顿好徒弟,出去了一趟,一顿饭工夫带回来一衣袖果子。仙人李关照说:"吃几个,解解渴。"徒弟摸了摸,是棉桃,说,"这怎么能吃?"师傅说:"除了自己的牙齿和舌头,这世上什么都能吃。"徒弟闻了闻,有股子农药味,说:"怕是有毒,不能吃的。"仙人李笑笑说:"毒得死狗,毒不死我。"

第二天仙人李是让人请出去的。平常仙人李总是带着小手锣出门,在巷头巷尾转来转去。小手锣的声音无限悠扬。想看清自己命运的人便会把仙人李请回去。听过生辰八字,你的命运就不归你了,全在仙人李的瘦长指尖上了。他的指尖像兽爪,又黑又脏,这可是有讲究的,指尖太干净了,反而掐坏了你的命水。人天生就贱,贱了才硬铮。太当回事,反而容易磕碰。仙人李掐来掐去,而后仙人李的眼珠开始神雾一样深邃而飘动了。你甚至能和他对视,他的一双瞎眼顿然间佛眼广开,大智大慧、大聪大明、大觉大悟,直逼你的阴阳八极前世后生。这时候你已经不复存在了,你的一切全像仙人李的目光一样虚空,在仙人李的黑色指尖上游丝一样飘幻、易断,充满了无限可能与不明晰性。末了,仙人李出一口大气。要吃。要喝。定定神。敛敛气。

说"有了"。这时候那些游丝缓缓定型了,你重新还复成你。你的眼睛看不见东西了,差不多瞎了。你所有的心智全汇集到耳根上头。仙人李把你的冥世因果全抖搂出来,你或者有命无运,或者有运无命,你洪福无量又孽障四伏,前程乖蹇却又因祸得福,总之,你必须时刻警惕,当然,你最终又能逢凶化吉,不过你总是大意不得,——人的命运的确大抵如斯。

回家时仙人李提了一块猪肉。仙人李叫过徒弟,把猪肉递过去。仙人李说:"烧了,晚上吃肉。——给别人一条好命,别人还我一块好肉。"徒弟摸了摸,好大的一块。徒弟说:"烧一半吧,留一半明天吃。"仙人李盘到竹榻上去,说:"嘴巴咬今天,眼睛看明天,只有有眼睛的人才盯着明天。全烧了。"徒儿说:"明天吃什么?"师傅说:"不知道。明天的嘴巴长在明天呢。"仙人李盘在竹榻上干咳了一气,咳完了,从腰间拿出一支小竹笛来,吹出一些古怪的调子。仙人李说:"徒儿,你会不会吹笛子?"徒弟说:"能吹响。"师傅说:"那就是会。"徒弟说:"我不会,笛子六个孔呢,我的手摁不过来。"师傅说:"你又呆了,孔再多,就是一口气,一个孔就只有一口气。"徒弟点上火,火苗在他的皮肤上铺开了一层热。徒弟问:"师傅怎么能算出别人的命来的?"师傅说:"算?怎么算,是看。全凭心中的一只慧眼,慧眼开了,天上地下、生老病死,全瞒不过你。"徒弟说,"我看不见那么多的。"师傅:"慢慢开,慧眼开得太快、太大,会碍菩萨的事。"徒弟说:"我能不能开?"师傅说:"能,过得了独木桥,就能开的。慧眼人人有,长了眼睛的人污秽物看得多,反被浊臭堵塞了,慧眼反而瞎了,——旧时有人出家为僧,有人云游求道,全为了洗尽凡俗,刮垢磨光,以求重睁慧眼。"徒弟说:"照师傅这么说,没眼睛的人天生得道,天生成仙了?"师傅说:"正是。"

师傅闻到了肉香,内心充满了愉悦。师傅说:"香了。"徒弟说:"师傅口馋了吧?"师傅提起衣袖擦了擦眼睛,笑着说:"眼也馋,眼里都淌口水了。"师傅放好竹笛,说:"徒儿,明天师傅带你去讨饭。"徒弟停下手脚,不高兴地说:"好端端的做什么叫花子?"师傅说:"别人向我讨命,我怎么就不能向他讨饭?——明天我们到北边的葫芦镇去,我多年不去,路不好走呢,要过好大的一片林子。"

林子静得像一只瞎眼。中间有一条道,拐了许多弯,像肠子。师徒两个在肠子里蠕动,蠕动的样子十分开心。师傅说:"林子里的气味变了,原来不是这个气味的。"徒弟说:"哪里有气味,我怎么闻不见?"师傅说:"你要留神气味,这世上所有的东西都说谎,有时连一块石头、一摊水都说谎,可每一样东西都有它的气味,气味不撒谎,气味不会。屁的声音再好听它还是屁,为什么?它臭。"师傅倚在一棵大树上,喘口大气说:"歇歇,路还远呢,歇歇。"师傅从左边的胳肢窝里取出一只新买的青花瓷钵,从地面上伸到徒儿那边,说:"这是你的钵,新的,归你了。"徒弟说:"新的给师傅,我用师傅的旧钵吧。"师傅笑笑说:"徒儿糊涂了,师傅的衣钵怎么能随便送人,我这只钵,一天用两顿,用完了罩在脸上得用舌头洗两顿,是我的宝物,怎么能随便送人?"徒弟说:"干吗罩在脸上用舌头洗?"师傅:"低下头用舌头洗钵,不成猪狗了?——等我死了,它才能归你。"徒弟说:"师傅寿比南山,说死做什么?"师傅笑出声来,大声说:"人人都得死，这是命。掐过来掐过去就是逃不脱这个命。这一坎没有人跨得过，人活在世上，多几口气少几口气罢了，差不了哪里去。"徒弟说："师傅教我些算命术吧。"师傅笑着说："你的师傅我已经给你了，就是那只讨饭钵，它会教你，它什么都会告诉你。"师傅说："从祖上传下这口饭起，算命就有四品。大多数算命的都带上一个长了眼睛的童子，算命的一进门就要喝水，茶水由童子递过去，机关就全在童子的手上了。童子出大拇指，便是父母双全，出中指，家中的妇人便有喜了，要是出了小拇指呢？当然就是有孙堂了，童子的手要是背过去，家道就中落。这一套下来，一碗水也就差不多了。主人要是再问，就再要水，童子的手上就再来另一套，在家里头早就操练好喽。这是下品，骗子一样下作。中品依的是八卦，要点学问，但终究小气，数豆子那样慢慢数就是了。师傅我是行当里的上品人物，师傅我只听他的声音只摸他的手，就全看清了。一个人心中有多少悲喜曲直、枝节沟坎，全会落在他说话的气息上，狗学不了虎吼，驴仿不了马嘶，就是这个理。一个人做什么勾当靠什么营生，全刻在他的手上，洗是洗不掉的。"徒弟说："听一听，摸一摸，哪里能晓得？"师傅说："人的命就像人的骨架，是死的，知道不难，难就难在你怎么解，功夫全在解上头。还有一品，师傅心中知晓，却是不可得，是神品。成了神品，你便活不长。你能掐出菩萨的生辰八字，菩萨也不敢看你的瞎眼了，你说菩萨怎么能让你活得长？"徒弟说："神品在哪里学？"师傅说："破草鞋里，只有道路才能成全你。"

师徒便一同沉默了。头顶上无限幽静的树叶声温顺地闪烁。徒弟说:"我原先是有眼睛的,后来有好多人趴在地上打枪,一颗子弹飞过来,把我从牛背摞到地上了。我爬起来一看,子弹把我的眼珠挤脱出来了,掉在地上。我用劲眨巴眼睛,眼睛在地上就是不动。我只好把眼睛塞到眼眶里,只流血,不流光。后来另一颗也不行了,先是看不见月亮,再后来看不见太阳,只看见一片黑了。"

师傅说:"你看见……黑了?"

徒弟说:"是。"

师傅说:"'黑'是什么?"

徒弟说:"'黑'就是什么也看不见。"

师傅说:"胡说!我出了娘肚就瞎了,什么也看不见,却从来没见过什么叫'黑'。"

徒弟慌忙说:"徒儿俗物,眼俗。"

师傅便不吱声了。师傅静了好大一刻,说:"尸体自己悟不到死,瞎眼自然也就看不见'黑'了,老天什么时候发善,让我的瞎眼也能看一看'黑',就一眼,也就甘心了。"仙人李叹了口气,说:"上路。"

细碎的叶片声在脚下作响,林子里一片安闲。师徒二人默然行走,却各怀各的心思。一个在回味远久的光明,一个在琢磨黑暗,两个人为此大伤脑筋,带了一股怨恨与不甘。

徒弟很意外地听到一阵声响,由大到小,七零八落。除了一声断裂,其余的声音全在地底下。徒弟紧张地立住脚,大声喊师傅。师傅没有回答,却在地的下面呻吟,师傅说:"我掉在陷阱里了。"徒弟慌忙说:"师傅别动,我去救你。"师傅厉声说:"别动！两个瞎子全掉进来,真的没救了。"徒弟一听便哭,仰起头,看不见地有多厚,天有多高。师傅说:"哭什么?人有灭天心,天无绝人意,我气数未尽,慌乱什么?"徒弟站在原处,不敢挪步。师傅说:"徒儿,反正没事,你会不会狼叫,——你叫给我听,解解闷。"

徒弟的狼叫学得逼真,叫得声嘶力竭,心气大乱。狼叫带有一股鬼气,布满阴森和牙齿尖上的欲望。徒弟说:"瘆人,我不学了。"

师傅在地下说:"睡个小觉,过会儿就有人来救你师傅。我看出来了。"

仙人李的这一卦算神了,两顿饭的工夫一个男人真的让他给算来了。男人来得很急,喘出来的气有张大的嘴巴那么粗,是一个四十开外的壮汉。壮汉立在徒弟身后,踢了他一脚,说:"狗娘养的,是你叫的吧?"男人把仙人李从井下拖上来,给了他一巴掌,大声说:"踩了狼道,却没有狼的一张好皮,奶奶个球!十瞎九坏,下次再掉进去,饿死你!"

师徒两个在心中对视了一眼,眼神都很得意。听着脚步声远去,徒弟说:"师傅真是神人。"

师傅说:"不是我神,是他贱。"

师徒小心地往前去,再也不敢大意了。他们放慢了手脚,两只破竹竿在身前紧张地猜度,竹竿高度过敏,开了四五道岔,像猫的胡须在深夜打听虚实。师傅说:"徒儿,我的屁股像是破了,有东西往下淌,比屁股还热。"徒弟的回话却岔开了,徒弟说:"进了林子我的瞎眼又瞎了一回。"

师傅立住脚。师傅的这一次立脚来得慌张而又突兀。师傅说:"不要动,不要过来。"师傅说:"一根绳子拦住去路了。"徒弟走上去,一摸,却是一根极细的线索,比蚊子的叫声还要瘦。徒弟说:"拽断了不就过去了。"师傅说不能拽,师傅说你千万不能拽。师傅的话在要紧关头没能派上用场,空气中传出了迅疾的颤动声,有如簧片消除了压迫,发出放肆摇摆的震颤。师傅听到了一样东西在空气中疾驶,戳进了另一样东西,声音很闷,像是进了肉。徒弟用手摸了摸,大腿上长出一支竹箭,一半在里,一半在外。徒弟说:"师傅,是徒儿中箭了。"师傅在徒弟的手上捂上一把东西,有很细的颗粒。师傅关照说:"我一拔下你就捂上去。"仙人李一发力,徒弟捂上之后伤口却像烧了起来。徒弟问:"捂上的是什么?"师傅说:"是盐。腌死了伤口就不生蛆了。你忍着点,忍不住就拿自己当条狗,就当是狗在疼。"

　　仙人李和他的徒弟一直没有走出那片林子。他们走了很久了,林子在他们的身边绕来绕去,就是不撒手。师傅说:"林子里的路真像肠子,找不到头。"徒弟说:"肠子也有头,屁眼就是肠子的头。"仙人李很开心地笑着说:"那只眼也是瞎的,要不然,我们撅起屁股探路了。——徒儿,我们的路怕是让鬼迷住了。"徒弟有些怕,僵着脖子掉过头,说:"师傅算算,看看鬼什么时候放手。"师傅说:"我算得人,算不得鬼。只有等,等公鸡叫。公鸡的嗓子里全是血光,鬼不敢惹。"仙人李说着话靠在了一棵树上,慢慢往下滑。屁股快着地的时候他想起了屁股上的伤,只能用手先撑住,他的手刚一着地就听见"叭"的一声,他的指头立即让一样东西夹紧了,那东西有一排钢牙。仙人李感到了疼,是那种丧心病狂伟大严肃的疼,那排钢牙不松口,衔住仙人李的手。仙人李大声说:"我逮住了,我逮住疼了。"

仙人李费了好大的神才把手抽回来,早就黏滋模糊了。仙人李说:"徒儿,我也是个骗子,却算不得自己的命。"徒弟拖着一丈多长的哭腔说:"师傅别这样说,师傅是神,我全清楚。"师傅说:"我就知道人比神厉害。"师傅叹了口气,说:"我全看见了,这世上到处都是眼睛。"

仙人李真的是靠公鸡的啼叫走出树林的。他们认准了鸡鸣的方向,往人间走。仙人李很意外地闻到了一股极浓的熏烟气味,说:"前面有人家了。"仙人李往前走了两步,却发现是他自己的茅屋。这个发现使仙人李万分沮丧,仙人李自语说:"只有两种人不愿意回家,算命的瞎子和独身的瞎子,全让我摊上了。"回到茅屋已是第二天的中午,这个仙人李有数,是他的肚子告诉他的,要再饿下去他的眼睛就会饿出光来了。

仙人李料理好徒弟,关照说:"我出去讨点饭,你先歇着。"仙人李出门之前天上突然响起了一个闷雷,拖着毛茸茸的尾巴。尾巴的末端一直拖到徒弟的耳朵了。徒弟说:"快下雨了,别出去了吧。"师傅说:"讨饭讨下雨。下雨天人都在家,就差讨饭的登门了。"

仙人李是在返回茅屋的路上碰上雷击的。被雷击中的刹那他的身体一片通明,整个身体全是眼睛,他看得见自己的五脏六腑一起透亮,发出灿烂亮丽的动人光芒。但随即仙人李的生命就熄掉了。那些动人光芒一起死在他的身体内部。

仙人李之死使整个棉花田弥漫起浓烈而又古怪的肉香。这阵肉香让他的徒弟心动。他拖着一条残腿,依靠天才嗅觉立即找到了香味的源头。他一伸手就抓起了一块肉。他闻了闻,咬了一口。味道相当好。满口满腮全是油。徒弟咬了两口之后在地上摸了摸,却摸出了人的形状。徒弟的肉衔在嘴里,掉在了地上,又摸到了一只瓷钵,瓷钵的边沿有他熟悉的豁口。徒弟吐了出来,用手从嗓眼里往外抠。

当天下午几个下地的农夫发现了田垄上的仙人李。仙人李的眼睛睁开来了,朝着天,炯炯有神的样子。农夫们看出雷劈的痕迹,以及胸脯上的野狗齿印。人们围在仙人李的周围,说出了许多晓通世事的话。这时候他的徒弟夹了两只饭钵从茅屋里出来,手上提着仙人李的铜手锣。徒弟打断了所有人的话,用很稚嫩的嗓门说:"你们看到了他的死,他的瞎眼却盯了你们一生。"

1995年第6期《钟山》

臭镇的 1977

消息被证实之前称作小道消息。小道消息说,四新酱菜店(即旧时最著名的三和酱园)的挂桨机动船从县城回来了。船上放着三瓮臭豆腐。这个消息令人振奋。不过臭镇人对好消息一般是有所保留的,都采取将信将疑这种两可态度。臭镇的古语说,隔山的金子不如铜。对铜就不能太热情。等亲眼看见臭豆腐了,等臭豆腐放到自家的餐桌上了,再高兴又能迟到哪里去?小道消息传开来之前臭镇的每家每户还是做好了预备的,取出一只碗,放在最顺手的地方,碗里放上六七枚硬币,一有风吹草动就迅速出动。1977年的臭镇人对付好消息早就有自己的办法:守株待兔,即以静制动。好消息一旦撞上大树,臭镇人当然会提着好消息的两只耳朵或一条后腿回家去的。如果好消息不往大树上撞,臭镇人就等,等一天是一天。

下午三点钟小道消息得到证实了,属实。臭镇革委会的大院传出消息了,大院内的每一户人家都分到了四块臭豆腐,共一瓮。这就是说,还有两瓮臭豆腐贮存在四新酱菜店里头。三点二十五分,四新酱菜店的门口突然挂出了一块小黑板,小黑板的上方有一排毛体红漆字,"为人民服务",店主顾老头在黑板的正中央用粉笔确认了一条好消息:今天出售臭豆腐。臭镇中学的一位退休教师把这行字高声诵读了一遍,听上去就像吟咏一首七言旧诗。好消息历来就是蜈蚣,浑身长满了腿,爬得飞快,无孔不入,三点三十分,四新酱菜店的门口挤满了臭镇人。店主顾老头长了一双三角眼,眼珠始终吊在眼眶的上眼皮上,这样的眼睛茫然而又滞钝。顾老头用酱黑色的秤砣敲一敲酱黑色的柜台,沙了嗓子说:"排队,排队才卖!"人群一阵骚动,为先后次序而争吵而推搡。三点三十五分,顾老头侧过脸,庄严宣布:"起封。"宣布完毕顾老头向人群伸出了右手的中指和食指,软软地晃两晃,说:"一人两块,多了不卖。"

　　这个故事是围绕着臭豆腐产生的。但首先被叙述的应当是豆腐,这是由豆腐的质地与名气所决定的。从外观上说,豆腐十分接近于那些娴静的淑女,体态端方,通体无瑕。然而,这只是一个假象。事实上,豆腐的名声很不好,只要用指头抚摩两下,它的身子马上就会无声无息地裂开来了。这可不太好。人们对豆腐的这种条件反射产生了忧虑。为了挽救豆腐,人们想尽了办法。解决这一科学难题的是伟大的臭镇人。臭镇人依照祖上最通行的方式,把豆腐的体积切小了,码进了酱缸,臭上那么一下,情形即刻得到了改观,一块豆腐烂下去,七八块臭豆腐在成长。臭镇人都说,这全是为了豆腐的好。

　　接下来要叙述的当然就是臭豆腐。

　　豆腐被臭上那么一下,成了臭豆腐。但臭豆腐是否好吃,成了一个大问题。但你要知道臭豆腐的滋味,就要亲口尝一尝。

不尝不知道,尝了吓一跳。人们惊呼,这哪里是臭,这分明是香!人们给臭豆腐做出了这样的总结:闻起来臭,吃起来香。这句话成了经典,它揭示了酱缸沤出来的臭与口腔体会到的香所产生的辅助关系。臭镇人说,这世上根本就没有臭,臭其实就是香,不就是古怪一点,间接一点么?

臭镇原先以豆腐出名,后来豆腐被码进了酱缸,豆腐的名声就下去了。不过臭豆腐的名气却一天比一天看涨。这个消长过程就发生在康乾盛世的乾隆年间。那一年乾隆爷第五次下江南,他老人家的龙舟路过了臭镇,这位风流皇帝就是在这次南巡的路上吃到了天下最好的臭豆腐。他吃得满面油光。吃完臭豆腐乾隆爷来了豪兴,欣然运笔,写下了"大臭若香"四个臭气烘烘的大字。接下来就把"臭镇"这个名字御赐给了臭镇的臣民。臭镇就此闻名。不过近来有人发现,臭镇的闻名比满清的入关要悠久得多,上述传说完全是戏说乾隆,不是历史。但臭镇真的很出名,这个千真万确,不需要动用典籍去证明,事实摆在那儿。

在臭镇,豆腐和臭豆腐的话题都过于源远流长,现在只说1977年的事。公元1977年的臭镇有一个显著特征,那就是百废待兴。百废待兴的日子有另一个显著特征,食品与副食品普遍匮缺。在公元1977年,臭镇最著名的酱菜店里也只有盐、酱、酱油这几种日用必需品。臭镇人很久不吃臭豆腐了。买豆腐也要排上很长的队伍。由于缺乏臭豆腐与豆腐的滋养,臭镇人男的蔫,女的干。臭镇的女人原先可是姣好得出了名的,豆腐一样白嫩,人人浑身雅艳,个个遍体娇香,惹得光棍汉们都想把她们码进酱缸里去。到了1977年就不行了,男男女女全是一副百废待兴的死样子。

就在这样的时候四新酱菜店的顾老头决定为人民服务了,他宣布,今天出售臭豆腐。

顾老头端坐在四新酱菜店的柜台后面,神情庄重地注视一笔又一笔臭豆腐买卖,顾老头的头发都花白了,又乱又稀,点缀在红而油亮的头皮上。但四新酱菜店依旧是黑乎乎的,所有的陈设与支架都让酱油腌透了,呈现出酱油或醋的盐潮与卤湿。买臭豆腐的队伍一直拖到理发店门口,人们的表情热切而又克制,像从理发店的镜子中捞出来的一样,又清澈又明亮,他们把碗夹在左腋底下,十分耐心地往前挪步,所有的人都有这样一个坚定信念,(我)离臭豆腐已经不远了。

但队伍里头还是发生骚乱了。在这支队伍的中部站立着臭镇著名的双胞胎兄弟,他们一人夹一只碗,身体的重心不停地在左腿和右腿上移动,显得焦躁不安。他们中间隔了一位女孩,瘸篾匠铁拐李的大女儿阿秀。阿秀长得很不错,身体高高低低的开始显山露水了,然而大双和小双没有关注阿秀的长相,阿秀夹在中间,对排在后面的小双终究是一个威胁,如果臭豆腐买到阿秀刚好完毕,事情可就严重了。这可是两块臭豆腐与四块臭豆腐的关系。小双和大双递了个眼色,决定把这个臭丫头弄走。小双往前挪了半步,大双往后压了半步。这一来阿秀的身体就让这对同胞兄弟夹紧了。阿秀有些紧张,不敢动,大双和小双的两只手都插在裤兜里,但是他们的身体在蠕动,肘部也就跟着一起动了,阿秀只有两只手,挡住前面就丢了后面,顾了后面又守不住前面。阿秀的要害部位被碰到好多次了,终于忍不住,大声说:"干什么?你们?"大双回过头,不解地问:"怎么了?"阿秀说:"怎么动手动脚的?"大双平静地说:"你看看,我们兄弟俩手全插着,怎么动?"这么说着话队伍里头有人开始劝架,说别吵了,都是为了臭豆腐,碰一碰也是难免的。阿秀听了这话就气,胸口越发起伏起来了。小双瞟一眼阿秀的胸脯和屁股,说:"你夹在中间,前头又鼓后头又鼓,到底是谁碰谁?"大伙听了这话就笑,大伙一笑阿秀的脸上便挂不住了,离开了队伍。阿秀在离开之前恶狠狠地大骂了一声:"臭豆腐噎死你们!"

但阿秀没有罢休,阿秀把事情的全部经过统统告诉了母亲,瘸篾匠铁拐李的老婆是臭镇有名的"阿庆嫂",胆大心细遇事不慌。她来到四新酱菜店,在大双和小双买好臭豆腐转身回头的过程中冲了上去。撞了大双一把,接下来又撞了小双一把,动作稳准狠毒辣,两只碗和四只臭豆腐当即就坠在了地上。大双大声骂道:"瞎眼啦?"阿秀妈笑笑说:"吃了我女儿的豆腐,还想吃臭豆腐,哪里来的自在?!"两只碗打碎了,但四只臭豆腐可是完好无缺,阿秀妈往臭豆腐上吐几口唾沫,跨一步把两条腿叉了上去。阿秀妈说:"儿子,来拣。"大双和小双在这个下午碰上了最剽悍的女人,他们兄弟二人在这个女人面前显得有点失措,只好骂几句,然后走人。阿秀妈从头发窝里取下一只发卡,蹲下去把臭豆腐串起来,自语说:"自己不嫌自己的唾沫脏,他不吃,我吃。"

镇革会主任是一位外地人。他对臭镇的历史即臭豆腐的历史一无所知。镇革会主任这一天正在理发店理发,这位臭镇的党政最高领导人看到了漫长的队伍,问镜子里的理发师:"这么多人在干什么?"理发师在镜子里头抬起头,说:"买臭豆腐。"主任说:"至于么?弄成这样?"理发师告诉他:"一方水土养一方人,臭镇的水土就是臭豆腐。"理发师说:"臭镇的头头脑脑们换了那么多,谁让臭镇人吃上臭豆腐,谁就能留下好名声。镇子里越臭,他的名声就越香,就这么一笔账。"主任听到了话里的弦外之音,他在理完头发之后点上了一根香烟。这时候四新酱菜店的门口传来了打斗声,是阿秀妈和大双小双交上火了。主任望着骚乱的人群,神情凝重了,他一手夹烟一手叉腰,十分痛惜地自语说:"一定要把臭豆腐的事办好。"

1977年初夏的臭豆腐事业是在镇革委会的干预之下进行的。主任在会议上说,为了展现臭镇百废待兴时期的成果,要把臭豆腐的事当作一件政治事件来抓。这样一来豆腐们被码进酱缸的时候意义就重大了。臭镇人对臭豆腐的悠久情感终于喷发出来了。在星期六的义务劳动中,青年突击队把废弃多年的巨大酱缸全清洗了出来。臭镇的酱厂不仅历史悠久,规模也相当宏大,青年突击队(这里头当然有著名的双胞胎大双、小双以及女青年阿秀)以2×10这种组合方式把二十只巨大酱缸排在了酱厂的广场上。酱缸被清水冲得很干净,沿口发出结实干净的酱褐色光芒。当天傍晚主任就检查来了,酱厂的厂长说:"全妥当了。"酱厂的厂长随手拿起一根木棍,敲了敲巨大的空酱缸,酱缸的空鸣声在臭镇的上空回荡并且悠扬,像臭豆腐的芬芳笼罩了臭镇人的幸福未来。主任抬起头,傍晚的天空一派祥和景象。主任说:"好日子就像雨,过几天就会下下来的,挡都挡不住。"

1977年的夏天臭镇人成功地臭了二十缸豆腐。二十缸臭豆腐以 2×10 这样规整而又宏大的规格横列在酱厂的广场上。天气一天比一天炎热,而臭豆腐的气味也一天比一天剧烈。起先是似有若无的,温和的,后来有了力度,再后来就有些凶蛮了,到处都有一股恶臭,恶臭使臭镇人找到了久旱逢甘霖的感觉,找到了他乡遇故知的感觉。臭镇人仰起脸来,整天关注酱厂上空的五彩烟云,他们的脸像向日葵,绽开了黄金色的热烈花瓣。是臭豆腐使臭镇人缅怀起过去、憧憬起未来了。人们到处在传送主任的预言(即允诺),好日子就像雨,过几天就会下下来的,想挡都挡不住。

臭豆腐出缸的那一天臭镇没有出现喜庆场面。这一点是出人意料的,臭镇好几家酱菜店早早就挂出小黑板了,告诉人们"今天出售臭豆腐"。然而臭镇人没有去排队。谁都知道二十缸臭豆腐全码在酱厂的广场上呢。当饭吃都吃不完,什么时候想吃什么时候去买就是了,慌什么?大家都说,日子好过了,全码在酱缸里呢。好日子就不用慌,得慢慢过。

红头苍蝇在臭豆腐缸里的繁殖能力是惊人的,疯狂的。它们的头上长了一对红色复眼,其余的部分差不多全是下腹。劣等动物的腹部往往都是它的子孙,它产下成千上万只卵,孵成幼虫之后转眼就成了成千上万只蛆,蛆变成蛹,蛹又化为会飞的苍蝇。一只红头苍蝇在短短的生命周期过后立即就是一支红头蝇部队。几只红头蝇飞进臭镇酱厂的时候没有引起任何注意,但是渐渐长大的蛆终于被工人们发现了。它们在酱缸的表面敷了一层,白花花圆溜溜的,在动,在蠕动,在积极而又凶猛地蠕动,波浪一样汹涌澎湃。它们一起钻入臭豆腐的内部,把臭豆腐钻烂,化成泥。它们拼命地吮吸,身体发育得又大又亮,接近于透明。而后它们爬出酱缸,在酱厂的幽暗处结成蛹,开始了盛夏里的安眠。一场夏雨过后,成群成伙的红头苍蝇破蛹而出,它们的翅膀汇成一股沉闷的轰鸣。它们盘旋在酱厂的周围,红头苍蝇飞来的时候天上是一片红,飞去的时候天上又一片黑尾。红头苍蝇弥漫了臭镇的1977之夏,臭镇人对1977年的记忆依旧是一朵会飞的黑云,这不是雨做的云,它下下来的是苍蝇的翅膀哨声。

只有物质的匮乏才会带来贸易的纷繁,过于丰盛的臭豆腐使臭豆腐的买卖彻底萎缩了。镇革会主任目睹了这个无情现实,主任对臭镇人极度失望,臭镇搞不好完全是臭镇人太他妈的"不是东西"。没有臭豆腐他抢,做出来了他又不买,"真他妈的不是东西!"

1996年第5期《芙蓉》

写　字

当父亲的作决定往往是心血来潮的,这是父性的特征之一。一清早父亲把我叫到他的面前,用下巴命令我坐下来。父亲说:"从今天起,你开始学写字。"这个决定让我吃惊。我在那个清早还不能用"当头一棒"来概括我的心情,但是我已经感受到了,父亲的决定给我当头一棒。

我才七岁,离"上学"这种严肃正确的活法还有一段日子。更关键的是,现在刚刚是暑假,就是连学校里的学生也都放空了。父亲的决定在这个时刻显得空前残酷。他是学校里仅有的两个教师之一,而另一位教师恰恰就是我的母亲。我坐在小凳子上,拿眼睛找我的母亲,我的母亲不看我,正往牙刷上敷撒盐屑。她每天清晨都要用一把刷子塞到自己的口腔里头,刷出鲜血和许多空洞的声音。母亲不看我,只给我一块背。我知道她和父亲已经商量好了,有了默契,就像宰猪的两个屠夫,一个拿刀,一个端盆。过去母亲可不是这样的。过去父亲一对我瞪眼,我就把脸侧到母亲那边去,而母亲一定会用两眼斜视我的父亲。那样的目光就像电影上的无声手枪,静悄悄地就把事情全办掉了。

父亲是教识字的老师,母亲教的是识数。识字和识数构成了这所乡村小学的全部内容与终极目标。村子里的人都说,人为什么要长两只眼,两只耳?说到底就是一只用于识字,而另一只用于识数。就是长两只手也是和写字和数数联系在一起的。一句话,人体的生理构造完全是由识字、识数这两件大事所决定的。如果一个人既不识字又不识数,这个人就不能算人。如果只通其一,他的人体肯定就只有一半。只能是这样。这个道理不错,我懂。关键是我才七岁,而刚刚又放了暑假。这段日子里我忙于观察我的南瓜,是我亲手种的。它们长在围墙的底下,一块隐蔽的地方。我用我的小便哺育了它。即使在很远的地方我也会把小便保留在体内到家之后幸福地奉献给我的南瓜。可是我的南瓜长得很慢,就像我的个子,一连四五天都不见起色。我知道它们都在长,我的南瓜,我的个子。然而成长过于寓动于静了,看上去没有任何蛛丝马迹。我渴望仅靠肉眼就能观察到南瓜或个子的一次质的飞跃。这样的好事从来就没有发生过。成长实在是一种烦恼。

现在,一切都停下来了。成长现在放在了写字之外,成了副业。我要跟父亲学写字了。父亲在一张白纸上画上了许多小方格,方格里头再画上"米"字形虚线。我把许多笔画组合成方块涂抹在"米"字虚线附近,父亲严肃无比地说:"这就是字。所有的字都要附在'米'字周围,一离开就不成规矩了。"我在第一天上午学会了三个字:水、米、火。父亲说:"水加上米,用火烧一烧,就成了饭。"但是父亲留下了悬念,他没有告诉我"饭"字的写法。然而,水、米、火,这三个字构成了我对汉字及生活的基本认识。它们至关重要,是我们生活的偏旁部首。学校总是有一块操场的,而这块操场在暑期里头就是我家的天井了。操场不算大,但是相对于天井来说它又显得辽阔了。因为写字,我整天被关在这个天井里头。我望着操场上的太阳光,它们锐利而又凶猛,泥土被晒得又白又亮,表层起了一层热焰,像抽象的燃烧,没有颜色,只有妖娆的火苗,写字的日子里我被汉字与大太阳弄得很郁闷,在父亲午睡的时候我望着太阳光,能做的事情只有叹息和流汗。这两件事都不要动手,不要动手的事做起来才格外累人。叹息和流汗使我的暑期分外寂寞。

这样的时刻陪伴我的是我的南瓜。我喜欢我的南瓜。乡村故事和乡村传说大部分缠绕在南瓜身上,被遗忘的南瓜往往会成精,在瓜熟蒂落时分,某种神秘的动物就会从藤蔓上分离出来。而另一种说法更迷人,当狐狸在遭受追捕时它们会扑向南瓜藤,在千钧一发之际狐狸会十分奇妙地结到瓜藤上,变成瓜。这样的事情我都没有见过,但是,我向往南瓜身上的鬼狐气息,它们的故事总是像瓜藤一样向前延展,螺旋状,伸头伸脑。基于这种心情,我主动向父亲询问了"南瓜""瓜藤"这一组汉字的写法。但是父亲拒绝了"狐狸"这两个字。由于没有"狐狸"这两个汉字做约束,狐狸的样子在我的想象里头越发活蹦乱跳了,水一样的不能成形。

我的南瓜们长得很美好,它们就在围墙的下面,贴墙而生,它们扁而圆,像蜷曲着身躯盘踞于叶片底下的狐狸,它们闭着眼,正在酣眠。在某一个月亮之夜,我的狐狸们一定会睁开眼睛的,然后,贴墙而行。

我的功课完成得相当顺畅,在专制下面我才华横溢,会写的字越来越多。父亲把我写成的字贴在实物上,诸如"桌子"贴在桌子上,而"毛主席"贴在他老人家的石膏像上。有一点让我非常惊奇,在专制下面,我越来越喜爱专制了。我主动要求写字,以积极巴结的心情去迎合奉承专制。我甚至在下课的时候十分讨好地说:"再写几个吧。"父亲便拉下脸来,说:"按我说的做。我说什么,你做什么,说多少,做多少。"专制不领巴结的情,只有服从。这是专制的凌厉处,也是巴结的无用处。然而,我写字的瘾是吊上来了。在父亲给我放风的时候,我拿起一把锋利的小尖刀走上了操场。操场上热浪滚滚。傍晚时分正是泥土散热的时候,一股泥土的气味笼罩了我,又绵软又厚润。我蹲在操场上,开始了书写。我写的不是字,而是句子。与父亲的教导不一样,我的自由书写远离了柴米油盐酱醋茶,远离了日常生活与基本生存,一上来我就不由自主地写下了这样的一行:

"我是爸爸"。

接下来就是批判。我用"坏"、"狗屁"、"死"和"他妈的"等词汇向我的敌人进行了疯狂攻击。"打倒小刚坏吃狗屁"。我一定要用粉笔把这句狗屁不通的话写到他家的土基墙上去。我的字越写越大,越写越放肆。我甚至用跑步这种方式来完成我的笔画了。整个夏季空无一人,我站在空旷的操场上,一地的汉字湮没了我。那些字大小不一,丑陋不堪,伴随了土地的伤痕和新翻的泥土。但是我痛快。我望着满地的疯话,它们难于解读,除了天空和我,谁都辨不清楚。我的心中充盈了夏日里的成就感,充盈了夏日黄昏里痛苦的喜悦。我是爸爸。夜里下了场雷暴雨。我听到了。天空把雨水、神经质的电光和蛮横的雷声一起倒下来了。我听到了,睡得很凉快。一大早起来父亲便教了我几个字:雷、闪、电。写完字我去屋后看望了南瓜。它们被夜里的雷雨弄得越发娇媚了,那一只最大的格外绿,它的样子最适合于秋后做种瓜。等它的颜色变成橘红,它会像一只跃起的红狐狸,行将参与到所有狐仙的故事里去。

这个上午令我最为愉快的是操场。一夜的暴雨把操场洗刷得又平整又熨帖,干干净净,发出宁和的光。所有的字都让雨水冲走了。我守望着操场,舍不得从上面走。只要脚一踩上去泥土就会随鞋底来,留下一块伤疤。我在等太阳。太阳一出来操场就会晒硬的,到那时,平展熨帖的操场没有负担,可画最新最美的图画,可写最新最美的文字。

我决定在这一天从父亲那里把"狐狸"两个字学过来,把我知道的狐狸的故事都写下来,写满整个操场。我渴望在干净平展的操场上出现许多小狐狸,它们是银色的或火红的,它们窜来窜去,在干净的操场上留下许多细密的爪印。故事的开头是我自己,我必须把自己写到故事里去。我在某一天夜里遇到一位白胡子老人,就在故事开始的那一天。老人给了我一把银钥匙,银钥匙通身晶亮。白胡子老人说:"去,把那只最大的南瓜打开来。"我是用这把银钥匙打开我的南瓜的。钥匙插进南瓜之后我的南瓜就像两扇门那样十分对称地分开了。南瓜籽全掉了下来,它们在月光底下全部变成了银狐狸,它们的身姿无限柔滑,尾巴像没有温度的火苗,伴随着月亮白花花地燃烧。这群狐狸四处奔跑,替我完成了识字与识数。它们近乎魔术的手法了却了我的全部心愿。然后,天亮了,它们一起回来,重新结到瓜蔓上去,一只南瓜引发的故事,最终以千万只南瓜收场了。和种瓜得瓜一脉相通。

但是父亲没有告诉我"狐狸"的写法,而操场也面目全非了。

操场的毁坏关系到一个人,王国强。这是一个长相非常凶恶的男人。一夜的雷暴雨冲坏了他们家的猪圈。为了修理猪舍,王国强,这个狗屁东西,居然把他家的老母猪和十六只小猪崽赶到学校的操场上来了。我的光滑平整的操场表面被一群猪弄得满目疮痍。我自己都舍不得下脚,居然让猪糟蹋了,这叫我伤心。我对这群猪怒目而视,可它们不理我。老母猪的步伐又从容又安闲,就差像人一样把两只前爪背到后背上去了。而小猪崽更开心,它们围绕在老母猪周围,不时到母猪的怀里咬住奶头拱几口。

我回到家,对母亲大声说:"你看,操场全弄破了!"母亲抬头看了几眼,说:"哪儿?操场怎么会破掉?"

夏日里的阳光说刺眼就刺眼了。太阳照在操场上,那些丑陋的、纷乱的猪爪印全让太阳烤硬了,成了泥土表面的浮雕。这些猪爪印像用烙铁烙在了我的心坎上,让我感受到疼痛与褶皱,成为一种疤,抚不平了。

接下来父亲教会了我下列汉字:猪,猪崽,践踏,烙铁,疤。

还是暴雨最终抚平了操场。夏日里的暴雨一场连着一场,是暴雨与大太阳的交替完成了我们的暑期。某一天上午我惊奇地发现，操场又平复如初了，又恢复到当初可爱的样子，可画最新最美的图画，好写最新最美的文字了。我拿了一只小铲锹，把一些坑凹补牢了。我做得格外认真，格外小心，我一定要在这个操场上上演一回狐狸的故事。

为了防止意外，我在小巷口等待王国强。只要他答应不把猪群放到操场上来，我承诺，我送给他一只中等的南瓜。我的南瓜再有几天就长成了，它们由青变成了红色，表面上生了一层橘红色的粉屑。它们在那只大南瓜的带领下静卧在瓜藤的边沿，时刻预备着启动某一个故事。

王国强说："小东西，你哪里有南瓜？"

我说："我有。我种的，就在屋后的角落里头。我每天往根里头撒尿呢。"

王国强的脸上全是大人的表情。他相信我的话，这个我看得出来。但是王国强说："小东西，说谎不长牙。"他这么一说我就急，我说："我带你去看。"王国强笑笑说："看什么看？谁在乎你的南瓜。"

第二天是一个晴朗的天，一颗无限美好的太阳正准备向天空升起。我在起床之后四周转了转，八月底的清晨实在不错，有了一丝秋天的凉意，我来到屋后，再看看我的南瓜，再过两三天我真的要把它们摘下来了。

但是我的南瓜不见了。那些橘红色的大南瓜和小南瓜没有留下一颗，它们真的像一群火狐狸，说逃就逃光了，只给我留下藤蔓上的断口。我伤心地注视那些断口，这不是瓜熟蒂落的痕迹。南瓜在脱离藤蔓之际一定受到了蛮横的扭掐与拉扯。那只最大的南瓜甚至连藤蔓都不见了。那些美妙的瓜藤与瓜叶在失去南瓜之后反而失去了依附，变得丑陋而衰老了。这样的迹象使人觉得南瓜不是结在藤上的，而是相反，藤蔓是从瓜里延伸出来的。瓜被偷了，它们便失去了根。

我的心情一下子就枯萎了，上面全是断口。

父亲在门口大声喊道："写字了！"

一见到父亲我的眼泪就下来了。我失声说："全跑了。"父亲想不出什么全跑了。没有理我。

操场上洒满了阳光。操场的表面是一种早晨的表情。

南瓜是让王国强偷走的，这一点可以肯定。但是王国强在当天中午竟对我说："小东西，南瓜呢？"他脸上的样子真让人恶心。这样的人总是别人的灾难。我没有理他。但我心中的愤怒不可遏止。我拿起一条树枝，回到操场上，沿着长方形的操场边沿画了一圈，写了这样一个古怪的字而后在两个对角打一个深深的"×"。

王国强跟过来。他站在操场上，就站在自己的名字里头，他反而不认识自己的名字了。他的名字和操场一样大，还打了"×"，这个太大的名字恰恰使他无法辨认了，还不如写一行"打倒王国强吃狗屎"好。但是，刚才凶猛的行动消耗了我，我提着树枝，不停地喘息。王国强恬不知耻地说："写什么呢？"我丢下树枝，伤心不已。我走回家，我要对父亲说，写字有什么用？你给我把南瓜从他的嘴里抠出来。父亲刚好从家里出来,他显得怒气冲冲。父亲说:"哪里去了?写字了!"

为了调动我的情绪,父亲为我写下了我渴望已久的两个汉字"狐狸"。父亲微笑着对我说:"跟我读,hú li。"

这个世界哪里还有狐狸?哪里还有"hú li"这两个字?所有的狐狸全都沿着我的童年逃光了。天不遂人愿,这是失去狐狸的征兆之一。父亲说:"跟我读,hú li。"

我读道:"母猪。"父亲说:"hú li。"我说:"母猪。"父亲厉声说:"再读'母猪'就把手伸出来!"我主动伸出巴掌。这只巴掌受到了父亲的严厉痛击。父亲说:"小东西今天中邪了!"我忍住泪,忍住疼。我知道只要把这阵疼痛忍过去,我的童年就全部结束了。疼的感觉永远是狐狸的逃逸姿势。

1996年第9期《山花》

哺乳期的女人

断桥镇只有两条路，一条是三米多宽的石巷，一条是四米多宽的夹河。三排民居就是沿着石巷和夹河次第铺排开来的，都是统一的二层阁楼，楼与楼之间几乎没有间隙，这样的关系使断桥镇的邻居只有"对门"和"隔壁"这两种局面，当然，阁楼所连成的三条线并不是笔直的，它的蜿蜒程度等同于夹河的弯曲程度。断桥镇的石巷很安静，从头到尾洋溢着石头的光芒，又干净又安详。夹河里头也是水面如镜，那些石桥的拱形倒影就那么静卧在水里头，千百年了，身姿都龙钟了，有小舢板过来它们就颤悠悠地让开去，小舢板一过去它们便驼了背脊再回到原来的地方去。不过夹河到了断桥镇的最东头就不是夹河了，它汇进了一条相当阔大的水面，这条水面对断桥镇的年轻人来说意义重大，断桥镇所有的年轻人都是在这条水面上开始他们的人生航程的。他们不喜欢断桥镇上石头与水的反光，一到岁数便向着远方世界蜂拥而去。断桥镇的年轻人沿着水路消逝得无影无踪，都来不及在水面上留下背影。好在水面一直都是一副不记事的样子。旺旺家和惠嫂家对门，中间隔了一道石巷，惠嫂家傍山，是一座二三十米高的土丘；旺旺家依水，就是那条夹河。旺旺是一个七岁的男孩，其实并不叫旺旺。但是旺旺的手上整天都要提一袋旺旺饼干或旺旺雪饼，大家就喊他旺旺，旺旺的爷爷也这么叫，又顺口又喜气。旺旺一生下来就跟了爷爷了。他的爸爸和妈妈在一条拖挂船上跑运输，挣了不少钱，已经把旺旺的户口买到县城里去了。旺旺的妈妈说，他们挣的钱才够旺旺读大学，等到旺旺买房、成亲的钱都回来，他们就回老家，开一个酱油铺子。他们这刻儿正四处漂泊，家乡早就不是断桥镇了，而是水，或者说是水路。断桥镇在他们的记忆中越来越概念化了，只是一行字，只是汇款单上遥远的收款地址。汇款单成了鳏父的儿女，汇款单也就成了独子旺旺的父母。

旺旺没事的时候坐在自家的石门槛上看行人。手里提着一袋旺旺饼干或旺旺雪饼。旺旺的父亲在汇款单左侧的纸片上关照的，"每天一袋旺旺"。旺旺吃腻了饼干，但是爷爷不许他空着手坐在门槛上。旺旺无聊，坐久了就会把手伸到裤裆里，掏鸡鸡玩。一手提着袋子，一手捏住饼干，就好了。旺旺坐在门槛上刚好替惠嫂看杂货铺。惠嫂家的底楼其实就是一铺子。有人来了旺旺便尖叫。旺旺一叫惠嫂就从后头笑嘻嘻地走了出来。

惠嫂原来也在外头，一九九六年的开春才回到断桥镇。惠嫂回家是生孩子的，生了一个男孩，还在吃奶。旺旺没有吃过母奶。爷爷说，旺旺的妈天生就没有汁。旺旺衔他妈妈的奶头只有一次，吮不出内容，妈妈就叫疼，旺旺生下来不久便让妈妈送到奶奶这边来了，那时候奶奶还没有埋到后山去。同时送来的还有一只不锈钢碗和不锈钢调羹。奶奶把乳糕、牛奶、亨氏营养奶糊、鸡蛋黄、豆粉盛在锃亮的不锈钢碗里,再用锃亮的不锈钢调羹一点一点送到旺旺的嘴巴里。吃完了旺旺便笑,奶奶便用不锈钢调羹击打不锈钢空碗,发出悦耳冰凉的工业品声响。奶奶说:"这是什么?这是你妈的奶子。"旺旺长得结结实实的,用奶奶的话说,比拱奶头拱出来的奶丸子还要硬铮。不过旺旺的爷爷倒是常说,现在的女人不行的,没水分,肚子让国家计划了,奶子总不该跟着瞎计划的。这时候奶奶总是对旺旺说,你老子吃我吃到五岁呢。吃到五岁呢。既像为自己骄傲又像替儿子高兴。

不过惠嫂是例外。惠嫂的脸、眼、唇、手臂和小腿都给人圆嘟嘟的印象。矮墩墩胖乎乎的,又浑厚又溜圆。惠嫂面如满月,健康,亲切,见了人就笑,笑起来脸很光润,两只细小的酒窝便会在下唇的两侧窝出来,有一种产后的充盈与产后的幸福,通身笼罩了乳汁芬芳,浓郁绵软,鼻头猛吸一下便又似有若无。惠嫂的乳房硕健巨大,在衬衣的背后分外醒目,而乳汁也就源远流长了,给人以取之不尽、用之不竭的印象。惠嫂给孩子喂奶格外动人,她总是坐到铺子的外侧来。惠嫂不解扣子,直接把衬衣撩上去,把儿子的头搁到肘弯里,而后将身子靠过去。等儿子衔住了才把上身直起来。惠嫂喂奶总是把脖子倾得很长,抚弄儿子的小指甲或小耳垂,弄住了便不放了。有人来买东西,惠嫂就说:"自己拿。"要找钱,惠嫂也说:"自己拿。"旺旺一直留意惠嫂喂奶的美好静态,惠嫂的乳房因乳水的肿胀洋溢出过分的母性,天蓝色的血管隐藏在表层下面。旺旺坚信惠嫂的奶水就是天蓝色的,温暖却清凉。惠嫂儿子吃奶时总要有一只手扶住妈妈的乳房,那只手又干净又娇嫩,抚在乳房的外侧,在阳光下面不像是被照耀,而是乳房和手自己就会放射出阳光来,有一种半透明的晶莹效果,近乎圣洁,近乎妖娆。惠嫂喂奶从来不避讳什么,事实上,断桥镇除了老人孩子只剩下几个中年妇女了。惠嫂的无遮无拦给旺旺带来了企盼与忧伤。旺旺被奶香缠绕住了,忧伤如奶香一样无力,奶香一样不绝如缕。

惠嫂做梦也没有想到旺旺会做出这种事来。惠嫂坐在石门槛上给孩子喂奶,旺旺坐在对面隔着一条青石巷呢。惠嫂的儿子只吃了一只奶子就饱了,惠嫂把另一只送过去,她的儿子竟让开了,嘴里吐出奶的泡沫。但是惠嫂的这只乳房胀得厉害,便决定挤掉一些,惠嫂侧身站到墙边,双手握住了自己的奶子,用力一挤,奶水就喷涌出来了,一条线,带着一道弧线。旺旺一直注视着惠嫂的举动。旺旺看见那条雪白的乳汁喷在墙上,被墙的青砖吸干净了。旺旺闻到了那股奶香,在青石巷十分温暖十分慈祥地四处弥漫。旺旺悄悄走到对面去,躲在墙的拐角。惠嫂挤完了又把儿子抱到腿上来,孩子在哼唧,惠嫂又把衬衣撩上去。但孩子不肯吃,只是拍着妈妈的乳房自己和自己玩,嘴里说一些单调的听不懂的声音。惠嫂一点都没有留神旺旺已经过来了。旺旺拨开婴孩的手,埋下脑袋对准惠嫂的乳房就是一口。咬住了,不放。惠嫂的一声尖叫在中午的青石巷里又突兀又悠长,把半个断桥镇都吵醒了。要不是这一声尖叫旺旺肯定还是不肯松口的。旺旺没有跑,他半张着嘴巴,表情又愣又傻。旺旺看见惠嫂的右乳上印上了一对半圆形的牙印与血痕,惠嫂回过神来,还没有来得及安抚惊啼的孩子,左邻右舍就来人了。惠嫂又疼又羞,责怪旺旺说:"旺旺,你要死了。"

旺旺的举动在当天下午便传遍了断桥镇。这个没有报纸的小镇到处在口播这条当日新闻。人们的话题自然集中在性上头,只是没有挑明了说。人们说:"要死了,小东西才七岁就这样了。"人们说:"断桥镇的大人也没有这么流氓过。"当然,人们的心情并不沉重,是愉快的,新奇的。人们都知道惠嫂的奶子让旺旺咬了,有人就拿惠嫂开心,在她的背后高声叫喊电视上的那句广告词,说:"惠嫂,大家都'旺'一下。"这话很逗人,大伙都笑,惠嫂也笑。但是惠嫂的婆婆显得不开心,拉着一张脸走出来说:"水开了。"

旺旺爷知道下午的事是在晚饭之后。尽管家里只有爷孙两个,爷爷每天还要做三顿饭,每顿饭都要亲手给旺旺喂下去。那只不锈钢碗和不锈钢调羹和昔日一样锃亮,看不出磨损与锈蚀。爷爷上了岁数,牙掉了,那根老舌头也就没人管了,越发无法无天,唠叨起来没完。往旺旺的嘴里喂一口就要唠叨一句,"张开嘴吃,闭上嘴嚼,吃完了上床睡大觉。""一口蛋,一口肉,长大了挣钱不发愁。"诸如此类,都是他自编的顺口溜。但是旺旺今天不肯吃。调羹从右边喂过来他让到左边去,从左来了又让到右边去。爷爷说:"蛋也不吃,肉也不咬,将来怎么挣钞票?"旺旺的眼睛一直盯住惠嫂家那边。惠嫂家的铺子里有许多食品。爷爷问:"想要什么?"旺旺不开口。爷爷说:"士力架?"爷爷说:"德芙巧克力?"爷爷说:"亲亲八宝粥?"旺旺不开口,亲亲八宝粥旁边是澳洲的全脂奶粉,爷爷说:"想吃奶?"旺旺回过头,泪汪汪地正视爷爷。爷爷知道孙子想吃奶,到对门去买了一袋,用水冲了,端到旺旺的面前来。说:"旺旺吃奶了。"旺旺咬住不锈钢调羹,吐在了地上,顺手便把那只不锈钢碗也打翻了。不锈钢在石头地面活蹦乱跳,发出冰凉的金属声响。爷爷向旺旺的腮边伸出巴掌,大声说:"捡起来!"旺旺不动,像一块咸鱼,翻着一双白眼。爷爷把巴掌举高了,说:"捡不捡?"又高了,说:"捡不捡?"爷爷的巴掌举得越高,离旺旺也就越远。爷爷放下巴掌,说:"小祖宗,捡呀!"

是爷爷自己把不锈钢餐具捡起来了。爷爷说:"你怎么能扔这个?你就是这个喂大的,这可是你的奶水,你还扔不扔?啊?扔不扔?——还有七个月就过年了,你看我不告诉你爸妈!"

按照生活常规,晚饭过后,旺旺爷到南门屋檐下的石码头上洗碗。隔壁的刘三爷在洗衣裳。刘三爷一见到旺旺爷便笑,笑得很鬼。刘三爷说:"旺爷,你家旺旺吃人家惠嫂豆腐,你教的吧?"旺旺爷听不明白,但从刘三爷的皱纹里看到了七拐八弯的东西。刘三爷瞟他一眼,小声说:"你孙子下午把惠嫂的奶子啃了,出血啦!"

旺旺爷明白过来脑子里就轰隆一声,可了不得了。这还了得?旺旺爷转过身就操起扫帚,倒过来握在手上,揪起旺旺冲着屁股就是三四下,小东西没有哭,泪水汪了一眼,掉下来一颗,又汪开来,又掉。他的泪无声无息,有一种出格的疼痛和出格的悲伤。这种哭法让人心软,叫大人再也下不了手。旺旺爷丢了扫寻,厉声诘问说:"谁教你的? 是哪一个畜生教你的?"旺旺不语。旺旺低下头泪珠又一大颗一大颗往下掉。旺旺爷长叹一口气,说:"反正还有七个月就过年了。"

  旺旺的爸爸和妈妈每年只回断桥镇一次。一次六天,也就是大年三十到正月初五。旺旺的妈妈每次见旺旺之前都预备了好多激情,一见到旺旺又是抱又是亲。旺旺总有些生分,好多举动一下子不太做得出。这样一来旺旺被妈妈搂着就有些受罪的样子,被妈妈摆弄过来又摆弄过去。有些疼。有些别扭。有些需要拒绝和挣扎的地方。后来爸爸妈妈就会取出许多好玩的好吃的,都是与电视广告几乎同步的好东西,花花绿绿一大堆,旺旺这时候就会幸福,愣头愣脑地把肚子吃坏掉。旺旺总是在初三或者初四开始熟悉和喜欢他的爸爸和妈妈,喜欢他们的声音,气味。一喜欢便想把自己全部依赖过去,但每一次他刚刚依赖过去他们就突然消失了。旺旺总是扑空,总是落不到实处。这种坏感觉旺旺还没有学会用一句完整的话把它们说出来。旺旺就不说。初五的清早他们肯定要走的。旺旺在初四的晚上往往睡得很迟,到了初五的早上就醒不来了,爸爸的大拖挂就泊在镇东的阔大水面上。他们放下一条小舢板沿着夹河一直划到自家的屋檐底下。走的时候当然也是这样,从窗棂上解下绳子,沿夹河划到东头,然后,拖挂的粗重汽笛吼叫两声,他们的拖挂就远去了。他们走远了太阳就会升起来。旺旺赶来的时候天上只有太阳,地上只有水。旺旺的瞳孔里头只剩下一颗冬天的太阳,一汪冬天的水。太阳离开水面的时候总是拽着的,扯拉着的,有了痛楚和流血的症状。然后太阳就升高了,苍茫的水面成了金子与银子铺成的路。

由于旺旺的意外袭击,惠嫂的喂奶自然变得小心些了。惠嫂总是躲在柜台的后面,再解开上衣上的第二个纽扣。但是接下来的两天惠嫂没有看见旺旺。原来天天在眼皮底下,不太留意,现在看不见,反倒格外惹眼了。惠嫂中午见到旺旺爷,顺嘴说:"旺爷,怎么没见旺旺了?"旺旺的爷爷这几天一直羞于碰上惠嫂,就像刘三爷说的那样,要是惠嫂也以为旺旺那样是爷爷教的,那可要羞死一张老脸了。旺旺爷还是让惠嫂堵住了,一双老眼也不敢看她。旺旺爷顺着嘴说:"在医院里头打吊针呢。"惠嫂说:"怎么了?好好的怎么去打吊针了?"旺旺爷说:"发高烧,退不下去。"惠嫂说:"你吓唬孩子了吧?"旺旺爷十分愧疚地说:"不打不骂不成人。"惠嫂把孩子换到另一只手上去,有些责怪,说:"旺爷你说什么嘛?七岁的孩子,又能做错什么?"旺旺爷说:"不打不骂不成人。"惠嫂说:"没有伤着我的,就破了一点皮,都好了。"这么一说旺旺爷又低下头去了,红着脸说:"我从来都没有和他说过那些,从来没有。都是现在的电视教坏了。"惠嫂有些不高兴,甚至有些难受,说话的口气也重了:"旺爷你都说了什么嘛?"

旺旺出院后人瘦下去一圈。眼睛大了,眼皮也双了。嘎样子少了一些,都有点文静了。惠嫂说:"旺旺都病得好看了。"旺旺回家后再也不坐石门槛了,惠嫂猜得出是旺爷定下的新规矩,然而惠嫂知道旺旺躲在门缝的背后看自己喂奶,他的黑眼睛总是在某一个圆洞或木板的缝隙里忧伤地闪烁。旺爷不让旺旺和惠嫂有任何靠近,这让惠嫂有一种说不出的难受。旺旺因此而越发鬼祟,越发像幽灵一样无声游荡了。惠嫂有一回抱着孩子给旺旺送几块水果糖过来,惠嫂替他的儿子奶声奶气地说:"旺旺哥呢?我们请旺旺哥吃糖糖。"旺旺一见到惠嫂便藏到楼梯的背后去了。爷爷把惠嫂拦住说:"不能这样没规矩。"惠嫂被拦在门外,脸上有些挂不住,都忘了学儿子说话了,说:"就几块糖嘛。"旺爷虎着脸议:"不能这样没规矩。"惠嫂临走前回头看一眼旺旺,旺旺的眼神让所有当妈妈的女人看了都心酸,惠嫂说:"旺旺,过来。"爷爷说:"旺旺!"惠嫂说:"旺爷你这是干什么嘛!"但旺旺在偷看,这个无声的秘密只有旺旺和惠嫂两个人明白。这样下去旺旺会疯掉的,要不就是惠嫂疯掉。许多中午的阳光下面狭长的石巷两边悄然存放着这样的秘密。瘦长的阳光带横在青石路面上,这边是阴凉,那边也是阴凉。阳光显得有些过分了,把傍山依水的断桥镇十分锐利地劈成了两半,一边傍山,一边依水。一边忧伤,另一边还是忧伤。

  旺爷在午睡的时候也会打呼噜的。旺爷刚打上呼噜旺旺就逃到楼下来了。趴在木板上打量对面,旺旺就是在这天让惠嫂抓住的。惠嫂抓住他的腕弯,旺旺的脸给吓得脱去了颜色。惠嫂悄声说:"别怕,跟我过来。"旺旺被惠嫂拖到杂货铺的后院。后院外面就是山坡,金色的阳光正照在坡面上,坡面是大片大片的绿,又茂盛又肥沃,油油的全是太阳的绿色反光。旺旺喘着粗气,有些怕,被那阵奶香裹住了。惠嫂蹲下身子,撩起上衣,巨大浑圆的乳房明白无误地呈现在旺旺的面前。旺旺被那股气味弄得心碎,那是气味的母亲,气味的至高无上。惠嫂摸着旺旺的头,轻声说:"吃吧,吃。"旺旺不敢动。那只让他牵魂的母亲和他近在咫尺,就在鼻尖底下,伸手可及。旺旺抬起头来,一抬头就汪了满眼泪,脸上又羞愧又惶恐。惠嫂说:"是我,你吃我,吃。——别咬,衔住了,慢慢吸。"旺旺把头靠过来,两只小手慢慢抬起来了,抱向了惠嫂的右乳。但旺旺的双手在最后的关头却停住了。旺旺万分委屈地说:"我不。"

惠嫂说:"傻孩子,弟弟吃不完的。"

旺旺流出泪,他的泪在阳光底下发出六角形的光芒,有一种烁人的模样。旺旺盯住惠嫂的乳房拖着哭腔说:"我不。不是我妈妈!"旺旺丢下这句没头没脑的话回头就跑掉了。惠嫂拽下上衣,跟出去,大声喊道:"旺旺,旺旺……"旺旺逃回家,反闩上门。整个过程在幽静的正午显得惊天动地。惠嫂的声音几乎也成了哭腔。她的手拍在门上,失声喊道:"旺旺!"

旺旺的家里没有声音。过了一刻旺爷的鼾声就终止了。响起了急促的下楼声。再过了一会儿,屋里发出了另一种声音,是一把尺子抽在肉上的闷响,惠嫂站在原处,伤心地喊:"旺爷,旺爷!"

又围过来许多人。人们看见惠嫂拍门的样子就知道旺旺这小东西又"出事"了。有人沉重地说:"这小东西,好不了啦。"

惠嫂回过头来。她的泪水泛起了一脸青光,像母兽。有些惊人。惠嫂凶悍异常地吼道:"你们走! 走——! 你们知道什么?"

1996年第8期《作家》

哭泣生涯

惠嫂嫁到臭镇的那一天下了很大的雪。雪和血同音，所以新娘惠嫂就不能踩着雪路到婆家来。依照世袭的规矩，惠嫂只能由新郎从船上背到洞房里去。其实臭镇人早就不相信那些旧规矩了，只是想起起哄，闹一闹新娘和新郎，在大雪纷飞里头弄一点暖和的事情。新郎阿江知道大伙的心思，抿了嘴只是笑。后来阿江搓了搓两只大巴掌，很爽快地答应了，说："就做一回猪八戒。"

但是惠嫂趴上阿江的后背之后怎么也不肯把腿岔开来，这给"猪八戒背媳妇"带来了操作上的难度。阿江只好把双手背到身后，十只指头用力叉起来，托住惠嫂的两只膝盖。惠嫂的两只小腿并成一处，在后头跷得老高，看起来就像皮影戏，看的人都叫好。阿江的头发窝里冒出了乳白色的热气，脸上当然是那种快进洞房的傻样子。走到青石巷的时候出了一点意外，来了一阵风，掀起了新娘的红盖头，新娘便动了一下。阿江的脚上是刚刚上脚的新鞋，还没有分出左右。新鞋的下面是雪，雪的下面是石头，新娘一动阿江便滑倒了。四处全是笑。惠嫂掉在雪地上两条小腿全跷在那儿，红盖头掀到一边去了。惠嫂和阿江倒在雪地上面对面只是笑,都用力抿住嘴。阿江说:"不要紧吧。"新娘说:"你快点?!"周围的人听了又笑,看他们出洋相,替他们高兴。阿江就爬起来抱新娘,一发力脚下便滑,倒下了,再爬起来,一发力,又倒下了。新娘倒在雪地上又急又羞,一骨碌自己便站起来了,很威风地往婆家走。阿江在众人的哄笑声中跟在新娘的后头不住地说:"鞋子太滑,鞋子太滑。"臭镇人在当天晚上就给新郎和新娘起了两个绰号,阿江叫"鞋子太滑",惠嫂叫"你快点哟",看上去像一对日本夫妇。

然而这两个绰号只被人们叫了十年,十年之后人们就不叫了。篾匠阿江生下第五个女儿之后生了病,一吃就吐。天天往外吐,天天往下瘦。惠嫂很愁,老是向邻居说:"他的嗓子怎么变得这么浅?"

后来惠嫂借了一些钱,陪阿江到县城里头去化验,旅店就住了六七天。后来医生对惠嫂说:"回去吧,给他做点好吃的。"惠嫂听到这话就像跌到雪地上了,跷了两条腿,而阿江总是站不起来,一站就滑倒了。后来惠嫂只好用手撑了雪地自己爬起来。爬起来之后一双手感觉到了彻骨的冰凉。惠嫂回到旅店里头,笑嘻嘻地说:"回去吧,吃点好东西就没事。"阿江说:"原来是馋出来的病,我就是爱吃肉,你总是舍不得。"惠嫂笑着说:"回家去,我给你馋病馋治。"

惠嫂回到臭镇就去找猪头阿三去了。猪头阿三是臭镇唯一的小刀手,在油秤杆上手指头很鬼。只要卖完三只猪,他总能赚下一只猪头。人们叫他猪头阿三也就顺理成章了。惠嫂找到阿三的时候他正坐在肉案旁边打呼噜，嘴里咬了一根火柴，几只红头苍蝇正围着他的脑袋盘旋纷飞。惠嫂往四周看了看，拿起油秤砣在油秤盘里敲了两下。说："给我切二斤肉，要肥。"阿三吐掉火柴，眯了一双迷蒙的眼睛瞄秤星。惠嫂收好肉低了声音对阿三说："你晚上别闩门，我切你一回肉，给你睡一回。"阿江当天晚上吃了惠嫂做成的红烧肉，但是不行，进去多少又吐出来多少。阿江仰了头说："怎么弄的？"惠嫂说："你吃慢一点，慢慢嚼。病去如抽丝，要慢慢抽。"

睡了两次猪头阿三就不高兴了。阿三说："你又不喊，又不喘，就会岔腿，哪里值二斤肉。"惠嫂说："说好了的，只给你睡。"阿三说："母猪快活了还哼两声呢。"惠嫂说："放你娘猪屁。"阿三讨好地说："你喘我一口气，四斤，好不好？"惠嫂给阿三的小肚子就一脚，说："喘你娘猪屁。"

猪肉没有把阿江的性命抢回来。他一遍又一遍地吐，他的性命就这么让他一口一口吐光了。惠嫂在丈夫的呕吐生涯中学会了微笑，从早到晚都像喜在心头。那一天清早阿江终于死掉了，他在临死之前把惠嫂的耳朵要到自己的唇边来，问："什么病？"惠嫂把嘴巴伸到阿江的耳廓，说："没有病。"阿江听到这话就生气，伸出手去想抽惠嫂，他的手只抽了一半，随后就掉在草席上了。惠嫂握住阿江的手，他的手开始变冷，身子里的热气沿着胳膊一点一点往后退，惠嫂用两只手去摁，但是热气总是摁不住。惠嫂的手摁到阿江的胸口时阿江的身子就全凉掉了。然而阿江的眼睛还睁着,十分宁静地凝视惠嫂。惠嫂推了一把。阿江没动,望着她。惠嫂又推,轻声喊阿江的名字。阿江没有理她,望着她。惠嫂不敢哭,反反复复对别人说:"眼睛睁着呢。"

阿江入殓的那天惠嫂没有任何动静。惠嫂坐在阿江的身边,身体四周弥漫了飘飞的纸钱。不少人走上来劝惠嫂,说:"快点哭,用劲哭。"惠嫂说:"眼睛还睁着呢。"阿江的整个丧事惠嫂没有哭出一点声音,她的身子像鸷鸟投在地面的阴影,无声无息,盘旋在尸体旁边,散发出尸体的气味。谁都看出来了,这样下去惠嫂一定会憋出毛病来的。从墓地回来之后惠嫂也没有弄出什么动静,只是睡,有月亮没太阳地睡。六七天之后惠嫂就起来了,她走路的样子有一种阴凉骇人的效果,真的像行尸,或者走肉。

惠嫂的忧伤和悲痛爆发在半年之后。半年之后臭镇死掉了一位七十四岁的老者。臭镇那么大,死人的事是经常发生的。惠嫂与这位死者没有任何关系,但是惠嫂听到了哭丧的声音,就走过去看。惠嫂在看到尸体的那个瞬间心里的伤心十分澎湃地汹涌上来,像秋后的芦苇花,在承受某种抽击之后苍白的花絮一下子纷扬而又散乱了。惠嫂扑上去,不是抽泣,而是号哭。几个哭丧的女人认出了惠嫂,她们让开一道缝隙,让惠嫂插进来。惠嫂的参与使丧礼的性质发生了变化,成了最出色的丧礼。整个臭镇都听到了惠嫂的倾力哭诉,直至惠嫂的最后晕厥。

惠嫂的这次友情哭丧给惠嫂带来了名气。人们都说,惠嫂哭得好,嗓门大,不惜力气,看得见伤心伤胆伤肝伤肺。人们都说,丧礼上只要有惠嫂,再寡情的人家也能让死者有脸有面地走上黄泉路。没几天就有人上门来预定,说家里的老人眼看就不行了,请惠嫂去撑撑场面。惠嫂说,知道了,人一走我就上门哭。

惠嫂的哭泣生涯在她的顶峰受到了挫折。这时的惠嫂已经是一个四十开外的女人了。臭镇所有的死亡事件中惠嫂的哭泣一直占有一席之地。但偶然的事态从来就不可避免,死亡事件也只能如此。一位五岁的男孩死了。他为了水面上的一只小水马,掉进了小柳河。这个傍晚时分的恶性事件震惊了臭镇。许多人赶到五岁男孩的家里,看见孩子的母亲披头散发,形若木鸡,看见孩子的父亲手捧着尸体不会言语。惠嫂的哭泣在这样的时刻显得不适时宜。她大叫一声:天啦,天啦!随后就放开了喉咙。男孩对门的邻居从人缝里挤进来,往惠嫂的手上塞了两块钱,轻声说:"惠嫂,走吧。"惠嫂哭得正伤心,没有理会。邻居的口气硬了,说:"拿上钱,别哭了!"惠嫂回过头,说:"我要钱做什么?我哪里也不去。"

惠嫂是被邻居强行从堂屋里拉出来的。堂屋里正安静,像水的忧伤平面,正吃力地支撑一只小水马。邻居指着堂屋,压低了声音厉声说:"再在这里哭我就不客气了。"惠嫂用手捂住嘴,说:"我止不住。"邻居说:"止不住就走!"惠嫂很羞愧地看看别人,转过身去。她远去的身影显示出一种努力,忍住哭泣。她的身影消失得迅速而又慌乱,像黄昏时分的独身蝙蝠,拐进了某一个黑色弯口。

不能在外面哭,只能到家里来。惠嫂在这一天的夜里哭了很久。她面对亡夫的牌位用力号哭。臭镇的许多人都听见了。人们说:"惠嫂这个女人怎么弄的,有理没理就会瞎哭一通。"还是惠嫂的大女儿红菱喝住惠嫂了,大女儿红菱说:"还睡不睡啦?"惠嫂说:"我不要睡,哭几下就歇过来了。"红菱说:"别人还睡不睡啦?"惠嫂停下来,很不高兴地说:"不哭了。睡。"红菱生气地说:"往后不许在家里哭,晦气!"

惠嫂在第二天下午就到坟地哭坟去了。女儿不许在家里哭,惠嫂只能到很远的坟上去。她坐在亡夫的墓前向亡夫诉说了许多伤心的事。她说她被人欺侮。她说女儿大了,一天一天往当妈的头上爬。她说她从来没有对不起"你的"三个女儿。惠嫂重复了一遍又一遍,诉说了一遍又一遍。好几只狐狸都被她的哭声招过来了。狐狸们远远地打量惠嫂,它们爱莫能助,只好回过头去不声不响地走掉。这一回惠嫂总算把心里的伤心哭干净了。伤心的女人和死人说几句话日子就会重新亮丽起来。哭完了惠嫂只觉得神清气爽,她的心情平复了,用她自己的话说,叫"歇过来了"。惠嫂对自己说:"再也不哭了。"

惠嫂在戒哭之后才知道自己早就哭上瘾了。瘾这个东西很鬼坏,平时不显山不露水,你一戒反而把它戒出脾气来了。几十天不哭惠嫂就瘦下去了。哭泣是一件伤心的事情,然而对于当事人来说却是一种抚慰与幸福。惠嫂好几次想放开喉咙,看了看红菱的脸色,又不敢了。惠嫂为不敢哭泣而想哭泣。惠嫂对红菱说:"丫头,你让我在家里哭一回吧?"红菱说:"谁不让你哭啦?总得有事吧?日子过得好好的,哭什么哭?"惠嫂说:"哭过了心里头熨帖。"红菱说:"你熨帖别人就起皱。"惠嫂说:"让我哭一回吧?"红菱摔上门,大声说:"实在想哭我去上吊,让你哭够了!"惠嫂止住眼泪,望着大女儿的背影,说:"丫头,怎么能说这种话?"红菱回过头厉声地说:"晦气,这个家就是让你哭穷了的,燕子都不来了!"惠嫂愣在那里,愣了好半天,惠嫂望着空无一人的巷口,跺了脚说:"我找你爹说去!"

是瘾就有可能复发,尤其在诱因充分的时候。惠嫂的友情哭丧并没有完全终止,机会好的时候还会客串一下的。惠嫂知道机会难得,因而也就格外卖力,格外用心。一不小心就会把嗓子弄沙掉。惠嫂在嗓子沙哑的日子里小心翼翼,静悄悄地把所有的家务都做了,一副知错就改,巴结讨好的样子。剩下来的日子惠嫂时刻注视着臭镇的死亡迹象,一有人咽气惠嫂马上就兴奋起来了,嗓子里产生了类似于歌唱的欲望。哭泣生涯使她越来越接近于一种母兽专门留意同种兽类的尸首。惠嫂自语说:"我快像畜牲了。"

这一年的冬天惠嫂的大女儿红菱出嫁了。红菱的年纪与晚婚这个政策相差很远,但是红菱有办法,她就是要把自己早早嫁出去。红菱没有和母亲商量,只是告诉惠嫂,她要嫁人了。惠嫂从红菱的口气里听出来了,她想早一点离开她,离开这个家。惠嫂听了红菱的话伤心直往上翻,但是惠嫂这一回却忍住了,没有想哭的意思。惠嫂说:"嫁吧,我也是嫁了人才做你妈的。"

然而婚礼极不顺利。婚礼那一天天上意外地下起了雪。惠嫂望着天,心里头凉下去一大块。雪往下飘,一副事不关己的样子,悠然得过了头。惠嫂知道这场雪在等她,等了几十年了。惠嫂说:"我就不信我斗不过你!"

惠嫂回到家里,拿了一张长凳横在了门口。这时候婚礼刚刚要进入高潮。女婿被这个突来的变故弄得不知所措。他正在撒喜烟,居然昏头昏脑地把香烟递到丈母娘手上去了。女婿小心地问:"妈,这是干什么?"

"天要下雪,娘要留人。"

女婿从口袋里掏出几张钱,说:"还有什么要求,你尽管说。"

"雪不干,人不许走!"

这么说着话红菱却从里间走到堂屋里来了。红菱的身上有红有绿,从头到脚都喜气洋洋。惠嫂只顾了和女婿说话,一点都没有留意红菱已经从长凳子上跨过去了。跨过长凳之后红菱径直往外面走,雪地上留下了她的脚印,又踏实又从容,又等距又清晰,看得出义无反顾。走出去十来步了红菱才回过头来,对她的男人说:"还愣在那里做什么?"

1996 年第 10 期《作品》

马家父子

老马的祖籍在四川东部,第一年恢复高考老马就进京读书了。后来老马在北京娶了媳妇,生了儿子。但是老马坚持自己的四川人身份,他在任何时候都要把一口川腔挂在嘴上。和大部分固执的人一样,他们坚信只有自己的方言才是语言的正确形式,所以老马不喜欢北京人过重的卷舌音,老马在许多场合批评北京人,认为他们没有好好说中国话,"把舌头窝在嘴里做啥子么?"

老马的儿子马多不说四川话。马多的说话乃至发音都是老马启蒙的,四川话说得不错。可是马多一进幼儿园就学会用首都人的行腔吐字归音了,透出一股含混和不负责任的腔调。语言即人。马多操了一口京腔就不能算纯正的四川娃子。老马对这一点很失望。这个小龟儿。

光听马多这个名字你可以知道老马是个足球迷。老马痴迷足球。痴迷那个用左脚运球的阿根廷天才马拉多纳。老马希望自己的儿子能成为绿色草皮上的一代天骄,盘带一只足球,在地球的表面上霸道纵横。但是马多只是马多,不是马拉多纳。马多只是他们班上的主力前锋,到了校队就只能踢替补了。然而老马不失望。马拉多纳是上帝的奢侈品,任何人都不应当因为儿子成不了马拉多纳而失望。老马这些年一直和儿子过,他的妻子在三年之前就做了别人的新娘了。离婚的时候老马什么都没要,只要了儿子。那时候马多正是一个十岁的少年,而老马的妻子都三十四岁了。妻子不服老,都三十四岁了还红杏枝头春意闹。老马在第二年的春天特意到植物园看了一回红杏树。红杏枝头,多么危险的地方。妻子硬是在这么一个危险的地方开始了自己的第二个春天。老马记得妻子和自己摊牌时的样子,她倚在卫生间的门框上,十分突兀地点了一根烟,骆驼牌,散发出混合型烤烟的呛人气味。妻子猛吸了一口,对老马说:"我要离。"妻子没有说"我要离婚",而是说"我要离"。简洁就是力量,简洁也就是决心。她用标准的电报语体表达了决心的深思熟虑性与不可变动性,随后便默然了。她在沉默的过程中汪了一双泪眼,她用那种令人怜惜的方式打量丈夫。老马有些意外,一时回不过神来。老马用四川话说:"离婚做啥子么?我那(哪)个地方对不起你了么?"妻子听了这话便把脑袋侧到卫生间的里口,她用近乎控诉的语调失声说:"你没有对不起我,是生活对不起我。——这个鬼地方,我的大腿都叉不开!"老马的住房只有十七个平方,小是小了点,可是把大腿叉开来肯定是没有问题的。老马不说话。知道她在外头有人了,要不然也不会把骆驼牌香烟抽得这么姿态动人。这个女人在外头肯定是有人了,这个女人这一回一定是铁了心了。女人只有铁了心了才会置世界人民的死活于不顾。老马很平静。老马在大病过后一直惊奇当初的平静。他走到妻子身后,接过她手里的烟,埋着头只顾抽。后来老马抬起头,像美国电影里的好汉那样平静地说:"耗(好)。龟儿子留啥(下)。"

儿子留下了,妻子则无影无踪。老马在生病的日子里望着自己的儿子马多,想起了失败,想起了马拉多纳输掉了一生。失败的生活只留下一场查不出的病;失败的婚姻只留下孩子这么一个副产品。其余的全让日子给"过"掉了,就像马拉多纳"过"掉那些倒霉的后卫。

老马什么都可以不要,但是儿子不能。儿子是老马的命。老马在离婚之后对儿子的疼爱变得走样了,近乎覆盖,近乎自我,近乎对自己的疯狂奴役。老马在醉酒的日子多次想到过再婚,老马的岁数往四十上跑了,正处于一个男人由"狼"而"虎"的转型期,身体内部的"虎""狼"每天都在草原上款款独步。它们远离羊群,饿了肚子,时刻都有冲刺与猛扑的危险性。它们和"红杏枝头"一样危险,稍不留神就会把羊脖子叼在自己的嘴里了。那可是伟大的"爱情"呢?爱情不是欲望又能是什么?而婚姻不是爱情又能是什么?所以老马时刻警惕自己,用马多的身影赶走那些绰约和袅娜的身姿,赶走时刻都有可能琅琅作响的剑胆琴心。儿子马多不需要后妈,当老子的唯一可做的事情就是把裤带子收收紧,然后,弄出一副平心静气的模样来,对自己说:"你不行了,软了,不中用了。"于是老马就点点头,自语说:"不行了,软了,不中用了。"

儿子马多正值青春,长了一张孩子的脸,但是脚也大了,手也大了,嘎着一副公鸭嗓子,看上去既不像大人又不像孩子,有些古怪。马多智能卓异,是老马面前的混世魔王。可是马多一出家门就八面和气了。马多的考试成绩历来出众,只要有这么一条,马多在学校里头就必然符合毛泽东主席所要求的"三好"与小平同志所倡导的"四有"。马多整天提着一支永生牌自来水笔到校外考试,成绩一出来那些分数就成了学校教学改革的成果了。学校高兴了,老马也跟着高兴。老马在高兴之余十分肉麻地说:"学校就是马多他亲妈。"这句话被绿色粉笔写在了黑板上,每个字还加上了粉色边框。

在一个风光宜人的下午老马被一辆丰田牌面包接到了校内。依照校方的行政安排,老马将在体育场的司令台上向所有家长作二十分钟的报告。报告的题目很动人,很抒情,《怎样做孩子的父亲》。许多父亲都赶来了。他们就是想弄明白到底怎样做孩子的父亲。

老马是在行政楼二楼的厕所里头被马多堵住的。老马满面春风,每一颗牙齿都是当上了父亲的样子。老马摸过儿子的头,开心地说:"嗨!"马多的神情却有些紧张,压低了嗓门厉声说:"说普通话!"老马眨了两回眼睛明白了,笑着说:"晓得。"马多皱了眉头说:"普通话,知不知道?"老马又笑,说:"兹(知)道。"马多回头看了一眼,打起了手势,"是 zhī dào,不是 zī dào。"老马抿了嘴笑,没有开口,再次摸过儿子的头,很棒地竖起了一只大拇指。马多也笑,同样竖起一只大拇指。父子两个在厕所里头幸福得不行,就像一九八六年的马拉多纳在墨西哥高原捧起了大力神金杯。

老马在回家的路上买了基围虾、红肠、西红柿、卷心菜、荷兰豆。老马买了两瓶蓝带啤酒、两听健力宝易拉罐。老马把暖色调与冷色调的菜肴和饮料放了一桌子,看上去像某一个重大节日的前夜。老马望着桌子,很自豪地回顾下午的报告。他讲得很好,还史无前例地说了一个下午的普通话。他用了很多卷舌音,很多"儿化",很不错。只是马多的回家比平时晚了近一个小时,老马打开电视,赵忠祥正在解说非洲草原上的猫科动物。马多进门的时候没有敲门,他用自己的双象牌铜钥匙打开了自己的家门。马多一进门凭空就带进了一股杀气。

老马搓搓手,说:"吃饭了,有基围虾。"老马看了一眼,说:"还有健力宝。"

马多说:"得了吧。"

老马端起了酒杯,用力眨了一回眼睛,又放下,说:"我记得我说普通话了嘛。"

"得了吧您。"

老马笑笑,说:"我总不能是赵忠祥吧。"

马多瞟了一眼电视说:"你也不能做非洲草原的猫科动物吧。"

老马把酒灌下去,往四周的墙上看,大声说:"我是四川人,毛主席是湖南人,主席能说湖南话,我怎么就不能冒出几句四川话!"

马多说:"主席是谁?右手往前一伸中国人民就站立起来了,你要到天安门城楼上去,一开口中国人民准趴下。"

老马的脸涨成紫红色,说话的腔调里头全是恼羞成怒。老马呵斥说:"你到坦桑尼亚去还是四川人,四川种!"

"凭什么?"马多的语气充满了北京腔的四两拨千斤,"我凭什么呀我?"

"我打你个龟儿!"

"您用普通话骂您的儿子成不成?拜托了您哪。"

老马在这个糟糕的晚上喝了两听健力宝,两瓶蓝带啤酒,两小瓶二两装红星牌二锅头。那么多的液体在老马的肚子里翻滚,把伤心的沉渣全勾起来了。老马难受不过,把珍藏多年的五粮液从床头柜里翻上桌面,启了封往嘴里灌。家乡的酒说到底全是家乡的话,安抚人,滋润人,像长辈的询问一样让人熨帖,让人伤怀。几口下去老马就吃掉了。老马把马多周岁时的全家福摊在桌面上,仔细辨认。马多被他的妈妈搂在怀里,妻子则光润无比地依偎在老马的胸前,老马的脸上胜利极了,冲着镜头全是乐不思蜀的死样子。儿子,妻子,老马,全是胸膛与胸膛的关系,全是心窝子与心窝子的关系。可是生活不会让你幸福太久,即使是平庸的幸福也只能是你的一个季节,一个年轮。它让你付出全部,然后,拉扯出一个和你对着干的人,要么脸对脸,要么背对背。手心手背全他妈的不是肉。对四十岁的男人来说,只有家乡的酒才是真的,才是你的故乡,才是你的血脉,才是你的亲爹亲娘,才是你的亲儿子亲丫头。老马猛拍了桌子,吼道:"马多,给老子上酒。"

马多过来,看到了周岁时的光屁股,脸说拉就拉下了。父亲最感温存的东西往往正是儿子的疮疤。马多不情愿看自己的光屁股，马多说："看这个干什么？"老马推过空酒杯，说："看我的儿。"马多说："抬头看呗。"老马用手指的关节敲击桌面，冲着相片说："我不想抬头，我就想低下头来想想我的儿子。——这才是我的儿，我见到你心里头就烦。"

"喝多了。"马多冷不丁地说。

"我没有喝多！"

马多不语，好半天轻声说："喝多了。"

老马在平静的日子里一直渴望与儿子马多能有一次对话，谈谈故乡，谈谈母亲或女人，谈谈生与死，谈谈男人的生理构造、特殊时期的古怪体验，乃至于梦中的画面，梦的多能性与不可模拟性。老马还渴望能和儿子一起踢踢足球，老马镇坐中场，平静而自如地说起地面分球，沿着儿子马多的快速启动来一脚准确传送。然而老马始终不能和儿子共同踢一只足球，不能和儿子就某一个平常的话题说一通四川话。儿子马多不愿意追忆故乡，儿子马多不愿意与四川人老马分享四川话的精神神韵。儿子马多的精神沿着北京话的卷舌音越走越远，故意背弃着故土，故意背弃老马的意愿。老马只能站立在无人的风口，来一声长叹，用那种长叹来凭吊断了根须的四川血脉。

离开故乡的男人总是在儿子的背影上玩味孤寂。老马叹息说："这个杂种龟儿。"

星期天下午是中国足球甲 A 联赛火拼的日子。老马怎么也不该在这一个星期天的下午陪儿子去工人体育场看球的。因为有四川全兴队来北京叫板,老马买了两张票,叫上了儿子马多,开心地说:"儿子,看球去。"

老马和马多坐在四川球迷的看台上。只要有全兴队的赛事四川的球迷就成了火锅。他们热血沸腾,山呼海啸,冲着他们的绿茵英雄齐声呼喊:"雄起!雄起!"

马多侧过脸,问父亲说:"雄起"是什么意思?

父亲自豪地说:"雄起就是勃起,我们四川男人过得硬的样子。"

马多的双手托住下巴,脸上是那种很不在乎的神气。马多说:"咱北京人看球只有两个词,踢得棒,牛 bī;踢得臭,傻 bī。"

草皮上头绿色御林军与四川的黄色军团展开了一场伟大的对攻。数万球迷环绕在碗形看台上,兴奋得不行。马家父子埋在人群里,随场上的一攻一守打起了嘴仗。父亲叫一声"雄起",儿子马多则说一声"傻 bī";相反,老马黯然神伤了,儿子马多就会站起来,十分权威十分在行地点点头,自语说:"牛 bī。"

首都工体真是北京国安队的福地,四川男人在这里就是过不硬。四川全兴没有"雄起",而北京国安却潇潇洒洒"牛 bī"了一把。儿子马多很满意地拍拍屁股,侧过脸去对老马说:"看见没有? 牛 bī。"

老马,这位四川全兴队的忠实球迷,拉下了脸来,脱口说出了一句文不对题的话:"晚上回去你自己泡康师傅!"

儿子马多拖着一口京油子的腔调说:"说这么伤感情的话忒没劲,回头我煮一锅龙凤水饺伺候您老爷子。"

老马站起来退到高一级的台阶上去,不耐烦地说:"你说普通话耗(好)不耗(好)!别弄得一嘴京油子耗(好)不耗(好)!"

"成。"马多说,"儿子忒明白您的心情。"

然而北京国安队在数月之后的成都客场来得就不够幸运,他们被一浪高过一浪的四川麻辣烫开得阵脚大乱。他们的脚法不再华美,他们的切入不再犀利,他们的渗透不再像水银那样灵动,那样飘忽不定,那样闪闪发光。他们的软腿露出了"傻 bī"的糟糕迹象,一句话,四川人彻底"雄起"了,五万多四川人一起用雄壮的节奏跟随鼓点大声呼叫,咚咚咚,雄起!咚咚咚,雄起!

老马坐在自家的卧室里听到了同胞们的家乡口音。老马不是依靠中央五套的现场转播,而是只用耳朵就听到了巴蜀大地上的尽情呐喊。马多歪在沙发上,面色沉郁,一副惹不起的样子。老马斜了儿子马多一眼,钻到卫生间里去了。老马掏出小便的东西,等了一会儿,没有,又解开裤子,坐下去,别的东西也没有。但是老马心花怒放,积压在胸中的阴霾一扫而光了。老马拉开水箱,把干干净净的便槽哗里哗啦地冲过一遍,想笑,但是止住了。老马从卫生间里出来,搓搓手,说:"儿子,晚上吃什么?"

马多望着父亲,耷拉着眼皮说:"你乐什么?"

"没有哇,"老马不解地说,"我乐什么了?"

"您乐什么?"

"我去买点皮皮虾怎么样?"

马多一把就把电视机关了。"您乐什么?"

"我真的没有乐。"

马多撇下他的嘴唇。他的撇嘴模样让所有当长辈的看了都难堪。马多说:"别憋了,想乐就乐,我看您八成儿是憋不住了。"

老马站在卫生间的门口,真的不乐了。一点都乐不出来了。

"我怎么就不能乐了?我凭什么不能乐?家乡赢球,老子开心。"

"可是您憋什么呀您?您乐开了不就都齐了?您憋什么呢您。没劲透了,傻 bī 透了。"

"谁傻 bī?马多你说谁傻 bī?"

"都他妈的傻 bī 透了。"

老马突然就觉得胸口被什么东西撕开了一条缝,冷风全进去了,那不是四川的风,是北方的冷空气,伴随了哨声与沙砾。老马想起了妻子和他摊牌的样子,想起了这些年一个孩子给他的负重与委屈,想起了没有呼应的爱与寂寞,老马就剩下心爱的足球和远方的故乡了,可是在家里开心一下都不能够。老马的泪水一下子就汪开了。老马抡起右手的巴掌,对着马多的腮帮就想往下抽。老马下不了手。老马咬着牙大声骂道:"你傻 bī,你这小龟儿,你这小狗日的!"

"我可是你日的,"马多说,"怎么成狗日的了?"

老马一巴掌抽到自己的脸上,转过身去对着自己的鞋子说:"我这是当的什么老子?龟儿,你当我老子,我做你的儿子耗(好)不耗(好)?耗(好)不耗(好)?"

1997 年第 2 期《作家》

遥 控

　　我居住在著名的新世纪大厦上。这座绛红色的标志性建筑坐落在城市的黄金地段，共三十七层，我居住在二十八层。二十八层是一个好高度，它为俯视生活提供了一个上佳视角。闲下来我就站到阳台上眺望远方，城市就在我的脚底下。人们在我的脚下以一种近乎古怪的方式行走，其余的便是汽车。数不尽的轮子终日在城市里飞奔。城市说到底只是一只和好的面团，随车轮的转动十分被动地向边角延伸。然而，我们的生活总是沿着某个中心才能延展的，新世纪大厦就是它的中心。它三十七层，我居住在二十八层。

　　新世纪大厦与其他建筑构成了我们这个城市最崭新的部分。这一带人的生活方式一直是这个城市的生存范本，这里的衣着、发式，尤其是生活用语总是新潮的，着着领先的。然而，是这座城市的古老地段养活了我。在这个文化古城的游览胜地，我的祖上有两处房产，它们加在一块也不足三十平方米。不过那可是门面房。我把它们租给了两个客户，一处卖文房四宝、古玩钱币；一处则是玉器、银器、石器和陶器，都是些蒙老外的货。我曾亲眼看到一位精致的法国姑娘买了一只砚台，她付了一大把冤枉钱,兴高采烈地用汉语说:"耗!耗!(好)"听上去像一个大舌头的四川妞。看到这样生动的局面我就开心。

而我的体形十多年前就进入小康了。把房子租出去之后我就开始发胖。我的身高一米七一,体重却是一百九。肉全摞在肚子上,站起来我就看不见脚了。一百九,我十年前的体重。这就是我的状况。我又胖又懒,我的幸福感就是能够心平气静地懒下来,没有事情挤压我,没有一样责任非我莫属。我不承担义务,当然也不享受权利,我只有一个要求,让我懒下去,没事的时候就长长肉。基于这样的要求,搬进新世纪大厦之后我对我的生活进行了全面改造。我买了一套新家当,电器全是日本货。有一点至关重要,它们必须带有遥控器,必须能够遥控。"遥控"能使生活的复杂性变得又简单又明了,抽象成真正的举手之劳。这不就是人类生存的最终目的吗?

我坐在沙发里头,严格地说是陷在沙发里头,把遥控器排在香烟和茶杯的背后。我先把电视打开来,看看这个世界发生了什么。然后是影碟机或录像机,找点乐趣。当然,我的音响是配套的,呈立体状,所有的声音不仅仅只从画面里出来,它像生活一样真实,有时还从我的侧面或背后悄然响起。最关键的是空调。我的身子虚,冷的时候怕冷,热的时候怕热。可是,整天把自己埋藏在空调里头这个问题实际上就解决了。上帝创造了四季,可是人类战胜了上帝,当然也就料理了季节,就像电视上所说的那样,"只要你拥有××牌空调,春天将永远陪伴着你"。不管是冬天还是夏季,只要我的遥控器轻轻地"吱"一声,上帝就没办法了。不管上帝他老人家把春天藏在哪儿,我都能捉住它，五花大绑地放到我家的沙发上来。

　　一只电视遥控器、一只影碟遥控器、一只音响遥控器、一只空调遥控器，外加一部大哥大，这就是我生活的全部。我正关注着电视广告，盼望遥控电灯、遥控洗碗机、遥控安乐椅的面市。这一天会有的。遥控既然成了生活的大方向，我们的生活就只能让遥控器遥控，这里头没有选择，我们的生活只有这么一个向度。我们能利用遥控捉住春天，五花大绑地扭到沙发上来，我们还有什么不能遥控？那样的幸福生活离我们已经不远了。那一天来到的时候，我们除了心跳和眨眼，什么也不用我们劳神了。

　　现在正是盛夏，除了下楼拿一趟晚报，我几乎全待在二十八楼这个高度上。住进新世纪大厦之后我的体重又加重了近二十斤，我的体重已经二百一了。我发现我是一个吸了一点新鲜空气也要长点肥肉以示纪念的那种人。我知道肉长得太多不是好事情，但长肉就是我的生活，我无法对生活挑剔太多，我只能拿自己当一个机关干部，每天替自己的生活上班、执勤，一上班就坐到沙发里去，抽烟、遥控，同时长肉。其实这样不也很好吗？我没法劝说自己不满意这种生活，而满意不就是生活的全部吗？

　　搬家之后我曾经有过计划，选择一些"有意义"的活动丰富丰富我的生活。比方说，我买了一大堆宣纸，写写字，借助于狼毛或羊毛的撒捺文化文化自己。可是不行，一两天尚可，长了就耗人了。任何事一长了就成了任务，这就累人。人家洋人不用毛笔，人家的日子不都是笔墨流畅的，也没有差到哪里去。我只好把宣纸全打发了，当手纸用了。顺便说一句，宣纸做手纸的感觉不错,就像电视上说的那样,更干,更爽,更安心。

废掉写字的计划之后我又去中央商场买了一台脚踏器。我把它放在朝南的阳台上,它的玩法就像骑自行车,相当简单。我想说明一点,我玩脚踏器可不是为了减肥。减肥是骗人的,谁也别想骗我的钱。我只是想在家里找一点"在路上"的感觉。真正的"在路上"我不喜欢,所以我选择了脚踏器。我想说脚踏器实在是休闲时代最伟大的发明:它让你既在路上又原地不动,真是妙极了。

有了在路上的切身体验,我的精神也随之放飞。我的精神像一只鸽子那样飞翔在城市的上空。我骑在脚踏器上,闭上眼,把自己想象成在城市的上空,还带了哨音呢。然而,除了城市,我的想象力就无能为力了。我没有实地见过山、草地、森林、农田、戈壁、沙漠、海洋、丘陵、沼泽、湖泊。它们对我来说仅仅是一些影视画面或印刷图案。我在天上飞,到了城市的边缘我的想象力就往回走了,飞不出去。我只能闭了眼睛沿着贫乏的想象力重新飞回阳台,然后,叹口气,从脚踏器上跨下来,一个星期之后我就终止了这个游戏。

说来说去最美妙的游戏还在女人身上。这恰恰不是我的长项。书上说男人和女人处在一起会发生某种离奇的化学反应,人们把那种化学晶体称作爱情。然而"爱情"这东西我是不指望的。爱情需要当事人首先具备一身的剑胆琴心,我只有肉,哪里有那种稀有物质?可是书上也说,在爱情之外还有一些附属物可供我们整理和发掘。比方说,艳遇,也称作遭遇激情或廊桥遗梦。艳遇有点接近于爱情了,这可是情场圣手的即兴演义呢。

男女见了面,甫一对视便是玉宇生辉,上过床,一撒手又月白风清了。真是伴随满天闪电来,不带蛛丝马迹走,所谓"两岸猿声啼不住,轻舟已过万重山",我哪里有这样敏捷的好身手。

爱情不容易,别的更不容易。在我看来世纪末的男女之事都可以称作爱情。说到底不就是男人和女人的化学反应吗,不是爱情又是什么?

这样一来遗弃在爱情之外的只有我。我不伤心。我对爱情里的每一个步骤和细节还是很熟悉的。我做得少,然而看得多。我整天手执遥控器,指挥各种肤色的男男女女到我家的电视屏幕上表演爱情。我非常爱看录像。说得专业一点,"黄色"录像或×级片。其实不管是什么影片,所谓功夫、动作、警匪、推理、言情、色情、战争、伦理——再怎么弄,总也逃不出男人(一个或×个)与女人(×个或一个)之间的颠鸾倒凤。"功夫"或"言情",只不过是影片的三点式内衣。我们是一种火焰,在自我燃烧中自给自足,最后,终止于寂灭。除了录像带与影碟,我又能做什么?我只能陷在沙发里,一手执烟,一手持遥控器,在"倒带"和"慢放"之间重复那些温柔冲动与火爆画面。他们为一个肥胖的、寂寞的城市人重复了一千次。没有"爱情",就这么看看,不也很好吗?

这样的日子里我的体重又有了进展。因为长肉,我的胃口越发穷凶极恶,就像是一九六二年。有时候我真的希望自己做一只美国的卡通猫,先吃饭,后吃餐具,再吃桌椅沙发和羽绒被。在我的狼吞虎咽中白色的羽绒漫天纷飞。我真的是一只卡通猫,咀嚼与下咽成了我生活的全部。我相信了哲学家的话:肥胖是寂寞时代的人体造型。我的身体足以说明这个问题。

　　我的厨房配备了灶具。当然,这些灶具利用的机会并不多。我几乎不动手做饭,总是让人送。偶尔下厨并不是为了改善生活,而是改善心情,属于没事找事的那种性质。我在一个炎热的下午去了一趟菜场,我已经十七天不出楼了,开始静极思动了。我决定亲手买一回菜,亲手做一顿饭,过一天自食其力的好日子。由于肥胖,我的步履很缓慢,都像年迈的政治家了。我这样的人只适合在电梯里头直上直下的。我穿了一套真丝睡衣就下楼了。睡衣比我身体的门面更为宽大,我一抬腿真丝就产生了那种飘飘扬扬、迎着风风雨雨的感觉。只有有钱人才能有这种持重的派头。我知道我很持重,体重在这儿呢。

　　我买了十斤猪肉,十只西红柿,十条黄瓜,外加一条鱼。鱼很新鲜,在我的塑料口袋里直打挺。这条鱼有点像我,头很小,可是肚皮很大,白花花的。鱼贩子没有找零,所以执意要为我开膛。我谢绝了。一个懒汉既然动手了,所有的环节都得自己来。我得回家去,一切都由自己动手。

　　但是我没有能够吃上这顿饭。是这条鱼闹的。我在厨房里把这条鱼摁在砧板上,批掉鳞,开膛扒掉内脏,抠去腮。当我把这样的一条鱼放进水桶的时候,它居然没有死。它在游,又安详又平静,腆着一只白花花的大肚皮。它空了,没有一张鳞片,没有一丝内脏,没有一片腮。就是这样一条鱼居然那样安详、那样目空一切,悠闲地摆动它的尾部。都像哲学大师了。我望着它,几乎快疯了。对它大吼了一声,它拐了一个弯,又游动了。它的眼睛一眨不眨,脸上没有委屈,没有疼痛,甚至没有将死的挣扎。我把它从水里捞上来,摔到地砖上,它跳了两下,于是死掉了。一个被扒去五脏六腑的生命何以能够如此休闲、如此雍容,实在是一种大恐怖。我没有吃这条鱼,把它扔了。我固执地认定,这个被扒空的东西是我。它不可能是鱼,只能是我。一定是我。得找女人。我要结婚。

结婚广告发出去了,在晚报的中缝。广告的广告词是"红丝线"广告公司为我设计的,我很满意。广告曰:某男,在新世纪大厦有一百一十六平方米的私宅,家有五只遥控器。体态华贵,态度雍容。有意者请与×××××××(广告公司电话号)联系。

广告过后便是电视剧。电视屏幕上是这样,生活也只能是这样。我的恋爱生活在广告过后就进入"故事"阶段了。这里头很复杂,涉及到七位善良的女性。我和我的女朋友是在"红丝线"联谊会上认识的。我首先和我的那位"对子"见了面,不太满意,我只好坐在一边抽香烟。后来来了一个姑娘,体态和我一样华贵,态度与我一样雍容,看上去起码也有一百六七。她从大门口笑眯眯地挤了进来。由于上帝的安排,我们对视了一眼。我们第二次对视的时候目光里头已经有好多一见钟情了。要不怎么说物以类聚呢。她坐到我的身边,一开口就说出了我的名字。我的血液一下子就年轻了,蚯蚓一样四处乱窜。我还没有来得及回话,她又开口了,说:"我在公司的电脑里头见过你。"她说的公司当然就是"红丝线"公司。我们谈起话来了。我们说到了天气、水果,我们聊起了赵本山和陈佩斯这样的艺术大师，我们差一点还提到了美国总统克林顿。后来我们便出去吃饭了。我们一起吃了四次饭，看了三场电影，在街头吃过八根"甜心"牌冷狗。有一次我们在吃过冷狗之后还接了吻，她的双唇还保留冷狗的凉爽与甘甜。接完吻她就说："真像又吃了一只冷狗，还省了四块五毛钱。"我很潇洒地说："钱算什么？一个吻肯定不止四块五毛钱。"我的女朋友幸福地说："那是。"

接下来我们就上床了，这是水到渠成的。吃过饭了，吃过冷狗了，上床的事就提到议事日程了。不上床爱情还怎么持续？城市爱情不就是这样的吗？

幸亏我们上床了。我差一点铸成了大错。上床之后我才发现，我们不合适。我太胖，而她也是。我们的腹部挤在一起，在关键时刻总是把我们推开来。这不是她的错，当然也不是我的。我们努力了很久，决不向命运低头。然而，结果是残酷的。我们的努力只能保留在浅尝辄止这个初级阶段。浅尝辄止，你懂不懂？我完了。

我叹了一口气。不过我的朋友似乎并不沮丧。看得出她是一个洒脱的人，对床笫之事并不像我这样死心眼，似乎是可有可无的，马马虎虎的。她在擦洗过后就把注意力移开了，把我的遥控器全抱在了怀里，一样一样地玩。她开始遥控了，把室温降到了十八度，然后，打开了电视、影碟机、音响。还叉着两条光腿给她的同学打了一个电话，让她"有空来玩"。后来电视画面吸引她了，是一个黑色男人正和一个白色女人在沙滩上游龙戏凤。音响里头是美国摇滚，那一对情人就在摇滚乐中摇滚，疯极了。

看了我都来气。我的朋友很温柔地靠过来,小声说:"怎么啦?"我板着脸,盯住电视屏幕,一言不发。她丢下遥控器,说:"这是电视嘛,是表演嘛。"我的朋友见我不说话,就把音响的遥控器取过来,对着我的嘴巴摁住"加大"键。她摁得很死,摇滚乐都快炸了。我抢过遥控,关了,同时伸出腿去,把电视也关了。我只想对她说分手。可是在这样的时候说分手也太过分了,我望着天花板,不知道怎样开口。我沉默了好半天,终于说:"我们还是再了解了解吧。""了解了解",我的朋友听出了话里的话,脸上的颜色都变掉了,用遥控器都恢复不过来。她叉开腿,拍了拍大腿的内侧,拍得噼里啪啦响。她大声说:"都了解到这个份儿上了,还了解什么?"这句话把我问得哑口无言。我说:"我不是那个意思。"我的朋友眼里噙着泪花,目光在我的屋子里晶亮亮地转动。我知道她爱这个家,爱这所屋子,还有遥控。后来她盯着我,歪着头说:"你把我睡了,要不你把处女膜还我,要不结婚。你要是赖账,我就从二十八楼跳下去。——我光了奶子光了屁股跳下去。"

我点上烟。端详她。不是吓唬我的样子。我开始想象她坠楼的样子,白花花地往下坠,那可是自由落体唷。自由落体是什么也终止不了的,什么样的遥控器也无能为力。我的生命如果是一盘录像带该有多好,不论发生什么,摁下"暂停"就行了,再用"快倒"就可以恢复到先前的样子。问题是,即使恢复到恋爱前的样子,我还得去做广告,还得认识她,还得吃饭、吃冷狗、接吻、上床,接下来只能是浅尝辄止。我们的生活一定被什么遥控了,这是命。我们的生命实际上还是一盘录像带或 CD 盘。我们的生命说到底还是某种先验的产品,我们只是借助于高科技把它播放了一遍。这真是他妈的没有办法。

1997 年第 2 期《作家》

火车里的天堂

四年前我相当荣幸地离了婚,在离婚的现场我和我的妻子接了一个很长的吻,差不多就有火车这么长。那一天风和日丽,一草一木都像是为我们的离婚搭起来的布景,这样的日子不离婚真是糟蹋了。那时的人们普遍热衷于离婚,最时髦的一句话是这样说的,离婚是现代人的现代性。这话多出色。正如马季先生推销张弓酒所说的那样,不好,我能向您推荐吗?现代性是什么?我不知道。不知道就沉默,这样一来就连我的沉默也带上现代性了。这在大多数人的眼里绝对是一件望尘莫及的事。

离婚之前我们活得很拥挤,更糟糕的是,我们都有些"岁月感"。真正的生活似乎是不应该带有岁月感的。我们便学会用"距离"和"批判"这两种方式来审核生活了。距离,还有批判,这一来第一个遭到毁灭的只能是婚姻。在这样的精神背景底下,我认识了我的"小九九",而我妻子也出了问题,她和她的小老板对视的时候目光再也不垂直了,多了一种角度,既像责备,又像崇敬,简直是美不胜收。我们结婚之后妻就再也没有用这样动人的目光凝视过我了。不过我和我的妻子说好了的,周二、周四和周六在家里恩爱,其余的晚上则各得其所。也就是一三五不论,二四六分明。没有多久我就发现妻子彻底不对劲了,她走路的时候脑袋居然又歪过去了。她的那一套程序我熟,她走路时脑袋歪过去就说明她和小老板已经爱出"毛病"来了。"毛病"是妻子的私人话语。它表明了一种至上境界。可是我沉得住气,尽管我也有"小九九",我还是希望见到这样一种局面:不是我,而是妻子对不住婚姻与爱情。谁不指望既当婊子又立牌坊呢?等我有了妻子的把柄,我会以一种宽容的姿态和她摊牌的。然而,妻子迫不及待。她在一个周末的晚上伸起了懒腰,打着哈欠对我说,怎么越来越想做少女呢?这话很露骨了。她在用露出来的骨头敲我的边鼓。我想还是快刀斩乱麻吧,与其她装沉痛,不如我来。我脸上的皱纹多,沉痛起来有深度。我点上烟,说,我们还是尊重一下现代性吧。妻子听不懂我的哲学语气,然而,她凭借一种超常的直觉直接破译了哲学,妻说:"你不是想和我离婚吧?"我说:"是。"妻子便哭了。妻在当天晚上哭得真美呵,泪光点点的,就跟林妹妹服用了冷香丸之后又受了屈似的。你要是看到了肯定会怜香惜玉。女人遂了心愿之后哭起来怎么就那么迷人呢?连身姿都那么袅娜。我走上去,拥住了她,妻说:

"你不要碰我。我不用你管。"

后来我们便离掉了。离婚的时候我们手拉手,腻歪歪的就像初恋。我们把这个爱情故事演到最后的一刻,连离婚办理员都感动了。她用一句俚语为我们的婚姻作了最后的总结。她说,唉,恩爱夫妻不到终啊!

和妻子一分手我就给我的小九九打去了电话,我大声说,快点来,到我这里来掉头发!我的小九九在愉快的时候总是掉头发,弄得我常为这个细节又懊恼又紧张。可在那个下午我的小九九一根头发也没有掉。我都怀疑她的过去是故意的了。她这个人就喜欢在别人的生活里头制造蛛丝马迹。果然不错,当天下午我的小九九懒洋洋的,不像过去,一见面就像刚刚拧紧的闹钟发条,分分秒秒都咔嚓咔嚓的。但那个下午从容得就像婚姻。我的小九九赌气地说:"一点气氛都没有。"

她的"气氛"指的是紧张。我不知道故意设定紧张再人为地消解紧张是不是现代性。这是学问,需要研究。我就觉得我这个婚离得太平庸了,没有距离,没有批判,一点异峰突起都没有。

——这些都是旧话喽。

我现在在火车上。火车以每小时八十公里的速度奔向我的前妻。上车之前我又一次体验到荣幸的滋味,我要复婚了。听明白没有,不是结婚,也不是再结婚,是复婚。这里头太复杂了。火车每小时八十公里,它归心似箭。我的心情棒极了,长满了羽毛,扑棱扑棱的。我现在依然不知道婚姻是什么,现代性是什么,然而,既然结婚的心情像小鸟,复婚的心情就不可能不长羽毛。光秃秃的心情怎么能每小时八十公里呢?

离婚使我们的"距离"与"批判"失却了参照,为了现代性,行之有效的办法就是把扔掉的东西再捡回来。这多好!复婚吧,兄弟们,姐妹们,老少爷儿们。捡起羽毛,把它插到心情上去。

现在正是夜晚,我的火车融入了夜色。只有一排修长的、笔直而又明亮的窗口在风中飞奔。火车夹在两条铁轨中间,往黑暗里冲,铁轨"咣唧咣唧"的,真令人心花怒放。眼下正是三月,火车里空空荡荡,火车驶过了一座铁桥的时候整个车身都发出空洞的呼应,像悬浮。我努力把火车想象成天堂,事实上,天堂在夜色之中绝对就是一列火车。火车送我们到黎明,终点站不可能不是天刚放亮的样子。

我的口袋里揣着妻子的信。信上只有一句话:丈夫,来,和你的妻子结婚。

多么美妙的十个字。它是汉语世界里有关婚姻的最伟大的诗篇。

而它就取材于我们的生活,它是我们基础生活中的一个侧面。我把这十个字默诵了一千遍,享受生活现在就成了享受语言。我想对我的妻子说,我来了,每小时八十公里。

但是我并没有飞。我坐在软席上,寂然不动,手里夹了一根烟。我把这四年的生活又梳理了一遍,它们让我伤心。距离,还有批判,是我们对自身的苛求,并不涉及其他。所有的难处都可以归结到这么一点:我们厌倦了自我重复,我们无法产生对自己的不可企及。这句话怎么才能说得家常一点呢?还是回到婚姻上来,当我们否定了自我的时候,我们,我,用离婚作了一次替代。我想我的妻子也是这样的。我们金蝉脱壳,拿生命的环节误作自我革新与自我出逃。婚姻永远是现代人的替罪羊。

我还想起了我的小九九,她差不多就在我离婚的时候离开了我。她给我只留下了这样一句话:我不想和你结婚,我不想用大米换零食。

她怎么就这么深刻呢?

不过这四年里总算有一个温柔插曲,我在南方的沿海城市邂逅了我的妻子。我们擦肩而过,却又回过了头来。我的妻子戴了一副大墨镜,她说:"哎,这不是你吗?"她摘下墨镜,我激动得发疯,大声说:

"嗨,是你,都不像她了!"

听出来没有?好丈夫永远是"你",而好妻子则永远是"她"。

我的妻子变漂亮了,从头到脚都是无边风月。他乡遇故知,洞房花烛夜,两件事合到一块去了,你说人能够不爆炸吗?我们把自己关在饭店里,三十个小时都没出门。

妻望着我,这么多年过去了,她瞳孔里头光芒越来越像少女了。妻感染了我。我们歪在枕头上,执手相看泪眼。他妈的,我在恋爱呢。

分手之后我们开始通信。我们再也不像初恋的日子那样,整天抱住电话腻歪了。我们写信,用这种古典的方式装点现代人生。我们用神魂颠倒的句子给对方过电,鸡皮疙瘩整天竖在后背上,后来我对她说,嫁给我吧!妻子便再也没有回音了。

半年之后妻子回话了,她一上来就给我写来了一首伟大的诗篇。

你说我的后背能够不竖鸡皮疙瘩吗?我的鸡皮疙瘩上头能够不长羽毛吗?

不到九点火车驶进了中转站。下去了几个人,又上来了几个人。上车的人里头包括一对新婚的夫妇和一个漂亮的女人。我希望那一对年轻的夫妇离我远一点,而那个单身女人能够坐在我的身边。结果那一对恩爱的夫妻坐在我的斜对过,而女人坐在了我的对面。我就知道天堂里头不会有不顺心的事。只有那一对夫妇太近了点。他们显然是正月里刚结婚的,正到南方度蜜月。他们手拉着手,一对白亮的情侣钻戒在他们的无名指上闪亮闪亮的。他们架好行李就开始悄悄说话了,他们拥在一起,脸上的笑容又满足又疲惫,说话的唇形都是那样地情深意长。要不是我的心情好,哪里受得了这份刺激。

不尽如人意的事还有。我对面的单身女人一直是一副很冷漠的样子,一副忧心忡忡的样子。就好像她是出使中东的政治家。她的紫色的口红傲慢得要命,时时刻刻都像在拒绝。你说你傲慢什么?拒绝什么?我都是快复婚的人了。我一直想和她打招呼,我想说:"嗨!"这有点太好莱坞了。中国式的开局应当是"你吃了没有",这话又问不出口。于是我只好用手腕托住下巴,傲慢,兼而忧心忡忡。我一定要弄出政治家或外交家行走在中东的模样。

女人拿出了"三五"香烟,她的指甲上全是紫色的指甲油。我也掏烟,掏火柴,比她快。这样我就有机会给她点烟了。我给她点上,而后用同一根火柴给我自己点上。我叼着烟,很含糊地说:"上哪儿?"

"终点,"她说,"你呢?"

我说:"我也是终点。"

终点,多么好的一个站台。

其实上哪儿去对我们来说并不要紧,那是机车和铁轨的事,重要的是,在哪儿都必须有我们的生活。不是有这样一个好比喻吗,人的一生,就像人在旅途。我们没有任何理由拒绝天堂里的一生。

我说:"做生意还是开会?"

她说:"离婚。——你呢?"

我没有料到她这样爽快,一下子就谈及了这样隐秘的私人话题。我有些措手不及,支吾说:"我复婚。"

她说:"当初怎么就离了?"

这个问题太专业,也太学术化。这是一个难以用一句话概括的大问题。我想说,整天拥挤在一起,精神和肉体都觉得对方"碍事"。但是我没有这样说。我用一种类似于禅宗的办法回答了她。我划上火柴,把火苗塞到火柴盒的黑头那一端,整个火柴盒内一个着,个个着,呼地就是一下。

"就这么回事。"我说。

她点点头。

我说:"你呢?"

她说:"要是有人愿意和我一块儿烧死,我现在就往火坑里跳。——他一年回来十来天,钱倒是寄回来不少。我要那么多钱做什么?谁死的时候收不到一大堆的纸钱?我还没有死呢,他就每个月给我烧纸了。我连寡妇都比不上,寡妇门前还有点是非呢。"

她的男人不是"小老板"就是"总经理",像火柴盒里的火柴,出去之后就不回来了。

不过旅途真好,只要有缘分面对面,任何一个陌生人都比你最好的朋友靠得住。你一上来就可以倾诉、吐露,享受天堂的信赖与抚慰。整个天堂就是一节车厢,世界只能在窗户外面,而玻璃外的夜也只能是宇宙的边缘色彩。我甚至很肉麻地认为,在这个时候我就是亚当,而对面的女人必须是夏娃。我们厮守在一起,等待一只苹果。而苹果的汁液没有他妈的现代性,它只是上帝他老婆的奶水,或人之初。

她真的拿出了水果。是橘子。给了我一个。在这样的时刻我不喜欢橘子,裹了一张皮,一瓣一瓣的,又挤在一块又各是各。只有苹果才能做到形式就是内容。除了用刀,它的"皮"没有任何可剥离性,咬一口,苹果的伤口不是布满了血迹就是牙痕。

她似乎说动头了,岔不开神。她说:"他就是寄钱,不肯离。他在电话里头对我说,实在寂寞了,就'出去',这是人话吗?我要是'出去'我花你的钱做什么?"

我说:"离了也好,再复。一来一去人就精神了。"

她说:"我不会和他复的。我有仇。"

我说:"怎么会呢?再怎么也说不到仇上去。"

她说:"是仇。婚姻给我的就是仇。你不懂。"

我不知道我的"夏娃"为什么如此激动,但是我看得出,她真的有仇,不是夸张。她的目光在那儿。她的目光闪耀出一种峭厉的光芒,在天堂里头寒光飕飕,宛如蛇的芯子,发出骇人的呲呲声。

"人有了仇,人就不像人了。"她说。

我们说着话。我们一点都没有料到那对恩爱的夫妻已经吵起来了。他们分开了,脸上的神色一触即发。新郎看了我一眼,似乎不想让我听见他的话。他压低了声音说:"以后再说好不好?再说,好不好?"

"少来!"新娘说。

我避开新郎的目光,侧过头去。我在玻璃里头看得见这对夫妇的影子。新郎在看我。我打过斯诺克,我知道台球的直线运动与边框的折射关系。他在看我。

新郎低声说:"我和她真的没有什么,都告诉你了,就一下嘛。"

新娘站起身。她显然受不了"就……一下"的巨大刺激,一站就带起来一阵春寒。她的声音不大,然而严厉:"都接吻了,还要怎样?"

新郎的双手支在大腿上,满脸是懊丧和后悔。新郎说:"这又怎么样呢?"他低下头,有些自责。他晃着脑袋自语说:"他妈的我说这个做什么?"

但新娘不吱声了。新娘很平静地坐下去,似乎想起来正在火车上。她的脸上由冲动变成冷漠,由冷漠又过渡到"与我无关"的那种平静上去了。这么短的时间里头她就完成了内心的全面修复,她的吐纳功夫真是了得,她的内功一定比梅超风更像"九阴真经"的真传。我看新郎的喜气是走到头了。她的表情在那儿,她不看他,不理他,旁若无人。新郎很可怜地说:"嗨——!"她就是望着窗外。

"我把我的嘴唇撕了好不好？"新郎突然说。

火车里的人们听到这句吼叫全站立起来了。没有人能够明白一个男人为什么要撕自己的嘴唇。这里头的故事也太复杂了。但是闲人的表情总是拭目以待的。

"随你。"新娘轻声说。

新郎的疯狂正是从这句话开始的。他从行李架上取下行李，怒冲冲地往回走。他那种样子完全是一只冲向红布的西班牙牛。但是他只冲了一半，火车便让他打了个趔趄。他终于明白他是走不掉的了。他返回来，央求说："都不相干了，你怎么就容不下一个不相干的人呢？"

"只有厕所才容别人呢。"

新郎丢下包，说："你说怎么办吧。"

"离。"新娘说，"做不了一个人就只能是两个人。"

这句伟大的格言伴随着火车的一个急刹车，天堂"咣当"一声。火车愣了一下，天堂就是在这个瞬间里头被刹车甩出车厢的。

然而火车马上就重加速了。它在发疯，拼命地跑，以一种危险的姿态飞驰在某个边缘。速度是一种死亡。我闻到了它的鼻息。火车的这种样子完全背离了天堂的安详性。我感觉到火车不是在飞奔，而是自由落体，正从浩瀚的星光之中往地面掉。它窗口的灯光宛如一颗长着尾巴的流星。

我担心地问："会离吗？"

对面的女人噘起了紫色口红，说："不管人家的事。"

这话说得多亲切，就好像我们已经是两口子了，背靠背，或脸对脸,幸福地被橘子皮裹在怀里。我笑起来。我敢打赌,我的笑容绝对类似于向日葵,在阳光下面十分被动地欣欣向荣。但一想起阳光我的心思就上来了,阳光,那不就是天亮吗?那不就是终点站吗?

车厢里的排灯终于熄灭了。夜更深了。我对面的女人从行李架上掏出了一件毛衣,裹在了小腿上。她自语说:"睡一会儿。"我点上烟,用丈夫的那种口吻说:"睡吧。"她在黑暗里头看了我一眼。我突然发现我的口气温柔得过分了,都像真的了,都像在自家的卧室了。天堂的感觉都让我自作多情得出了"毛病"了。我摁掉烟,掩饰地对自己说:"睡吧。"我听出了这一次的口气,对终点与天亮充满了担忧,那是一种对自我生存最严重的关注。我想我脸上的样子一定像政治家行走在中东,忧心忡忡。

1997 年第 6 期《人民文学》